VERHEXT UND VERGIFTET

MISS MATCHED MIDLIFE DATING-AGENTUR

BUCH VIER

DEANNA CHASE

Übersetzt von

ANNA DRAGO

Übersetzung: Anna Drago

Deutsches Lektorat: Katrin Dolle

Cover: © Ravven

ISBN 978-1-965804-15-5

Bayou Moon Press, LLC

www.deannachase.com

ÜBER DIESES BUCH

Willkommen bei der Miss Matched Midlife Dating-Agentur, wo Marion Matched Ihnen gern dabei hilft, die wahre Liebe zu finden!

Ein paranormaler Frauenroman.

Die Lebensmitte ist nichts für Zartbesaitete. Alles, was Marion Matched wollte, als sie nach Premonition Pointe zog, war, ihre Partnervermittlung zu eröffnen und es etwas ruhiger angehen zu lassen – morgens am Strand spazieren zu gehen und vielleicht ein oder zwei neue Hobbys zu finden. Jetzt ist sie beschäftigter denn je: Sie führt ein erfolgreiches Unternehmen und arbeitet nebenbei mit ihrer Schwester für die Magical Task Force daran, böse Mächte zu bekämpfen.

Marion steht kurz davor, mit ihrem Freund Jax in einen wohlverdienten Urlaub aufzubrechen, als sie den Anruf erhält: Eine Reihe von Männern, die ihre Agentur genutzt haben, wurde vergiftet. Und die Hauptverdächtige ist ausgerechnet ihre neueste Kundin, die Besitzerin von Groveland Farms. Da ihr Ruf und ihr ganzes Geschäft auf dem Spiel stehen, machen Marion und ihre Schwester Charlotte sich auf die Jagd nach dem wahren Täter, bevor sie beide alles verlieren, wofür sie so hart gearbeitet haben.

KAPITEL 1

„Marion! Du kleine, schmutzige Verführerin", sagte Charlotte und hielt einen sehr sexy roten Body aus Satin und Spitze hoch. Er hatte einen integrierten Push-up-BH und angesetzte Strapse. „Das Ding ist so heiß, dass ich gleich Hitzewallungen bekomme."

An der Aussage meiner Schwester war so vieles falsch, dass ich kaum wusste, wo ich anfangen sollte. „Erstens bist du viel zu jung für Hitzewallungen. Und zweitens wissen wir beide ganz genau, dass dieses kleine rote Ding nicht mir gehört", sagte ich und schüttelte fassungslos den Kopf. „Es ist deins. Du hast es letzten Monat auf dieser Launch-Party gekauft, die Lennon Love für ihre neue Dessous-Linie *Love Me Wild* veranstaltet hat."

„Es ist meins?" Charlotte hielt das Teil vor ihren Körper und betrachtete es einen Moment lang, bevor sich ihre Lippen zu einem teuflischen Grinsen verzogen. „Oh, gut. Dann bin *ich* also die kleine, schmutzige Verführerin. Den Göttern sei Dank! Ich dachte schon, meine greise Schwester hätte mehr Spaß als ich."

„Greise?“, kreischte ich und starrte sie entsetzt an. Wie bitte? „Das hast du jetzt nicht wirklich gesagt! Nimm das sofort zurück, oder du bist gleich obdachlos!“

Charlotte warf den Kopf in den Nacken und lachte. „Oh, bitte! Du wirst mich ganz sicher nicht rauswerfen. Wer würde sich um deinen Garten kümmern, während du im Urlaub bist und ausnahmsweise mal *keine* schmutzige Verführerin bist?“

„Ich bin mir sicher, dass Ty und Kennedy meine Pflanzen gießen können, solange ich weg bin“, sagte ich. Ty war der junge Mann, der für mich wie ein Sohn war, und Kennedy war sein Partner. Die beiden wohnten in der Wohnung über der Garage. Ich fixierte Charlotte mit einem Blick und schniefte demonstrativ, als wäre ich zutiefst beleidigt.

Wir hatten diese typische schwesterliche Bindung, die es uns erlaubte, Dinge zueinander zu sagen, die bei jeder anderen Person völlig unangebracht gewesen wären. Außerdem vermutete ich, dass wir einiges an geschwisterlichem Streitbedürfnis nachholten, da Charlotte zwei Jahrzehnte jünger war als ich und wir nicht zusammen aufgewachsen waren. Wenigstens waren wir erwachsen genug, das Ganze mit Humor zu nehmen … meistens.

„Ach, komm schon, Marion“, sagte meine Schwester süß. „Du weißt, ich mache nur Spaß. Du hast mindestens noch ein paar Jahre, bevor du ins Altersheim musst.“

Ich schleuderte ein Kissen in Richtung ihres Kopfes.

Charlotte stieß einen Schrei aus und warf sich auf das Bett, sodass das Kissen knapp an ihr vorbeiflog.

Zu meinem Glück hatte ich mein Bett nach allen Regeln der HGTV-Kunst mit einem ganzen Berg Kissen ausgestattet. Es fiel mir also nicht schwer, meinen Angriff fortzusetzen.

Als das fünfte Kissen sie am Kopf traf, hob sie die Hände. „Okay, okay, du hast gewonnen! Ich nehme es zurück. Mit so einem Wurfarm dauert es noch Jahre, bis ich dein betreutes Wohnen aussuchen muss. Wahrscheinlich bist am Ende sogar *du* diejenige, die mir eins sucht."

„Endlich redest du vernünftig." Ich ließ das letzte Kissen fallen und wandte mich wieder meinem Koffer zu.

Kaum hatte ich ihr den Rücken zugedreht, flog ein Kissen durch die Luft und traf meinen Hinterkopf. Ich drehte mich um und sah Charlotte, die mich herausfordernd anstarrte, als würde sie mich geradezu herausfordern, zurückzuschlagen. „Bist du jetzt fertig?", fragte ich. „Ich muss wirklich mit dem Packen weitermachen."

Sie stieß einen übertriebenen Seufzer aus und strich sich ihr langes rotes Haar aus dem Gesicht. „Ich kann einfach nicht glauben, dass du im September in den Urlaub fährst."

„Warum denn nicht?" Ich zog meinen vernachlässigten Bikini aus der Schublade, den meine Freundin Iris mir nach einer Flasche Wein aufgeschwatzt hatte. Rot mit weißen Punkten, superniedlich, mit hoch geschnittenem Höschen, das meinen kleinen Bauch kaschierte. Trotzdem – ich hatte seit meinen frühen Dreißigern keinen Bikini mehr getragen. Mit Ende vierzig fühlte sich das … einschüchternd an.

„Weil September ist", jammerte Charlotte, „und das wahrscheinlich die beste Zeit des Jahres in Premonition Pointe ist. Und du lässt mich allein zurück, um nach Keating Hollow zu fahren – irgendein winziges Bergkaff im Norden. Da kann man doch nichts machen außer wandern. Das kannst du auch hier." Sie schob übertrieben schmollend die Unterlippe vor.

„Keating Hollow ist eine magische Stadt voller Hexen. Jeder Laden ist verzaubert. Außerdem gibt es ein Weingut und diese Brauerei mit dem besten Cider im ganzen Staat. Was sollte ich daran nicht lieben?" Ich neigte den Kopf und musterte meine Schwester. Ich wusste, dass es hier nicht wirklich um Keating

Hollow ging. Es ging darum, dass ich wegfuhr. „Du weißt schon, dass wir nur zwei Wochen weg sind, oder?"

„Zwei Wochen, in denen ich das Büro ganz allein schmeißen muss! Und was ist, wenn Brix anruft und uns braucht? Was machen wir dann, wenn du sechs Stunden entfernt bist und gerade beschlossen hast, einen Berg zu erklimmen?"

„Iris ist da. Und Celia auch", sagte ich.

„Iris kommt kaum noch ins Büro. Sie hilft dieser neuen Hexe beim Aufbau ihres Töpferstudios. Wie hieß sie noch? Autumn Faye Winters?"

„Das ist sie, ja."

„Jedenfalls ist sie damit beschäftigt, und ich kann nicht fassen, dass du wirklich gesagt hast, Celia wäre da. Außer für komische Einlagen trägt sie doch nichts bei", schnaubte Charlotte.

„Manchmal ist sie hilfreich", sagte ich. „Sie behält Leute im Auge, wenn wir es brauchen. Und sie ist ziemlich gut darin, Junggesellen aufzutreiben. Ihre Trefferquote ist erstaunlich."

„Also gut, dafür ist sie nützlich", gab Charlotte widerwillig zu. „Aber nicht, wenn's brenzlig wird. Hast du gehört, was sie Sara Groveland geraten hat? Dass ihre Dates besser laufen würden, wenn sie mehr Dekolleté zeigen würde."

Ich schnitt eine Grimasse. Ja, das hatte Celia gesagt, und Sara war alles andere als begeistert gewesen. Sie hatte ihr daraufhin eine Standpauke über Respekt, Sexismus und Grenzen gehalten – und sie hatte nicht Unrecht. Der Unterschied war nur, dass Charlotte und ich wussten, dass man den Geist nicht zu ernst nehmen durfte, während unsere Klientin keine Ahnung hatte, dass wir Celia hauptsächlich wegen ihrer Fähigkeiten als Geist *und* ihres Unterhaltungswerts behielten.

„Ja“, sagte ich. „Das ist nicht besonders gut gelaufen.“

„Kannst du laut sagen. Es hat dich zwei Stunden gekostet, sie zu beruhigen und die Anzahlung zu retten“, sagte Charlotte. „Wenn sowas passiert, während du nicht da bist, muss ich Celia verbannen.“

Ich hob eine Augenbraue. „Du willst Celia verbannen? Das glaube ich erst, wenn ich es sehe.“ Meine Schwester und mein Geist waren ein Herz und eine Seele. Beide waren Freigeister, die einander mit ihren Streichen amüsierten.

„Sie aus dem Büro verbannen“, präzisierte Charlotte. „Sie kann immer noch hier vorbeischauen oder mich besuchen, wenn ich wieder von irgendwelchen Surfer-Typen angebaggert werde, die glauben, sie seien das Geschenk der Göttin an die Frauenwelt.“

„Das war nett von ihr, dich vor … wie hieß er noch? Matty? Manny? Macky?“

„Motley“, schnaubte Charlotte und verzog das Gesicht.

„Stimmt. Motley mit dem Buzzcut. Nicht Crewcut.“

Charlotte schüttelte den Kopf. „Damit wirst du nie aufhören, oder?“

„Ist doch lustig. *Mötley Crüe*. Motley mit Crewcut. Verstehst du?“

„Ich verstehe es durchaus. Und du bist eine nerdige Boomerin. Hör auf damit.“

„Ich bin keine Boomerin“, protestierte ich empört. „Ich bin Gen X. Du solltest den Unterschied lernen.“

„Boomerin“, wiederholte sie grinsend. „Mit solchen Dad-Jokes darfst du dich nicht wundern.“

„Wie auch immer“, sagte ich. „Lass Celia aus dem Spiel. Ruf Iris an, wenn du Hilfe brauchst, und ich bin sicher, du kommst klar. Außerdem hat Brix gesagt, er arbeitet undercover, und wir würden vermutlich einen Monat oder so nichts von ihm hören."

Brix war der Direktor der Magischen Task Force und hatte Charlotte und mich überredet, für ihn als freie Mitarbeiterinnen zu arbeiten, wenn er unsere Hilfe brauchte. Vor ein paar Monaten hatten wir herausgefunden, dass wir, wenn wir unsere Magie kombinierten, zwei sehr mächtige Hexen waren. Getrennt? Nicht so sehr. Aber zusammen? Eine echte Naturgewalt. Brix hatte uns in den letzten zwei Monaten ein paarmal hinzugezogen – meist, um verfluchte Gegenstände zu neutralisieren. Einer davon war so übel gewesen, dass alle anderen, die es versucht hatten, im Krankenhaus gelandet waren. Charlotte und ich hatten ihn beim ersten Versuch neutralisiert. „Und falls Brix sich doch meldet", fügte ich hinzu, „ruf mich an. Wir finden schon eine Lösung."

Charlotte sog scharf Luft ein und nickte schließlich. „Also gut. Aber nur, damit du's weißt: Ich will Gefahrenzulage dafür, wenn ich alles allein machen muss, während du weg bist."

Ich lachte. „Wie wäre es, wenn ich dir die neuen Stiefel kaufe, die du unten bei *Sky's the Limit* so toll findest?"

„Deal!"

In diesem Moment stürmte Minx kläffend in mein Zimmer, so laut, dass mir die Ohren wehtaten. Der kleine braun-schwarze Chihuahua trug ein rot-weiß gepunktetes Kleidchen, das meinem Bikini erschreckend ähnlich sah. Ich konnte mein Lachen nicht unterdrücken.

„Lachst du etwas über meinen Hund, Marion?", fragte Charlotte misstrauisch, während sie Minx hochhob und an sich drückte. Der Hund hörte sofort auf zu bellen und leckte ihr die Nase.

„Tut mir leid", sagte ich und schmunzelte immer noch über die Absurdität, die mein Leben geworden war, seit meine

Schwester durch meine Haustür spaziert war. „Es ist nur so, dass Minx und ich perfekt zusammenpassen." Ich hielt den Bikini hoch.

„Das ist wirklich süß", sagte Charlotte interessiert. „Schade nur, dass du das den ganzen Sommer nicht getragen hast. Ihr hättet Zwillinge sein können."

„Betonung auf *hättet*. Ich würde allerdings behaupten, Minx sieht darin besser aus als ich in meinem Bikini", sagte ich und rümpfte die Nase.

Charlotte verdrehte die Augen. „Du bist heiß. Hör auf mit dem Quatsch! Ich bin mir sicher, Jax wird es kaum erwarten können, dich aus dem Ding zu pellen." Sie holte tief Luft und stand auf. „Ich sollte wohl losmachen und versuchen, ein paar potentielle Partner für Sara Groveland zu finden. Unglaublich, wie schwierig es ist, für eine Frau in ihrem Alter passende Männer zu finden."

Sara wurde dieses Jahr sechzig und besaß eine Farm außerhalb der Stadt. Wir hatten bereits drei Mixer und fünf Dates organisiert – alle eine Katastrophe. Der erste Mann war gegangen, nachdem er eine SMS von seiner Exfrau bekommen hatte. Der zweite hatte sich beim Essen in der Nase gebohrt. Der dritte hatte ihr keine fünf Minuten nach dem Kennenlernen den Hintern begrapscht. Der vierte hatte kaum ein Wort gesagt und sie dann gebeten, die Rechnung zu übernehmen, weil seine Kreditkarte abgelehnt worden war.

Der fünfte, Trace Foster, hatte am vielversprechendsten ausgesehen. Das Date war großartig gelaufen – bis er wegen Geschwindigkeitsübertretung angehalten und festgenommen worden war, als der Deputy bei der Routineüberprüfung einen Haftbefehl entdeckt hatte. Später hatte sich herausgestellt, dass es um unbezahlte Strafzettel ging, von denen er nichts gewusst hatte. Offenbar hatte sein Sohn sie gesammelt und einfach in der Schublade verschwinden lassen. Ich hatte versucht, die beiden nochmal zusammenzubringen, aber Trace war es zu peinlich gewesen, und Sara hatte gesagt, sie brauche eine Pause, um sich zu sammeln. Das war der Moment gewesen, in dem Celia ihren fatalen Fehler gemacht und ihr geraten hatte, mehr Dekolleté zu zeigen. Zu sagen, dass das nicht geholfen hatte, wäre maßlos untertrieben.

„Ich dachte, wir versuchen mal was anderes", sagte ich. „Vielleicht einen Wandertreff, eine Weinverkostung oder Kajakfahren. Etwas, das Leute anzieht, die sich für die Dinge interessieren, die Sara mag."

„Das ist eine richtig gute Idee", nickte Charlotte beeindruckt. „Eine wirklich, wirklich gute Idee."

Meine Schwester hatte das Schlafzimmer kaum verlassen, als mein Handy klingelte. Ich warf einen Blick darauf und rief ihr hinterher: „Wenn man vom Teufel spricht!" Dann nahm ich den Anruf an. „Sara – Charlotte und ich haben gerade über dich gesprochen. Was hältst du von—"

„Marion", unterbrach sie mich mit zitternder Stimme. „Ich glaube, ich brauche deine Hilfe."

„Sara? Was ist los? Was ist passiert?"

„Ich brauche einen Anwalt. Und ich weiß nicht, wen ich anrufen soll."

„Wofür?" Mein Magen zog sich vor Unbehagen zusammen. Sara war eine zierliche Frau, aber ganz sicher kein Mauerblümchen. Wenn sie um Hilfe bat, steckte sie in ernsthaften Schwierigkeiten.

Ihre Stimme war kaum mehr als ein Flüstern, als sie sagte: „Ich wurde wegen versuchten Mordes festgenommen."

„Wegen versuchten Mordes? An wem?"

Sie holte tief Luft, und ein Schluchzen blieb ihr im Hals

stecken, bevor sie hervorbrachte: „An den Männern, die du mir vermittelt hast."

Ich blinzelte und starrte an die Wand, unfähig zu begreifen, was sie sagte. „An den Männern, die ich dir vermittelt habe?", wiederholte ich dümmlich.

„Ja. Sie wurden vergiftet. Alle fünf. Und die Polizei glaubt, dass ich es war."

KAPITEL 2

„Was meinst du mit *sie wurden vergiftet?*“, fragte Charlotte, während ich Sebastian Knight anrief, den Anwalt von Premonition Pointe. Er war außerdem mit Gigi Martin verheiratet, einer meiner Zirkelschwestern.

„Ich habe keine Ahnung. Mehr hat sie nicht gesagt.“ Als das Klingeln aufhörte, forderte mich Sebastians Mailbox auf, eine Nachricht zu hinterlassen. Ich fluchte leise vor mich hin, bat ihn nach dem Piepton, mich schnellstmöglich zurückzurufen, und legte auf.

„Na ja“, sagte Charlotte und füllte dabei Minx’ Wassernapf, als stünden wir hier nicht vor einer absoluten Katastrophe. „Dann muss ich mir dieses Wochenende wohl keine Gedanken darüber machen, ein Date für sie zu finden.“

Ich presste die Handfläche an meine Schläfen und versuchte, den plötzlichen Kopfschmerz zu vertreiben. „Was zum Teufel sollen wir jetzt tun? Ich brauche Iris. Wir brauchen eine PR-Offensive. Irgendeinen Plan für den Moment, in dem das in den Nachrichten landet.“

Charlotte runzelte die Stirn. „Warum regst du dich so auf? Du hast doch niemanden vergiftet."

Ich starrte sie fassungslos an, mein Mund offen. „Im Ernst? Glaubst du wirklich, das geht spurlos an der Agentur vorbei, wenn herauskommt, dass die Partnervermittlerin der Stadt Männer mit einer potentiellen Mörderin verkuppelt hat?"

„Aber …", setzte sie an, brach ab und klappte den Mund auf und zu wie ein Fisch auf dem Trockenen. „Wie sollen *wir* daran schuld sein? Wir wussten doch nicht, dass sie eine Serienkillerin ist!"

„Oh. Meine. Göttin." Mein Magen zog sich schmerzhaft zusammen. „Hörst du eigentlich, wie furchtbar das klingt? Wir brüsten uns damit, unsere Klientinnen und Klienten gründlich zu prüfen. Ich mache bei jedem einen umfassenden Backgroundcheck. Wenn es auch nur den leisesten Hinweis auf irgendwas Dubioses gegeben hätte, hätte ich Sara nie als Klientin angenommen."

„Das ist so unfair. Niemand kann erwarten, dass du weißt, was jemand in Zukunft tun wird", sagte Charlotte.

„Natürlich nicht. Aber egal, wie man es dreht – das sieht nicht gut aus für die Agentur." Ich setzte mich an den Tisch und zwang mich, einen klaren Gedanken zu fassen. „Sie hätte mich doch sicher nicht angerufen, wenn sie schuldig wäre, oder?"

Charlotte nahm sich eine Pop-Tart und setzte sich neben mich, Minx auf dem Schoß. „Wenn sie schuldig ist, weiß man nie, was in ihrem Kopf vorgeht. Ein vernünftiger Mensch würde nicht losgehen und reihenweise ihre gescheiterten Dates vergiften."

„Ein vernünftiger Mensch verflucht seine Dates allerdings auch nicht", bemerkte ich trocken und sah sie vielsagend an.

Sie schwieg einen Moment. Dann nickte sie langsam. „Ja.

Du hast recht. Vielleicht sollten wir wirklich keine voreiligen Schlüsse ziehen, solange wir nicht mehr wissen."

„Das ist fast immer eine gute Idee." Mir lag die Bemerkung auf der Zunge, dass Leute im Glashaus besser nicht mit Steinen werfen sollten, aber ich schluckte sie hinunter. Es war nicht Charlottes Schuld, dass sie mit schwarzer Magie verflucht worden war und daraufhin unabsichtlich jeden Mann in der Bar verflucht hatte, in der sie einen Liebeszauber hatte wirken wollen. Der Fluch war inzwischen gebrochen, doch eine Zeit lang hatte es wirklich übel für sie ausgesehen. Konnte Sara etwas Ähnliches passiert sein? Es war auf jeden Fall besser, sich ein Urteil zu verkneifen, bis ich mehr Informationen hatte.

Die Haustür öffnete sich, und Ty rief: „Marion?"

„Wir sind hier drin." Weil ich irgendetwas mit meinen Händen tun musste, stand ich auf und begann, Backzutaten aus den Schränken zu holen.

Ein schrilles Bellen, das eindeutig zu Tys Yorkie gehörte, hallte durch das Haus. Tatsächlich stürmte Paris Francine in die Küche, sprang Charlotte ans Bein und rannte dann wieder hinaus, dicht gefolgt von Minx.

Ty erschien im Türrahmen und lehnte sich dagegen, die Arme vor der Brust verschränkt. Sein dunkles Haar stand in alle Richtungen ab, als hätte er es gerade mit den Fingern gekämmt.

„Hey", sagte ich. „Ich dachte, du wolltest mit Kennedy in die Stadt fahren und mit ihm zu Mittag essen."

„Wollte ich … also, will ich auch." Seine Stirn war besorgt gerunzelt. „Aber ich wollte vorher sichergehen, dass es dir gut geht."

„Dass es mir gut geht?" Ich sah ihn überrascht an. „Warum sollte es mir nicht gut gehen?"

Er räusperte sich und zog das Handy aus der Gesäßtasche. „Ich hatte befürchtet, dass du es noch nicht gehört hast."

„Redest du von Sara Groveland?", fragte Charlotte. „Denn wir wissen schon, dass sie beschuldigt wird, Henry-VIII-Style mit ihren Dates Schluss gemacht zu haben."

„Henry VIII?" Ty runzelte die Stirn.

„Du weißt schon", erklärte Charlotte, „der König, der seine Frauen reihenweise entsorgt hat. Sara Groveland wurde verhaftet, weil sie angeblich alle Männer vergiftet hat, mit denen sie kürzlich Dates hatte. Man muss annehmen, dass sie frustriert war. Oder psychotisch. Oder beides." Sie zuckte mit den Schultern.

„Ähm … okay", sagte Ty wenig überzeugt und wandte sich dann wieder mir zu. „Hast du dir heute schon deine Social-Media-Seiten angesehen?"

„Nein. Ich war mit Packen für den Trip mit Jax beschäftigt, dann kam der Anruf von Sara. Sie wurde verhaftet und hat mich um Hilfe gebeten. Mehr weiß ich nicht." Wir wollten eigentlich am Nachmittag losfahren, sobald Jax von der Arbeit kam. „Was ist mit meinen Social-Media-Seiten?"

Ty tippte auf einen Pfeil und reichte mir das Handy. „Du solltest die Kommentare überall deaktivieren, wo es geht, und dich erstmal komplett ausloggen."

Ich scrollte durch meinen Instagram-Account, während sich mein Magen schmerzhaft verknotete. Unter jedem einzelnen Beitrag der letzten zwei Wochen standen Hasskommentare. Ich wurde als Kupplerin bezeichnet, Gefahr für die Gesellschaft, kriminell fahrlässig – einige beschuldigten mich sogar, Saras Komplizin zu sein und ihr beim Vergiften der Männer geholfen zu haben. Zwischendrin waren Fotos von einem der Männer im Krankenhausbett, sichtlich geschwächt, mit einem Eimer neben sich. Es war ein Frontalangriff auf alles, was mit meiner Agentur zu tun hatte.

„Oh, meine Götter", flüsterte ich mit zitternden Händen. „Alles, was ich mir hier im letzten Jahr aufgebaut habe … ruiniert!"

„Es ist nicht ruiniert", wies mich meine Schwester scharf zurecht. „Denk das nicht einmal, Marion Matched. Du bist die Beste in deinem Job", erklärte sie entschlossen. „Und deine Erfolgsbilanz beweist das."

In diesem Moment vibrierte mein Handy. Auf dem Display erschien der Name der Firma, die meine Alarmanlage überwachte. „Hallo?", meldete ich mich sofort.

„Ms. Matched? Hier ist Casey von Pointe Protection. Der Alarm in der Main Street 15 ist ausgelöst worden. Sind Sie gerade im Büro?"

„Nein." Mein Herz begann, gegen die Rippen zu hämmern. „Heute ist niemand dort. Zumindest sollte niemand dort sein."

„Sollen wir den Vorfall an die Leitstelle weitergeben? Die schicken dann einen Streifenwagen vorbei, um nach dem Rechten zu sehen."

„Ja, bitte. Und danke für den Anruf." Ich legte auf, schob die Schüssel mit den Backzutaten in den Kühlschrank und marschierte ins Wohnzimmer. „Ich muss ins Büro. Der Alarm ist losgegangen."

„Ich komme mit", sagte Charlotte sofort.

„Du gehst da nicht ohne mich hin", sagte Ty und hob Paris Francine hoch. „Ich bringe sie schnell in ihre Box oben in der Wohnung und komme sofort nach."

„Du musst nicht mit", sagte ich. „Es ist bestimmt nur ein Fehlalarm."

Er schüttelte den Kopf. „Nicht nach dieser Hetzkampagne

online. Wer weiß, was da unten gerade passiert. Ich komme mit. Du kannst mich nicht davon abhalten."

Ich schenkte ihm ein dankbares Lächeln. Auch wenn ich ihn eigentlich nicht in der Nähe von etwas potentiell Gefährlichem wissen wollte, fühlte es sich besser an, nicht allein zu sein. Er hatte recht. Angesichts dieser Flut von Online-Hass konnte alles passieren.

„Komm, Minx", sagte Charlotte und versuchte, den kleinen Hund in die Transportbox zu locken. Der Chihuahua blieb stehen und starrte sie an. Als Charlotte nach ihr griff, stieß Minx ein leises Knurren aus. „Oh nein, junge Dame. Entweder du gehst jetzt in die Box, oder es gibt in Zukunft keine Hundecupcakes mehr. Verstanden?"

Der Hund senkte schuldbewusst den Kopf, rührte sich aber keinen Zentimeter.

Charlotte schnippte mit den Fingern. „Jetzt, Minx."

Sehr langsam trottete der Hund in die Box. Kaum war Minx drin, drehte sie sich um und präsentierte uns demonstrativ ihr Hinterteil, was Charlotte zum Lachen brachte. „Ich weiß. Du sagst mir gerade ganz genau, was du von mir hältst. Aber das ist deine eigene Schuld. Das letzte Mal, als ich dich allein hiergelassen habe, hast du eines von Marions Höschen in ein schrittloses Modell verwandelt. Ich weiß, du warst stolz auf dich – sie aber nicht."

Ich stöhnte und erinnerte mich an den Tag, an dem Jax und ich nach Hause gekommen waren und überall Baumwollfetzen im Wohnzimmer gefunden hatten. „Charlotte, können wir jetzt bitte los?"

„Ich bin soweit", sagte meine Schwester – und griff in diesem Moment in den Schrank, um meinen Dolch herauszuholen. Das magische Artefakt half uns, unsere Kräfte zu bündeln und gezielt einzusetzen.

„Gute Idee", sagte ich mit einem Nicken. Es war unmöglich zu wissen, was uns erwartete.

Draußen stand Ty schon neben meinem SUV.

„Du sitzt vorn, Ty", sagte Charlotte, während sie auf den Rücksitz kletterte.

Mit Ty auf dem Beifahrersitz fuhr ich los. Die Sonne stand hoch am Himmel und glitzerte über dem aufgewühlten Meer westlich von uns. Ich ließ das Fenster herunter und atmete die kühle Herbstbrise ein – und musste mir eingestehen, dass Charlotte recht hatte. Der September war wirklich der beste Monat in Premonition Pointe.

Die Touristen waren verschwunden, die Tage meist sonnig, kaum Nebel, tagsüber angenehm warm und nachts etwas kühler. An jedem anderen Tag hätte allein die Nähe zum Meer mich beruhigt.

Aber nicht heute.

Nicht, wenn meine Existenz auf dem Spiel stand.

Die Fahrt von meinem Haus in die Innenstadt war eigentlich kurz, doch heute fühlte sie sich endlos an. Jede Ampel war rot, und an einer Kreuzung stand der Wagen vor uns eine gefühlte Ewigkeit, während der Fahrer eine altmodische Papierkarte studierte.

„Hat der Typ noch nie von Google Maps gehört?", murmelte Ty, genauso genervt wie ich.

„Offenbar nicht", seufzte ich.

Gerade, als ich um ihn herumfahren wollte, setzte sich der Wagen ruckartig in Bewegung, verfehlte nur knapp ein anderes Auto und raste dann Richtung Marktplatz davon.

Ich atmete tief durch und versuchte, nicht zu schnell zu fahren – verlor diesen Vorsatz aber schnell aus den Augen, als ich die Menschenmenge vor meinem Büro sah.

„Was machen die alle da?", fragte Charlotte vom Rücksitz aus.

Rauch stieg in der Nähe der Eingangstür auf, und alle skandierten etwas … etwas, das ich zunächst nicht verstand.

Ich hielt etwa einen Block entfernt an, ohne mir die Mühe zu machen, richtig zu parken, und starrte durch die Windschutzscheibe. „Was rufen sie da?"

Ty ließ sein Fenster herunter und lauschte einen Moment. Dann sprach er leise mit: *„Zünd das Streichholz, brenn es nieder! Werft Miss Matched hinaus! Komm nie wieder!"*

„Oh nein!", rief Charlotte und sprang aus dem Wagen, den Dolch in der einen, ihre Handtasche in der anderen Hand.

Ty und ich eilten ihr hinterher.

„Charlotte, warte!", rief ich. „Sollten wir nicht auf den Streifenwagen warten?"

„Bei dieser Meute?" Sie schüttelte den Kopf. „Auf keinen Fall. Die fackeln das Gebäude ab."

„Marion!" rief eine vertraute hohe Stimme.

„Celia." Ich erkannte sie sofort. Der Geist war zierlich, mit langen blonden Haaren und großen Puppenaugen.

„Was zum Teufel hast du angestellt?", fragte sie.

„Nichts. Es geht um eine meiner Klientinnen."

„Sara Groveland hat versucht, alle Männer umzubringen, die Marion ihr vermittelt hat", ergänzte Charlotte hilfsbereit.

„Angeblich", korrigierte ich.

Leider hatten ein paar der Demonstranten uns gehört. Einer erkannte mich und schrie: „Da ist sie!"

Das Geschrei wurde lauter, und plötzlich schloss sich ein Kreis um mich, Charlotte und Ty.

Ich blickte zum Gebäude und sah schließlich, was den Alarm ausgelöst hatte: Das Fenster links neben der Tür war eingeschlagen, als hätte jemand einen Ziegelstein hineingeworfen. Ich war geschockt – aber wenigstens war es nicht schlimmer.

„Whoa! Moment mal!", rief Charlotte und hob beschwichtigend die Arme. Ty und ich taten es ihr nach, doch es war klar, dass Vernunft hier nichts mehr bewirken würde. Das Geschrei wurde nur noch lauter.

Die Menge rückte näher, und weder Polizei noch Feuerwehr waren in Sicht, obwohl sich das Feuer in der Nähe meiner Eingangstür schon auf die Pflanzkübel ausbreitete.

„Celia", sagte ich. „Kannst du sie ablenken?"

„Wie denn? Soll ich blankziehen?", fragte der Geist.

Manchmal wollte ich sie wirklich würgen. Stattdessen sagte ich beherrscht: „Vielleicht was weniger Obszönes? Flieg herum, sause ihnen über die Köpfe. Lenke sie einfach kurz von mir ab."

„Bin dran." Celia trat in die Mitte des Kreises, hob die Arme – und schoss wie eine Rakete in die Luft.

Die Leute in unserer Nähe keuchten erschrocken, und als sie umherflog, schrien andere auf und duckten sich, anstatt weiter zu skandieren.

Ich packte Charlottes Hand und zog sie zum Feuer. Tränen der Wut brannten mir in den Augen, als ich sah, dass sie unser Schild von der Fassade gerissen und angezündet hatten.

„Hey! Das ist unser Schild!", rief Charlotte empört und wirbelte herum, um die Menge anzustarren, die immer noch gebannt Celia beobachtete.

„Ich weiß. Hilf mir, das Feuer zu löschen", befahl ich.

„Wie denn?", fragte sie und sah sich um. „Hier ist kein Wasser."

Ich deutete auf den Hydranten, der nur wenige Meter entfernt stand.

Sie verdrehte die Augen. „Wir haben keinen Feuerwehrschlauch."

„Aber wir haben den Dolch!"

Sie sah auf die Klinge in ihrer Hand, die vor Magie glühte, und lächelte verlegen. „Stimmt." Sie reichte ihn mir, ich packte den Griff, und die Magie färbte sich augenblicklich elektrisch blau. Gemeinsam berührten wir den Hydranten, und ich rief: „Segnet uns mit Wasser, um den Durst des Feuers zu stillen!"

Die Magie wirbelte ein-, zwei-, dreimal um den Hydranten, dann sprang die Abdeckung ab, und Wasser schoss heraus – direkt auf das brennende Schild. Sekunden später war das Feuer gelöscht, zurück blieb nur eine qualmende Sauerei.

„Marion! Charlotte!", rief Ty. „Vorsicht!"

Ich drehte mich gerade noch rechtzeitig um, um eine große, schwarzhaarige Frau zu sehen, die mit einem Eimer Farbe auf uns zu stürzte. Kurz bevor die rote Farbe uns treffen konnte, riss ich Charlottes Hand hoch, und der Dolch schleuderte die Farbe zurück – direkt über unsere Angreiferin.

Polizeisirenen kreischten.

Endlich, dachte ich, während ich zusah, wie die Demonstranten in alle Richtungen rannten, sich schubsend und drängelnd durch die Menge kämpften.

Ty stellte sich neben mich und starrte mit großen Augen auf das Chaos.

Wir warteten, bis eine Polizistin auf uns zukam.

Officer Matson. Ich hatte sie kennengelernt, als Kennedy vor einer Weile in Schwierigkeiten geraten war.

„Marion Matched", sagte Matson. „Sieht aus, als hätten Sie einen ziemlich miesen Tag."

Ich blinzelte sie an. „Mies? Das können Sie laut sagen." Ich deutete auf mein Büro. „Demonstranten haben mein Schild verbrannt und mein Büro verwüstet."

Sie sah sich um. „Wogegen haben sie protestiert?"

„Gegen mich", sagte ich und fühlte mich plötzlich sehr müde.

„Verstehe." Ihr Blick fiel auf den immer noch Wasser speienden Hydranten. „Haben *Sie* das gemacht?"

„Ja. Wenn wir nicht eingegriffen hätten, wäre das ganze Gebäude in Flammen aufgegangen", sagte ich gereizt. Es hatte eine Zeit gegeben, in der ich keine Probleme mit dem Gesetz gehabt hatte. Ich war schließlich eine gesetzestreue Bürgerin. Doch in den letzten Monaten hatte ich mich mehrfach in heiklen Situationen wiedergefunden – eine davon hatte zur Verhaftung eines hohen Tiers der Magischen Task Force geführt. Während einige Polizisten das gut fanden, waren andere verärgert, dass ich meine Nase in Dinge gesteckt hatte, von denen sie glaubten, dass sie mich nichts angingen. Jetzt misstraute ich ihnen genauso wie sie mir.

„Das Manipulieren eines Hydranten kann eine Geldstrafe nach sich ziehen", bemerkte Matson.

„Das soll wohl ein Witz sein", fuhr Charlotte sie an und stemmte die Hände in die Hüften. „Das ist absurd! Sie sollten uns danken, anstatt uns mit Strafzetteln zu drohen. Verdammt noch mal, was stimmt denn nicht mit Ihnen?"

Matson musterte Charlotte ausdruckslos. „Ich mache die Gesetze nicht, Ms. Ray. Ich setze sie nur durch."

Charlotte und ich tauschten einen Blick. Sie kannte nicht nur meinen Namen, sondern auch Charlottes. Bedeutete das, dass wir beide auf dem Radar der örtlichen Polizei waren?

„Ist jemand in Ihr Büro eingedrungen?", fragte Matson.

„Ich weiß es nicht", sagte ich. „Wir hatten noch keine Gelegenheit, nachzusehen."

Die Polizistin ging zur Tür, packte den Knauf und schwang sie mühelos auf.

Ich japste. „Die Tür müsste abgeschlossen sein. Sie sind eingebrochen!“

Matson gab ihrem Partner, der noch im Streifenwagen saß, ein Zeichen. Gemeinsam zogen sie ihre Waffen und stürmten in das Gebäude, während sie laut forderten, dass sich jeder Anwesende mit erhobenen Händen zeigen sollte.

Ty drückte meine Hand. Zu dritt standen wir wie angewurzelt da und warteten darauf, was als Nächstes passieren würde.

Es dauerte nicht lange, bis Matson und ihr Partner wieder herauskamen. Sie steckte die Waffe weg und sagte: „Drinnen ist alles in Ordnung. Sie können den Alarm abschalten. Falls Sie Videoüberwachung haben, bringen Sie die Aufnahmen bitte zur Wache.“

„Warten Sie!“, rief ich ihnen nach.

Doch sie reagierten nicht. Kaum saßen sie im Wagen, schalteten sie das Blaulicht ein und fuhren Richtung Süden der Stadt davon.

„Ich kann nicht glauben, dass das gerade passiert ist“, sagte Ty und starrte dem Auto hinterher.

„Ich schon“, sagte Charlotte. „Ich würde sogar wetten, sie hatten selbst was mit dem Einbruch zu tun. Es gefällt ihnen nicht, dass wir mächtiger sind als sie.“

Zu frustriert, um mich an der Diskussion zu beteiligen, biss ich die Zähne zusammen und ging ins Büro, um den Alarm auszuschalten. Danach sah ich mich um. Matson hatte recht – nichts schien verändert. Ein kurzer Blick in den Aufenthaltsraum im Obergeschoss bestätigte das.

Als ich die Treppe wieder hinunterkam, sah ich Ty und Charlotte gerade das Büro betreten.

„Die Feuerwehr ist da und sichert den—“ begann Charlotte, erstarrte plötzlich und sagte: „Jemand Böses war hier drin.“

KAPITEL 3

„Also bitte. Ich bin nicht böse“, sagte Celia und winkte das ab. Der Geist erschien aus dem Nichts und saß plötzlich auf meinem Schreibtisch, auf eine Hand gestützt, die Füße untergeschlagen.

Charlotte runzelte die Stirn und blickte in Celias Richtung, schien sich aber nicht wirklich auf sie zu konzentrieren. „Da hängt dunkle Energie in der Nähe deines Schreibtischs in der Luft, Marion.“

„Ich habe dir doch —“, begann Celia.

„Nicht du. Um Himmels willen“, fuhr Charlotte sie an. „Nicht immer dreht sich alles um dich, Celia.“

„Also wirklich!“ Celia glitt vom Schreibtisch und stemmte die Hände in die Hüften. „Du musst nicht gleich unhöflich werden.“

„Celia, bitte“, sagte ich beschwichtigend und trat zu meiner Schwester. „Was ist los, Char? Ist ein bösartiger Geist hier drin?“

„Nein.“ Charlotte schüttelte den Kopf. „Das ist Restenergie. Ich sage dir, Marion, die Polizistin mag behauptet haben, dass niemand hier drin war, aber sie irrt sich. Jemand Böses war in diesem Büro."

„Bist du sicher? Du hast sowas doch noch nie gespürt", sagte ich vorsichtig. Sie wirkte verstört.

„Ich weiß." Ihre Fäuste waren geballt, die Stirn gerunzelt. „Aber das hier … ich weiß es einfach."

Ich legte ihr sanft die Hand auf den Arm. Im selben Moment begann sich mir der Magen umzudrehen, meine Haut wurde klamm, und intensives Unbehagen schwappte über mich hinweg, sodass es mir eiskalt den Rücken hinunterlief. Sie hatte recht. Etwas Böses war in unserem Gebäude gewesen. Ich riss die Hand zurück und presste sie gegen meinen rebellierenden Magen. „Wir brauchen Salbei. Sofort."

„Nein, keinen Salbei!", widersprach Celia energisch. „Noch nicht."

„Warum nicht?", fragten Charlotte und ich gleichzeitig.

„Weil ihr die Energie vermutlich erst identifizieren solltet", sagte Ty von der Tür aus.

Verdammt! Ich hatte ganz vergessen, dass er auch da war. Die Übelkeit, die die dunkle Energie ausgelöst hatte, hatte mir das Gehirn vernebelt. „Du hast recht. Ich muss den Zirkel rufen, damit wir herausfinden können, wer hier war."

„Ty? Marion?", rief eine vertraute Stimme vom Eingang.

Ich drehte mich um und sah Kennedy dort stehen, Sorge in seinen leuchtend blauen Augen.

„Was ist passiert? Warum ihr?" Er kam ins Büro, blieb neben Ty stehen, und sie verschränkten ihre Finger. Ich spürte förmlich, wie ein Teil von Tys Anspannung abfiel.

„Eine meiner Klientinnen wurde verhaftet, weil sie ihre Dates vergiftet haben soll", sagte ich müde. Alles, was ich wollte, war, das Büro abschließen und diesen Tag hinter mir lassen. Nach

Hause fahren, fertig packen und so schnell wie möglich aus der Stadt verschwinden. Aber das hier war ein Notfall. Ich musste herausfinden, ob ich Sara helfen sollte, und mich gleichzeitig mit der Tatsache auseinandersetzen, dass mein Geschäft, das bis eben noch reibungslos gelaufen war, jetzt in ernster Gefahr war. Wenn diese Demonstranten glaubten, wir würden einfach dichtmachen und verschwinden, irrten sie sich gewaltig.

„Sie geben dir die Schuld daran?", fragte Kennedy mit großen Augen.

„Sieht ganz so aus."

Charlottes Gesicht wurde kreidebleich, und sie begann zu schwanken.

„Hey", sagte ich und packte sie an den Armen, um sie zu stabilisieren. In diesem Moment rollte die dunkle Energie erneut über mich hinweg und hätte mich fast umgeworfen. Wir taumelten beide, stießen gegen den Schreibtisch und verhinderten nur so, dass wir zu Boden gingen.

„Wir sollten hier raus", sagte Charlotte, während ihr Gesicht einen ungesunden Grünton annahm.

„Ty, Kennedy … könnt ihr Charlotte nach Hause bringen? Ich versuche noch, ein bisschen Schadensbegrenzung zu betreiben, bevor ich gehe", sagte ich. Ich musste unbedingt die Videos der Sicherheitskameras überprüfen und mich vergewissern, dass nichts fehlte.

„Mir gefällt es gar nicht, dich hier allein zu lassen", sagte Ty und kam zu mir. Er sah seinen Freund an. „Kannst du Charlotte fahren, oder musst du zurück zur Arbeit?"

„Nein, ich habe eine Stunde Pause", sagte Kennedy und schenkte Ty ein resigniertes Lächeln. „Dann verschieben wir das Mittagessen wohl."

„Ich brauche keinen Begleitschutz", sagte Charlotte,

während ihre Knie nachgaben und sie sich an Kennedy abstützen musste.

„Doch", widersprach ich. „Wenn nicht für dich, dann für mich. Ich will mir keine Sorgen um dich machen müssen, während ich mich mit … dem hier herumschlage." Ich deutete auf das Büro. „Außerdem sind wir mit einem Auto gekommen. Wenn du es nimmst, müsstest du zurückkommen und mich holen."

„Na gut", sagte Charlotte mit einem übertriebenen Seufzer, aber die Erleichterung in ihrem Gesicht sprach Bände – sie war bei Weitem nicht so mutig, wie sie tat.

Ty ging zu Kennedy, gab ihm einen Kuss auf die Wange und murmelte etwas davon, dass er ihr verpasstes Mittagessen beim Abendessen gutmachen würde.

„Auf jeden Fall", sagte Kennedy mit einem Nicken, bot Charlotte den Arm an, und ohne sich noch einmal umzusehen, verließen die beiden das Büro.

„Oberste Priorität", sagte ich und griff nach meiner Maus, um den Computer hochzufahren.

„Nein!", rief Ty.

Ich erstarrte und sah ihn mit großen Augen an. „Was ist?"

„Du darfst das nicht anfassen. Wir müssen erst alles auf Fingerabdrücke prüfen lassen", sagte er und kam schnell zu mir. „Wenn es brauchbare Abdrücke gibt, solltest du sie nicht mit deinen ruinieren."

„Verdammt." Ich presste mir die Hand an die Stirn, während sich bereits Spannungskopfschmerzen ankündigten. „Aber ich muss die Überwachungsvideos checken, und das geht nur an meinem Rechner."

Ty biss sich auf die Unterlippe, während er überlegte. „Hast du Handschuhe? Benutzen die in Krimiserien nicht immer welche, um Beweise zu sichern?"

„Ja, das tun sie." Ich ging zum Vorratsschrank und öffnete die Tür vorsichtig von oben, anstatt den Griff zu benutzen. Ich ging allerdings davon aus, dass der Einbrecher kein Interesse an Kaffeefiltern oder Papierkram gehabt hatte. Ich nahm ein Paar Gummihandschuhe heraus. „Was anderes habe ich nicht."

„Besser als nichts, oder?", sagte er mit einem Schulterzucken.

„Richtig." Nachdem ich mir einen Handschuh über die rechte Hand gezogen hatte, wollte ich die Einschalttaste drücken – doch anstatt hochzufahren, sprang der Bildschirm sofort an. Es erschien kein Passwortfenster. Ich holte scharf Luft und fluchte. Laut.

„Was ist los?", fragte Ty und eilte an meine Seite.

„Ich schalte meinen Computer immer aus. *Immer.*" Ich gestikulierte in Richtung Monitor. „Er war nur im Ruhezustand, nicht ausgeschaltet. Das heißt, jemand war dran."

„Fuck", schimpfte er und wiederholte damit meinen Fluch.

„Genau." Ich rief sofort die Website meiner Überwachungskameras auf und war kein bisschen überrascht, als dort nichts zu finden war. Die Kameras hatten nicht einmal uns aufgezeichnet, als wir vorhin hereingekommen waren. Das System war lahmgelegt worden. Das letzte Video stammte vom Vortag, kurz nachdem ich nach fünf Uhr abgeschlossen hatte.

„Sollen wir nochmal die Polizei rufen?", fragte Ty, und Sorge stand ihm ins Gesicht geschrieben.

Ich schüttelte langsam den Kopf. Allein der Gedanke, die Polizei von Premonition Pointe nochmal hier reinzulassen, ließ in mir sämtliche Alarmglocken schrillen. Hier stimmte etwas ganz und gar nicht, und es fühlte sich übernatürlich an. Früher hätte ich ohne Zögern die Magical Task Force eingeschaltet. Aber jetzt? Nach all der Korruption der letzten Zeit vertraute ich niemandem außer Brix.

Ich zog mein Handy aus der Tasche und wählte seine Nummer, obwohl ich wusste, dass er vermutlich nicht rangehen würde. Wenn er tief undercover war, hatte er sein privates Handy sicher nicht bei sich. Stattdessen würde er ein neues nutzen, ohne Kontakte zur Magical Task Force. Seine Mailbox meldete sich und teilte mir mit, dass er nicht erreichbar sei und Anrufer sich in Notfällen an sein Büro wenden sollten. Ich hinterließ eine kurze Nachricht mit der Bitte um Rückruf, ohne Details zu nennen, falls jemand sein Telefon überwachte. Meine Vertrauensprobleme saßen tief.

„Das ist ein Fall für Sebastians Kontakte und den Zirkel", sagte ich und schickte eine Gruppennachricht an die anderen Hexen. Eine nach der anderen antworteten sie, dass sie unterwegs seien. Alle sechs. Mir traten Tränen in die Augen, die ich schnell wegblinzelte.

Ich hatte immer Freundinnen gehabt. Trish, Tys Mutter, und ich waren wie Schwestern gewesen, bevor sie bei einem Autounfall ums Leben gekommen war. Und dann war da Tandy, mit der ich mich angefreundet hatte, nachdem sie meine Dienste in Anspruch genommen hatte. Aber einen Kreis wie den Zirkel hatte ich nie gekannt. Frauen, die sofort alles stehen und liegen ließen, ohne Fragen zu stellen, wenn eine von uns Hilfe brauchte. Wenn die Leute von Wahlfamilie sprachen, dann sah das für mich genau so aus.

„Marion?" Tys Stimme klang besorgt. „Was ist los?"

Ich hob den Kopf und sah ihn an. Auch er war Familie. Der junge Mann, den ich als meinen Sohn betrachtete, war nach Trishs Tod vor fünf Jahren bei mir eingezogen. Es gab nichts, was ich nicht für ihn tun würde – und ich wusste, dass es umgekehrt genauso war. „Ich bin nur ein bisschen überwältigt, glaube ich“, sagte ich leise. „Der Zirkel ist unterwegs.“

KAPITEL 4

„Sebastian?“, sagte ich ins Telefon, als ich beim ersten Klingeln ranging.

„Marion“, sagte mein Freund und klang besorgt. Es war nicht der vertraute, entspannte Ton, den ich vom Anwalt der Stadt gewohnt war. Er klang sachlich und konzentriert. „Geht‘s dir gut?“

„Ich glaube schon“, sagte ich mit einem Seufzer. „Mein Tag ist buchstäblich in Flammen aufgegangen, und mein Geschäft vielleicht auch. Aber alle sind unversehrt, also könnte es schlimmer sein.“ Das stimmte immerhin. Niemand hatte versucht, meinen Liebsten etwas anzutun. Ich nahm mir fest vor, mich nach den fünf Männern zu erkundigen, die vergiftet worden waren.

„Ich habe den Tumult vor deinem Büro in den Lokalnachrichten gesehen. Da war auch von einem Feuer die Rede. Was genau ist da passiert?“, fragte er.

Ich berichtete ihm vom Protest vor meinem Büro und dem Feuer, das wir gelöscht hatten. Dann holte ich tief Luft und fügte hinzu: „Aber da ist noch mehr.“

„Ist das nicht immer so?“, sagte er düster.

„Eine von Premonition Pointes Ordnungshüterinnen hat das Büro überprüft und behauptet, alles sei in Ordnung. Aber als wir hineinkamen, hat Charlotte sowas wie die Energie von jemand extrem Toxischem wahrgenommen. So schlimm, dass ihr richtig übel davon geworden ist. Jemand war hier drin, davon ist sie überzeugt. Und als ich meinen Computer einschalten wollte, war klar, dass irgendwer sich daran zu schaffen gemacht hat.“

Am anderen Ende der Leitung hörte ich ein Rascheln, als würde Sebastian in seinem Schreibtisch nach etwas suchen. „Hast du dir die Überwachungsvideos angesehen?“

„Wollte ich, aber sie wurden gelöscht und die Kameras deaktiviert.“

Sebastian schnaubte. „Fehlt sonst noch irgendwas?“

Ich schüttelte den Kopf, obwohl er mich nicht sehen konnte. „Physisch fehlt nichts im Büro. Aber ich habe noch nicht nachgesehen, ob auf meinem Rechner was verändert worden ist. Nicht, dass sie was hätten löschen müssen. Wenn sie Dateien wollten, hätte ein USB-Stick gereicht.“

„Fass deinen Computer nicht nochmal an“, ordnete Sebastian an. „Es könnte Tracking-Software installiert worden sein, die Log-ins und Passwörter abgreift. Ich will, dass mein IT-Mann sich das gründlich ansieht, bevor du auf irgendwas Sensibles zugreifst.“

Mir wurde übel. Wenn jemand Zugriff auf meine Klientendaten gehabt hatte, war das ein massiver Datenschutzverstoß. Als ich Sebastian das sagte, stimmte er mir zu.

„Das ist ein großes Problem, Marion. Das will ich nicht schönreden. Aber lass uns erst klären, was tatsächlich passiert ist, bevor du irgendwen informierst.“

„Wenn persönliche Daten abgegriffen wurden, bin ich verpflichtet, meine Klientinnen und Klienten sofort zu informieren", sagte ich. Die Spannung, die sich bereits in meinen Schultern festgesetzt hatte, kroch mir nun den Nacken hoch.

„Ich weiß. Aber im Moment spreche ich als dein Anwalt mit dir. Vertrau mir. Du willst nichts überstürzen, solange wir nicht sicher wissen, ob es tatsächlich passiert ist, und schon gar nicht, bevor wir Maßnahmen ergriffen haben. Danach kannst du eine Stellungnahme veröffentlichen – eine, die ich geprüft habe. Verstanden? Das Letzte, was du jetzt brauchst, ist eine Klage. Lass uns erst alles genau ansehen, ja?"

Es fühlte sich nicht richtig an, aber ich wusste, dass Sebastian nur meine Interessen schützen wollte. „Wenn du das sagst."

„Ich schicke jetzt ein Team zu dir, das nach Fingerabdrücken suchen und forensische Spuren sichern wird, die den Eindringling identifizieren könnten. Fass so wenig wie möglich an, und lass alles genau so, wie es war, als du reingekommen bist. Ehrlich gesagt: Je schneller du gehst, desto besser. Verstanden?"

„Ja. Ich verstehe, dass der Tatort unangetastet bleiben soll. Aber der Zirkel ist unterwegs. Wir wollen versuchen, eine Göttin zu beschwören, die uns sagt, wer hier war und was derjenige von mir will."

Am anderen Ende herrschte einen Moment lang Stille. „Ich verstehe, warum ihr das im Büro machen wollt. Versucht einfach, nichts anzufassen."

Ich versprach Sebastian, dass wir unser Bestes geben würden, dann gingen Ty und ich nach draußen, um dort auf die Mitglieder des Zirkels zu warten.

Gigi Martin war die Erste, die eintraf. Die zierliche Frau

eilte auf mich zu, ihr honigblondes Haar wehte im Seewind. „Marion!“, rief sie und winkte. „Warum steht ihr hier draußen rum?“ Sie sah sich um und runzelte die Stirn angesichts der Spuren der Zerstörung.

Ich gab Sebastians Anweisungen weiter.

„Ich hätte mir denken können, dass er schon involviert ist“, sagte Gigi und drückte meine Hände. „Gut, dass er sich darum kümmert. Ich schwöre, dieser Mann hat mehr Kontakte als ein CIA-Agent.“

Ich musste schmunzeln und nickte. „Das Gefühl habe ich auch.“

Sebastian hatte als junger Mann selbst Probleme mit dem Gesetz gehabt und zog es vor, Ermittlungen intern zu regeln, anstatt sich auf die Polizei zu verlassen, wenn es um Fälle seiner Mandanten ging. Das bedeutete, dass er Ressourcen hatte, die die meisten anderen Anwälte nicht besaßen. Ehrlich gesagt war er in den letzten Monaten ein echter Segen für den Zirkel von Premonition Pointe gewesen – und ganz besonders für mich.

„Wir sind da“, sagte Grace Valentine hinter mir.

Ich drehte mich um und sah die Maklerin, gefolgt vom Rest des Zirkels. Grace‘ kastanienbraunes Haar war zu einem lockeren Knoten hochgesteckt, und sie trug einen schicken weißen Hosenanzug und glitzernde blaue Stilettos. „Kommst du direkt von einer Besichtigung?“

Sie nickte und zog einen Mini-Schokoriegel aus ihrer Handtasche. Bevor sie ihn auspackte, überlegte sie es sich nochmal und steckte ihn zurück. Sie schob die Unterlippe vor und schmollte. „Ich kann mir keinen Zucker leisten, der meine Magie neutralisiert. Außerdem bin ich auf Diät … schon wieder. Warum ist es so verdammt schwer, zehn Kilo zu verlieren?“

„Wahrscheinlich, weil du Schokoriegel in deiner Handtasche mit dir herumträgst“, stichelte Hope Anderson.

Grace verdrehte die Augen, umarmte mich kurz und sagte: „Tut mir leid, dass das gerade passiert, Marion. Aber wir tun alles, um herauszufinden, was dahintersteckt.“

„Neutralisiert Zucker wirklich deine Magie?“, fragte ich verwirrt. Davon hatte ich noch nie gehört.

„Ein bisschen. Im Zirkel geht es noch, aber allein dämpft er meine Fähigkeiten. Seltsam, ich weiß. Aber es war ganz hilfreich, als ich meine Emotionen nicht im Griff hatte und aus Versehen ständig meinen Ex verflucht habe.“

„Das klingt ehrlich gesagt nicht nach einem Problem“, sagte ich lachend. Ihr Ex hatte ihr wirklich übel mitgespielt.

Der ganze Zirkel lachte, Grace eingeschlossen. „Da hast du vermutlich recht“, gab sie zu. „Aber ich hätte meine Flüche trotzdem gern unter Kontrolle.“

„Verständlich“, sagte ich und ließ den Blick über die sechs Hexen schweifen, die alles stehen und liegen gelassen hatten, um mir beizustehen. „Sind wir bereit?“

Iris Hartsen, die mir geholfen hatte, Miss Matched aufzubauen, und noch immer gelegentlich mit mir arbeitete, trat neben mich. Ihr Gesichtsausdruck war ernst, als sie fragte: „Glaubst du, Sara hat was damit zu tun?“

Die Frage ließ mich innehalten. „Daran habe ich ehrlich gesagt noch gar nicht gedacht.“ Ich blinzelte sie an. „Warum sollte sie?“

„Ich weiß es nicht. Vielleicht, um die Aufmerksamkeit von sich abzulenken?“ Iris verzog das Gesicht. „Ich denke nur ungern so, aber wir haben in den letzten Jahren zu viel gesehen. Zu viele Menschen haben sich als unaufrichtig herausgestellt. Also müssen wir diese Fragen stellen.“

„Du hast recht“, sagte ich ernst und schüttelte dann den

Kopf. „Ich weiß nicht, was mit Sara los ist, aber mein Bauchgefühl sagt mir, dass sie nichts damit zu tun hat."

„Bauchgefühl ist wichtig", sagte Carly Preston und meldete sich zum ersten Mal zu Wort. Die berühmte Schauspielerin hatte wie so oft im Hintergrund gestanden und alles mit angehört, bis sie etwas Wichtiges beizutragen hatte.

Joy Lansing, eine weitere Schauspielerin aus Premonition Pointe, hakte sich bei Carly unter und nickte. „Mein Bauchgefühl liegt selten falsch."

„Danke", sagte ich und meinte es auch so.

Der Zirkel und Ty folgten mir ins Gebäude und in das Büro, das ich mir mit Charlotte teilte – und mit Iris, wenn sie bei mir arbeitete. Kurz bevor ich die Tür öffnete, erinnerte ich alle daran, nichts anzufassen, da Sebastian ein Spurensicherungsteam schicken würde.

„Alles klar", antworteten sie wie aus einem Mund und gingen nacheinander hinein. Ty blieb in der Nähe der Tür stehen und gab uns Raum für das, was wir tun mussten.

Während wir zu siebt in der Mitte des Raumes standen, ließ ich den Blick schweifen und überprüfte, ob sich in den zwanzig Minuten, die Ty und ich draußen gewesen waren, etwas verändert hatte. Ich hatte keinen Grund, das anzunehmen. Schließlich war ich die ganze Zeit direkt vor der Tür gewesen. Aber nach all dem übernatürlichen Chaos, das ich im letzten Jahr erlebt hatte, konnte man nie wissen.

Gigi ging langsam auf den Schreibtisch zu, die Stirn gerunzelt, die Lippen zusammengepresst.

„Was ist los, Gigi?", fragte Iris und stellte sich neben ihre Zirkelschwester.

„Die Energie hier drin ist … seltsam." Sie schob sich eine Strähne ihres honigblonden Haars hinter das Ohr, während sie vor meinem Computer stehen blieb. „Sie konzentriert sich hier."

„Genau da hat Charlotte die dunkle Energie gespürt", sagte ich. „Ich habe sie auch gefühlt, als ich ihre Hand berührt habe. Es war furchtbar. Spürt sie sonst noch jemand?"

Eine nach der anderen schüttelten die Hexen den Kopf.

„Es riecht ein bisschen nach faulen Orangenschalen", sagte Hope mit einem Schulterzucken. „Ich dachte, jemand hätte den Müll vergessen."

Ich blinzelte. „Faule Orangen?" Dann holte ich tief Luft und schüttelte den Kopf. „Ich rieche nichts." Während ich in allen drei Mülleimern nachsah, fragte ich: „Riecht es sonst noch jemand?"

„Nein", sagte Grace, deren Absätze auf den Fliesen klickten. „Für mich riecht es eher nach feuchter Erde. Ein bisschen modrig."

„Schimmel!", rief ich erschrocken. „Iris?" Ich sah sie mit großen Augen an. „Riecht es hier immer so?"

„Nein." Sie schüttelte den Kopf und musterte Grace und Hope. „Ihr wart schon öfter hier. Ist euch das früher aufgefallen?"

„Nein. Nur heute", sagte Hope.

„Mir auch nicht", ergänzte Grace. „Und ich bin ziemlich empfindlich, was Gerüche angeht. Du glaubst gar nicht, was Kunden in Häusern, die ich ihnen zeige, alles riechen. Ich habe mir da wirklich eine feine Nase antrainiert."

„Den Göttern sei Dank", murmelte ich. „Glaubt ihr, diese Gerüche stammen von dem Eindringling?"

„So interpretieren sie vermutlich die dunkle Energie", sagte Gigi. Sie deutete auf den Schreibtisch. „Hier ist sie am stärksten. Ich denke, wir sollten einen Kreis um deinen

Arbeitsplatz bilden und versuchen, eine Göttin um Antworten zu bitten."

Die Zirkelschwestern verteilten sich und nahmen ihre Plätze ein, sodass der Raum vor dem Computer für mich frei blieb.

Ich straffte die Schultern und trat in die Mitte, während Grace eine Stofftasche öffnete und weiße Stumpenkerzen verteilte.

„Es wäre einfacher, wenn der Eindringling irgendeine Art Visitenkarte hinterlassen hätte", sagte Gigi. „Aber da nur diese komische Energie da ist, wie wäre es, wenn wir genau die kanalisieren, während wir die Göttin rufen?"

„Klingt nach einem soliden Plan", sagte Iris und stellte ihre Kerze vor sich auf den Boden. Die anderen taten dasselbe, dann griffen wir nach den Händen der anderen.

„Marion, du führst", sagte Gigi leise.

Ich nickte kurz, schloss die Augen, öffnete mich für die Kraft des Zirkels und wartete auf das Rauschen der Magie, das mich sonst immer erfüllte, wenn wir verbunden waren.

Doch anstatt Magie durch meine Adern fließen zu spüren, überrollte mich eine Welle von Übelkeit, bei der sich mein Magen verkrampfte.

„Ugh!", keuchte Hope, während alle anderen ebenfalls ihren Unmut kundtaten. „Was zum Henker war das?"

„Das ist die böse Energie, die noch hier im Raum hängt", sagte Gigi ruhig.

Ich nickte. „Genau das habe ich gespürt, als ich Charlotte berührt habe. Sie scheint keinerlei Abwehr dagegen zu haben. Deshalb habe ich sie nach Hause geschickt."

Hope schüttelte sich, als wollte sie die Energie abstreifen. „Wie blocken wir das, damit wir tun können, was wir tun müssen?"

„Wir müssen uns einfach auf die Magie konzentrieren", sagte Iris. „Wenn wir unsere Gedanken darauf richten, sollte die Energie uns nicht so beeinträchtigen."

„Wir können es versuchen", sagte Gigi und nickte.

„Okay", sagte ich, obwohl mir vor der nächsten Übelkeitswelle graute. „Bereit?"

Alle streckten die Hände aus, und kaum hatte ich meine um Gigis und Hopes Finger geschlossen, schwappte diese schmierige Welle von Dunkelheit erneut in mich hinein. Ich kniff die Augen zu und konzentrierte mich darauf, mich mit der Magie meines Zirkels zu verbinden. Die negative Energie begann sich aufzulösen, aber ich spürte keinerlei Magie.

Nichts.

Nicht einmal ein Funke.

Ich öffnete die Augen und sah die anderen an. „Was passiert hier gerade?"

„Nichts", sagte Iris frustriert.

„Meine Magie zündet kaum", ergänzte Gigi.

Hope stieß ein genervtes Schnauben aus. „Meine Magie ist komplett weg."

„Meine auch", sagte Grace.

Joy und Carly bestätigten ebenfalls, dass sie nichts spürten.

„Es fühlt sich an, als würde diese dunkle Energie uns blockieren", sagte Gigi und ließ Iris' und meine Hände los. Langsam ging sie um den Kreis herum und schüttelte den Kopf. „So kommen wir nicht weiter. Nicht hier. Nicht, bevor wir eine gründliche Reinigung machen."

„Ich habe Salbei", sagte ich und ging bereits zum Schrank mit unseren Vorräten. „Wir können das gleich—"

„Nein", unterbrach Gigi bestimmt. „Noch nicht. Wir wissen nicht genau, womit wir es zu tun haben."

Ich runzelte die Stirn. „Spielt das eine Rolle, wenn wir doch einfach nur die schlechte Energie loswerden wollen?"

„Ja", antwortete Carly für sie. „Wenn es ein Fluch ist, passiert im besten Fall gar nichts. Im schlimmsten Fall setzt der Salbei etwas wirklich Übles frei, das wir nicht kontrollieren können. Es ist besser zu warten, bis wir wissen, was es ist, und dann einen genauen Plan zu entwickeln, damit niemand verletzt wird."

Wenn Charlotte doch nur hier wäre! Zusammen, mit dem Dolch in der Hand, waren wir bisher noch auf keinen Zauber gestoßen, den wir nicht neutralisieren konnten. Trotzdem stimmte ich meinen Zirkelschwestern zu: Je mehr Informationen wir hatten, desto besser. „Okay. Wenn unsere Magie hier nicht greifen kann, was schlägst du vor? Zum Zirkelkreis gehen?"

„Ja", sagte Gigi und wandte sich bereits zur Tür.

Ich stieß einen frustrierten Seufzer aus. „Tut mir leid. Das war für euch alle eine riesige Zeitverschwendung."

Iris blieb abrupt stehen. „Nein, war es nicht. Wir wissen jetzt eine Sache."

„Und die wäre?"

„Sara hat damit nichts zu tun. Nichts an dieser dunklen Energie passt zu ihr", sagte Iris mit fester Stimme.

Sie hatte recht. Nichts davon fühlte sich nach der Frau an, mit der ich gearbeitet hatte. „Aber woher wissen wir dann, ob das hier mit den Vergiftungen zusammenhängt?"

„Wissen wir nicht", sagte Gigi. „Aber es wäre schon ein ziemlich großer Zufall, wenn nicht, oder?"

Sie hatte recht. „Dann heißt das wohl, dass wir Sara einen Anwalt besorgen müssen."

Gigi nickte. „Ich rufe Sebastian auf dem Weg zum Zirkelkreis an."

KAPITEL 5

„Bist du sicher, dass ich nicht mitkommen soll?“, fragte Ty, als ich vor meinem Haus anhielt. „Was solltest du dort schon tun?“, fragte ich und stellte den Motor ab. „Es ist nur eine Beschwörung mit dem Zirkel. Nichts, was wir nicht schon öfter gemacht hätten.“

„Schon, aber …“ Er schüttelte den Kopf. „Keine Ahnung. Ich wollte sagen, dass diese Beschwörungen bisher nicht mit böser Energie zu tun hatten, die in deinem Büro herumhing – aber Flüche sind vermutlich auch nicht viel besser.“

Ich legte ihm beruhigend die Hand auf den Arm. „Ich bin mit sechs Zirkelschwestern dort. Zusammen sind wir stark. Vor allem dort.“ Der Zirkelkreis war der Ort, an dem wir unsere Kraft bündelten, und ich war mir ziemlich sicher, dass jemand oder etwas, das uns dort angriff, eine sehr schmerzhafte Lektion bekommen würde. „Ich weiß. Ich glaube, ich bin einfach noch aufgewühlt nach allem, was heute passiert ist.“ Er legte seine Hand auf meine und drückte sie. „Ich darf mir Sorgen um meine Mom machen, oder?“

Meine Mom. Mein Herz zog sich zusammen vor Liebe. Ty war nicht mein leiblicher Sohn, aber seit wir seine Mutter Trish verloren hatten, war ich in jeder Hinsicht wie eine Mutter für ihn gewesen. Dass er mich als so etwas wie seine Ersatzmutter sah … nun, das war eine Ehre.

Ich schenkte ihm ein kleines Lächeln. „Natürlich darfst du dir Sorgen machen. Die Göttin weiß, dass ich durchdrehen würde, wenn du losziehen würdest, um dich mit irgendeiner unbekannten bösen Energie anzulegen. Ehrlich gesagt: Wenn bei der Beschwörung tatsächlich was schiefgeht, dann will ich dich ganz bestimmt nicht in der Nähe haben. Zu wissen, dass du hier bist und in Sicherheit, bedeutet, dass auch ich sicherer bin – weil ich mir keine Sorgen um dich machen muss."

Ty stieß ein trockenes Lachen aus. „Ich sehe, was du da machst. Es beruhigt mich trotzdem nicht wirklich, hierzubleiben, aber ich verstehe, was du meinst."

„Heißt das, du steigst jetzt endlich aus dem Auto?", neckte ich.

„Wenn ich soweit bin", gab er todernst zurück.

Ich lachte leise, beugte mich über die Mittelkonsole und umarmte ihn. „Danke, dass du heute für mich da warst. Aber ab hier übernehmen der Zirkel und ich. Geh bitte zu Charlotte, sieh nach ihr und schreib mir, damit ich weiß, dass es ihr gut geht."

„Mach' ich." Er hielt mich einen Moment zu lang fest, als wollte er mich gar nicht loslassen.

„Ty? Alles okay?"

Er ließ mich los und räusperte sich. „Ehrlich gesagt? Ich weiß nicht. Aber es wird schon. Spätestens, wenn du vom Zirkelkreis zurück bist."

In diesem Moment wollte ich nichts lieber, als ins Haus zu

gehen und so zu tun, als hätte es diesen Tag nie gegeben. Bei meiner Familie sein, ihnen versichern, dass alles gut war. Aber nichts war gut. Der Tag war mir um die Ohren geflogen, und ich hatte keine Ahnung, womit wir es zu tun hatten.

Warum konnten wir nicht einfach mal ein bisschen Ruhe bekommen?

„Ich komme so schnell zurück, wie ich kann. Hoffentlich haben wir dann Antworten und können zumindest einen groben Plan machen."

„Das wäre schön." Er zwang sich zu einem Lächeln und stieg aus. Kurz bevor er die Tür schloss, sagte er: „Ich weiß nicht warum, aber ich habe ein ganz mieses Gefühl bei der Sache. Also sei bitte vorsichtig, ja?" Ich nickte ernst.

Er schloss die Tür, und ich blieb noch einen Moment sitzen und sah ihm nach, als er ins Haus ging. Dass Ty seine Sorgen so offen ausgesprochen hatte, beunruhigte mich. Er war nicht der Typ für Drama. Das war eher Charlottes oder Celias Ding. Wenn er sowas sagte, dann ließ ihn dieses Gefühl wirklich nicht los. Und das nahm ich sehr ernst.

Ich warf einen Blick auf den Rücksitz des SUVs und sah meinen Dolch. Der Anblick beruhigte mich kein bisschen. Es gab einfach zu viele offene Fragen. Ich straffte die Schultern, legte den Gang ein und fuhr los Richtung Klippen, um mich meinem Zirkel anzuschließen.

„Die Energie hier ist überhaupt nicht mit der bei dir im Büro zu vergleichen, Marion", sagte Gigi und holte tief Luft, während sie die salzige Meeresluft einatmete. Ich tat dasselbe und ließ die frische Luft die negative Energie aus mir herausspülen. Ich musste meine Ängste loswerden, wenn ich bei dieser Beschwörung von Nutzen sein wollte. Göttinnen ließen sich nicht einfach so rufen. Ich musste voll dabei sein.

„Sehe ich auch so", sagte Carly, die neben Gigi trat. „Das Problem ist nur: Wir haben nichts, womit wir den Eindringling identifizieren können. In Marions Büro war seine Energie wenigstens überall."

„Stimmt." Gigi wandte sich mir zu. „Ich glaube, wir brauchen dich in der Mitte des Kreises."

„Mich?" Ich starrte sie an, mehr als nur überrascht. „Warum ausgerechnet mich?" „Weil ...", sagte sie und machte eine beiläufige Handbewegung, „die Energie des Eindringlings durch dich geflossen ist, als du und Charlotte im Büro wart. Wäre sie hier, würde ich sie in die Mitte schicken. Aber da sie nicht hier ist, bist du unsere beste Option. Es sei denn, du willst sie herholen." Mit gerunzelter Stirn schüttelte ich den Kopf. Ganz sicher wollte ich Charlotte keiner Beschwörung einer Göttin aussetzen – schon gar keiner, bei der die Göttin durch sie sprechen würde. Sie hatte heute mehr als genug mitgemacht. „Nein. Ich mache es. Charlotte ist gerade nicht in der Verfassung für sowas."

„Das dachte ich mir", sagte Gigi sanft. „Keine Sorge, Marion. Der Zirkel ist stark. Wir passen auf dich auf."

Ein dumpfer Schmerz zog sich in meinem Bauch zusammen. War das der Grund, warum Ty so besorgt gewesen war? Mir war nicht klar gewesen, dass sie mich als Gefäß nutzen wollten. Sich für so etwas zu öffnen, macht einen extrem verletzlich. Wenn nur eine Sache schiefging, konnte alles Mögliche passieren.

Iris trat zu mir und drückte meine Hand. „Du musst das nicht tun. Das weißt du, oder?" „Ja", sagte ich automatisch – aber ich meinte es nicht so. Was auch immer in mein Büro eingedrungen war, hatte nicht nur meinen Raum verletzt, sondern Charlotte so krank gemacht, dass sie beinahe zusammengebrochen wäre. Diese Art von Energie konnte ich nicht einfach ignorieren. Wenn ich nicht herausfand, womit wir es zu tun hatten, wären wir leichte Beute. Das konnte ich meiner Familie nicht antun. „Danke. Aber wenn niemand sonst eine Idee hat, wie wir herausfinden, was in mein Leben eingebrochen ist, dann hat Gigi recht. Ich muss das machen."

Alle schüttelten die Köpfe. Normalerweise brauchten wir für eine solche Beschwörung einen Gegenstand, der die Energie der gesuchten Person trug. Wir hatten nichts – außer dem, was im Büro zurückgeblieben war. Wenn die Göttin nur durch mich einen Eindruck davon bekommen konnte, dann gab es keine Alternative.

„Gut." Ich trat in die Mitte des Kreises. „Dann lasst uns loslegen."

Ohne ein weiteres Wort begannen meine Zirkelschwestern, den Kreis zu sichern. Hope streute eine frische Linie Salz, um alles – und jeden –, den wir riefen, im Kreis zu halten.

Mit mir.

Ein kleiner Schauer lief mir über den Rücken. Ich wusste, dass eine Göttin so ziemlich das Sicherste war, was man beschwören konnte, aber sobald der Schleier fiel, konnten unvorhersehbare Dinge geschehen.

Hope verteilte die weißen Kerzen, und die Hexen nahmen ihre Plätze ein. Innerhalb des Salzkreises zeichnete sich das schwache Muster eines Pentagramms ab. Magie lag bereits in der Luft und wartete darauf, vom Zirkel gebündelt zu werden. Ich rückte ein Stück, bis ich genau im Zentrum stand, und wartete.

Gigi nahm die nördliche Position ein, breitete die Arme aus und ließ den Kopf in den Nacken sinken, sodass die

Mittagssonne ihr Gesicht wärmte. Der Rest des Zirkels folgte ihrem Beispiel.

„Göttin des Wissens, wir sind hier, um Antworten zu suchen!“, rief Gigi. Der Wind frischte auf, wehte um mich und peitschte mir die Haare ins Gesicht.

„Eine zu sieben und sieben zu einer, der Zirkel bittet darum, Geheimnisse zu enthüllen“, fuhr Gigi fort. Die Kerzen am Rand des Kreises flammten auf.

„Feuer, Wasser, Erde und Luft – wir kommen zusammen, um deine Führung zu erbitten. Luft, Erde, Wasser und Feuer – wir bitten die Elemente, uns die Wahrheit zu bringen.“ „Luft, Erde, Wasser, Feuer“, sang der Zirkel gemeinsam. „Feuer, Wasser, Erde, Luft“, wiederholten sie, ihre Stimmen erhoben sich mit dem anschwellenden Wind.

Gigi hob die Arme gerade nach oben und rief: „Zeig dich, wenn du es wagst!“

Mein Körper wurde schlagartig steif, meine Lungen zogen sich zusammen. Ich wollte den Mund öffnen, wollte rufen, um Hilfe schreien – aber ich konnte es nicht. Ich stand aufrecht, konnte mich nicht bewegen, den Kopf nicht drehen, kein Wort sprechen. Ich konnte nicht einmal atmen.

„Göttin des Wissens und der Macht, wir suchen deine Weisheit“, fuhr Gigi fort. „Wir heißen dich in unserem Kreis willkommen. Zeig dich deinen demütigen Schwestern auf Erden.“

Jede meiner Zirkelschwestern sank am Rand des Kreises auf die Knie, ihre Blicke auf mich gerichtet, die Augen vor Überraschung weit aufgerissen.

Meine Lungen brannten, mir wurde schwindelig. Wäre da nicht der Zauber gewesen, der mich aufrecht hielt, wäre ich längst zusammengebrochen. Mein Blick verschwamm, und irgendwo tief in mir fragte ich mich, ob ich hier vor meinem Zirkel ersticken würde.

Mein Herz schmerzte bei dem Gedanken an Ty, an Jax und an meinen Vater.

Plötzlich erschien Charlottes Gesicht vor mir. *Hör auf damit,* befahl sie mit wütendem Blick. *Du verlässt uns noch lange nicht, Marion Matched!*

Plötzlich strömte Luft in meine Lungen, und mein Blick klärte sich. Doch als ich den Mund öffnen wollte, hörte ich eine Stimme in meinem Kopf.

Ich bin jetzt hier, Marion. Dein Körper gehört mir ... für den Moment.

Panik flutete meinen Geist, und wieder wurde mir schwindelig, während ich verzweifelt zu begreifen versuchte, was geschah.

Dann öffnete sich mein Mund, und Worte, die nicht meine waren, kamen heraus. „Schweigt!“, befahl sie.

Erst da begriff ich, dass der Zirkel immer noch sang, immer noch die Göttin rief.

„Wer seid ihr, dass ihr es wagt, mich zu beschwören?“, fragte die Stimme in mir.

„Göttin Athene“, flüsterte Gigi. „Wir fühlen uns geehrt durch deine Gegenwart.“

Das Wesen – oder die Göttin – in meinem Körper entspannte sich sichtlich. Meine Glieder waren nicht mehr verkrampft, und ein kleines Lächeln legte sich auf meine Lippen.

„Das hoffe ich“, sagte die Göttin. „Es ist schließlich höchst ungewöhnlich, dass ich eine solche Anmaßung dulde. Aber bei einer Beschwörung dieser Art …“ Sie lachte schallend auf. „Wie hätte ich da widerstehen sollen?“

„Wir danken dir demütig für deine Großzügigkeit", sagte Gigi und streichelte das Ego der Göttin.

Ich spürte, wie sich die Freude der Göttin durch mich zog. Gigi machte alles genau richtig. Wenn es eines gab, was ich über Göttinnen wusste, dann das: Sie verlangten Respekt. Und wenn sie ihn nicht bekamen, konnte man nie vorhersagen, was sie tun würden.

„Was begehrt ihr von mir, Kinder?", fragte Athene.

„Deine Weisheit. Dunkle Energie ist in unser Leben eingedrungen, doch wir wissen nicht, wem sie gehört oder warum sie plötzlich in unserer Stadt ist. Wir bitten demütig um Hilfe, den Eindringling zu identifizieren."

„Und wie, bitte schön, soll ich diesen Eindringling identifizieren?", fragte Athene nun eher neugierig als verärgert.

„Marion, das Gefäß, dessen ihr euch bedient, hat seine Energie durch eine andere gespürt. Reste davon sollten noch in ihrer Psyche sein."

„Ich verstehe", sagte Athene und nickte. „Gibt mir das Gefäß die Erlaubnis, ihre Essenz zu durchdringen?"

Nein! schrie ich in meinem Kopf. Das würde bedeuten, mich der Göttin vollständig zu öffnen – jedes einzelne Teilchen meines Seins. Nichts würde unberührt bleiben.

„Euer Gefäß ist dieser Herausforderung nicht gewachsen", sagte Athene nun gelangweilt. „Ihr habt meine Zeit verschwendet."

Ein Hauch von Luft füllte meine Lungen, und ich spürte, wie die Göttin begann, sich zurückzuziehen.

„Warte!", schrie ich plötzlich, als mir klar wurde, dass uns gerade unsere einzige Chance auf Antworten entglitt. Das Wort kam verzerrt heraus, und ich wusste nicht einmal, ob es verständlich gewesen war – doch die Göttin kehrte zurück und lähmte mich erneut.

„Du hast deine Meinung geändert?“, fragte sie skeptisch.

Ja, dachte ich und machte mich innerlich auf alles gefasst.

Sofort wurde mir schrecklich schwindelig, dann durchzog mich dieselbe Dunkelheit, die mich erfasst hatte, als ich Charlotte zuvor berührt hatte. Hoffnungslosigkeit und Verzweiflung stachen mir ins Herz, ließen mich innerlich aufschreien – doch ich konnte nichts tun. Ich war gefangen in diesem Abgrund.

Mein Geist füllte sich mit Erinnerungen aus meiner Vergangenheit. Erinnerungen, die ich lange begraben hatte. Die, die ich immer verdrängte, sobald sie an die Oberfläche kommen wollten.

Meine Mutter, die uns verlassen hatte, als ich klein war. Mein Vater, wochenlang nur ein Schatten seiner selbst, emotional nicht erreichbar für die Tochter, die ihn am dringendsten gebraucht hätte. Meine Mutter, die Jahre später mit einer weiteren Tochter zurückkam – nur um uns wieder zu verlassen. Ich, wie ich Charlotte tröstete, als ihr klar wurde, dass unsere Mutter nicht zurückkehren würde. Der Moment, in dem ich mich von Jax getrennt hatte, weil mir bewusst geworden war, dass unsere Auren nicht kompatibel waren. Ich hatte gesehen, was das mit meinen Eltern angestellt hatte, und das wollte ich niemals durchmachen. Der körperliche Schmerz des gebrochenen Herzens, das folgte, als ich ihn gehen ließ, war fast mehr gewesen, als ich ertragen konnte. Und dann diese Nacht, als ich erfahren hatte, dass Trish – meine beste Freundin – gestorben war.

Athene hob meine Arme, mein Gesicht der warmen Sonne zugewandt. Dann ließ sie plötzlich meinen Kopf in den Nacken sinken, während sie auf meinen Füßen schwankte. Als sie ihn wieder hochriss, war ihre Stimme klar wie der Klang einer Glocke.

„Die, die ihr sucht, verbirgt sich vor euren Augen."

Dann riss sie meine Augen weit auf, und eine Welle puren Ekels durchströmte mich. Ihre Stimme war dunkel und von Gift durchzogen, als sie hinzufügte:

„Hütet euch vor jenen, die im Mondlicht wandeln."

Im nächsten Augenblick war die Göttin fort. Leere und Kälte blieben zurück, während mein Körper schlaff zu Boden sank.

KAPITEL 6

„Marion!“, rief Grace.

Ich blinzelte, unfähig, scharf zu sehen.

„Alles ist gut, Marion“, sagte Iris und legte mir eine Hand auf die Schulter.

„Iris?“ Ich blinzelte erneut, diesmal lichtete sich der Schleier vor meinen Augen. „Wo sind wir?“ Panik begann, sich in meiner Brust auszubreiten. Ich konnte mich nicht daran erinnern, wo ich war oder wie ich hierhergekommen war.

„Wir sind beim Zirkelkreis oben an den Klippen. Erinnerst du dich nicht?“

Ich stemmte mich in eine sitzende Position hoch und musste mir sofort den Kopf halten, als mir von der Bewegung schwindelig wurde.

„Whoa. Ganz ruhig. Lass dir Zeit“, beruhigte Iris mich.

Ich sah sie an und dann die übrigen Zirkelschwestern. Alle starrten mich an, Sorge deutlich sichtbar in ihren Gesichtern. „Mir geht's gut“, beharrte ich, als der Schwindel abebbte.

Als niemand etwas sagte, blickte ich zu Grace und

bemerkte das Mitgefühl in ihren Augen, während sie auf mich herabsah.

„Warum seht ihr mich so an, als ob—" Noch bevor ich den Satz beenden konnte, wurde mein Geist von der Erinnerung an die Göttin geflutet, die Besitz von mir ergriffen hatte. Die Erinnerungen, die mich an meine dunkelsten Orte geführt hatten. Und ihre Warnung, kurz bevor sie verschwunden war. Ich holte tief Luft und zwang mich, Blickkontakt mit jeder einzelnen Zirkelschwester herzustellen. Sie alle sahen mich mit Mitgefühl an, und in diesem Moment wusste ich es einfach. „Ihr habt alles gesehen, oder?"

Iris räusperte sich und sagte vorsichtig: „Wir haben gesehen, wie die Göttin deinen Körper als Gefäß benutzt hat, wenn du das meinst."

„Iris", sagte ich genervt. „Mach das nicht. Du weißt genau, was ich meine."

Sie räusperte sich erneut und sah kurz zur Seite, bevor sie mir wieder in die Augen blickte. „Wir haben gesehen, was sie mit dir gemacht hat. Die Erinnerungen an deine Kindheit und deine Teenagerjahre. Ja."

Ich stöhnte leise und rieb mir übers Gesicht.

„Das ist eine Menge", sagte Gigi. „Aber wenn es jemanden gibt, mit dem du sowas teilen kannst, dann sind wir das. Das weißt du doch, oder?"

„Genau dafür sind wir da", fügte Carly hinzu. „Dieser Zirkel besteht nicht nur aus Zirkelkreisen und Kräutertränken."

„Sie haben recht", sagte Joy sanft und setzte sich neben mir in den Sand. „Wir mögen ein Zirkel sein, aber zuallererst sind wir Schwestern."

Ich schenkte Joy ein Lächeln. Ich wusste es wirklich zu schätzen, was sie taten. Trotzdem war es mir unangenehm. „Hört zu, Leute, diese Therapiesitzung ist ja schön und gut, aber könnt ihr bitte aufhören, mich anzusehen, als hätte ich gerade meinen Welpen verloren? Das alles liegt lange zurück, und wir wissen doch alle, dass die Göttin das nur aufgewühlt hat, um in meinen Kopf zu kommen und die Energie des Eindringlings zu finden."

„Und weil sie eine machthungrige Göttin ist", sagte Hope ein wenig angewidert.

Ich zog eine Augenbraue hoch. „Das war nicht deine erste Begegnung mit Athene?"

„Doch, war es", sagte sie, stemmte die Hände in die Hüften und warf ihr langes dunkles Haar zurück. „Aber es gibt keinen Grund, deinen Kopf so zu durchwühlen, nur um sich an die Energie der Person zu hängen, die in dein Büro eingebrochen ist. Keine Göttin, die etwas auf sich hält, würde dich erst brechen wollen, bevor sie nach einer kryptischen Bullshit-Botschaft verschwindet. Ich meine, was zum Teufel sollen wir mit *‚Hütet euch vor jenen, die im Mondlicht wandeln'* anfangen? Das kann buchstäblich alles und jeder sein."

„Vergiss nicht, dass sie auch gesagt hat: *‚Die, die ihr sucht, verbirgt sich vor euren Augen'*", warf Grace ein. „Wenn das der Hinweis ist, dann müssten wir jedem Menschen misstrauen, dem wir begegnen. Ganz zu schweigen von unseren Familien. Damit steht die ganze Stadt unter Verdacht, und als Ausgangspunkt für eine Ermittlung taugt das überhaupt nicht."

Iris wippte auf die Fersen zurück. „Sich vor aller Augen zu verbergen bedeutet vermutlich, dass es jemand ist, dem wir vertrauen."

Mir stieg plötzlich Galle in den Hals, und ich legte mir meine kalte Hand in den Nacken. „Das heißt wirklich, dass wir Freunde und Familie in Betracht ziehen müssen."

„Anscheinend nur diejenigen, die nächtliche Spaziergänge im Mondlicht machen", schnaubte Hope.

Ich konnte nicht anders und lachte. „Da hast du recht. Was machen wir also? Verpassen wir Freunden und Familie Fußfesseln mit GPS-Tracker und warten darauf, dass sie das nächste Mal nackt am Strand spazieren gehen?“

Hope sah mich an, als würde sie meinen Vorschlag ernsthaft in Erwägung ziehen.

Grace stieß sie sanft mit dem Ellenbogen an. „Ganz bestimmt nicht. Wenn wir diesem Plan folgen würden, wäre deine Mutter die Erste, die wir verhören müssten.“

Hope lachte. „Da hast du nicht unrecht.“ Dann wurde sie ernst und sah mich direkt an. „Das war ein Fehler.“

„Was war ein Fehler?“, fragte ich und stemmte mich hoch, wobei ich stöhnte, als mein Rücken schmerzhaft protestierte. Offenbar fand mein fast fünfzigjähriger Körper es nicht sonderlich toll, auf den harten Boden aufzuschlagen.

„Das hier. Die Göttin zu rufen und zuzulassen, dass sie dich benutzt, um herauszufinden, wer es auf dein Büro abgesehen hat. Das war viel zu invasiv für viel zu wenig Information.“ Sie sah die anderen Zirkelschwestern an. „Nur weil wir etwas tun können, heißt das nicht, dass wir es auch tun sollten.“

Grace legte sich eine Hand aufs Herz und nickte. „Da stimme ich zu. Das war extrem schmerzhaft für sehr wenig brauchbare Information. Beim nächsten Mal müssen wir es besser machen.“

Die Stimmung im Zirkel war gedrückt. Und alles nur, weil sie meine persönlichen Traumata hatten miterleben müssen. Dabei hatte doch jeder sein Päckchen zu tragen. Es war ja nicht so, als wäre ein düsteres Geheimnis ans Licht gekommen, das mir jetzt schaden würde. Ich hatte diese Dinge längst verarbeitet und kam damit klar. Oder zumindest so gut, wie man damit klarkommt, wenn die eigene Mutter einen immer wieder verlassen hatte. Trotzdem verstand ich, was sie meinten. Wären die Erlebnisse in meiner Vergangenheit dunkler gewesen, hätte mich das in eine ernsthafte psychische Krise stürzen können.

Gigi trat neben mich, ihr Gesicht aschfahl, als wäre gerade etwas Schreckliches passiert. „Es tut mir so leid, Marion. Das war meine Idee, und mir war nicht klar, wie invasiv das werden würde. Ich hätte —"

„Stopp", sagte ich und hob abwehrend die Hände. „Bitte nicht. Ich weiß eure Fürsorge und euer Mitgefühl wirklich zu schätzen. Und ich liebe euch dafür. Aber mir geht's gut. Wirklich. Das alles ist Vergangenheit. Ja, es ist scheiße, dass es so wieder hochgeholt wurde, aber ich komme damit klar. Versprochen. Ihr müsst euch nicht bei mir entschuldigen. Niemand hat mich gezwungen, mich einer Göttin zu öffnen. Ich habe das freiwillig getan, weil ich Antworten wollte. Wäre es schön gewesen, wenn wir irgendwas auch nur ansatzweise Brauchbares bekommen hätten anstatt einer kryptischen Botschaft, die alles bedeuten kann? Natürlich. Aber ehrlich gesagt bin ich von dem, was heute passiert ist, so verunsichert, dass ich es sofort wieder tun würde, wenn ich glaubte, dass es hilft."

„Aber, Marion", sagte Joy mit besorgtem Blick, „ich glaube, wir wollen einfach nur sagen, dass vieles von dem, was wir tun, unberechenbar ist, und dass wir vielleicht etwas vorsichtiger sein sollten."

„Ich weiß. Und wie gesagt, ich weiß das zu schätzen. Ich will nur sagen, dass ich meine Zustimmung gegeben habe und es wieder tun würde. Also sollten wir vielleicht in Zukunft mehr über mögliche Konsequenzen nachdenken, bevor wir uns in Zauber und Beschwörungen stürzen – aber wir sollten auch respektieren, wenn eine von uns bereit ist, mit vollem Einsatz einzusteigen."

„Das ist fair", sagte Gigi und nickte kurz. „Es gab Zeiten in meinem Leben, in denen ich keine Perspektiven mehr hatte und bereit gewesen wäre, fast alles zu tun, um etwas zu verändern. Deshalb verstehe ich, was du meinst, Marion. Das ist das Schöne daran, Teil dieses Zirkels zu sein. Wenn irgendwas schiefläuft, ist immer eine vertrauenswürdige Gruppe da, die einen auffängt."

„So ist Magie nun mal", sagte ich. „Sie birgt Risiken. Das ist nichts Neues."

„Stimmt", sagte Carly. „Gigi und ich erleben das ständig, wenn wir unsere Hautpflegeprodukte herstellen. Magie bedeutet immer Risiko. Das Einzige, was wir tun können, ist, sie zu verstehen, um Schaden zu vermeiden."

„Deshalb testen wir alles an uns selbst", sagte Gigi mit einem schiefen Grinsen. „Erinnerst du dich an diese verjüngende Creme, die ich gemacht habe, und meine Lippen sind auf das Dreifache angeschwollen? Ich sah aus, als hätte ich mich mit einer Fillernadel geprügelt – und die Nadel hat gewonnen."

„Siehst du", sagte ich. „Wir alle gehen Risiken ein. Das war eines, das ich bewusst eingegangen bin. Ich stimme zu, dass wir künftig vorsichtiger sein sollten, aber wir lassen das jetzt auf sich beruhen, okay? Mir geht's gut. Oder zumindest wird es mir besser gehen, sobald ich ein paar Tabletten gegen diese Rückenschmerzen geschluckt habe." Ich presste die Hände an meinen unteren Rücken und verzog das Gesicht. „Verdammt, Älterwerden ist echt beschissen."

„Nur wenn es morgens darum geht, aus dem Bett zu kommen", witzelte Iris, was uns alle zum Lachen brachte.

„Zu wahr." Ich deutete mit dem Kopf auf den Pfad zurück zur Straße. „Kommt. Lasst uns verschwinden, bevor noch eine weitere Göttin auftaucht und beschließt, meine Bindungsängste auseinanderzunehmen."

Wir lachten noch ein wenig weiter, während wir den Weg hinuntergingen. Als ich schließlich in meinen SUV stieg, blieb ich einen Moment sitzen und sah zu, wie meine Freundinnen sich eine nach der anderen verabschiedeten. Und als ich schließlich allein war, ließ ich den Tränen, die ich so lange zurückgehalten hatte, freien Lauf, und stieß einen gequälten Schluchzer aus.

KAPITEL 7

Ich fühlte mich leer und völlig ausgelaugt, als ich schließlich den Gang einlegte und die kurze Strecke zu meinem kleinen Cottage ein paar Blocks vom Strand entfernt fuhr. Es dämmerte bereits, und aus den beiden Fenstern zur Straße fiel helles Licht – Charlotte war also zu Hause. Nachdem ich den SUV in der Einfahrt abgestellt hatte, nahm ich mir einen Moment Zeit und betrachtete mein Gesicht im Rückspiegel. Meine geschwollenen, roten Augen und die gerötete Nase ließen sich nicht verbergen.

„Scheiße", murmelte ich. Der totale Zusammenbruch, den ich vorhin am Straßenrand oben an den Klippen gehabt hatte, hatte mich selbst überrascht. Ich hatte jedes Wort so gemeint, das ich dem Zirkel gesagt hatte – dass all mein Ballast in der Vergangenheit lag und ich ihn aufgearbeitet hatte. Aber offensichtlich nicht ganz, da ich gerade zehn Minuten geheult hatte wie ein Schlosshund.

Ich durchwühlte das Handschuhfach auf der Suche nach einer Serviette oder einem Feuchttuch. Als ob ich – eine Frau von fast fünfzig, die nie Kinder gehabt hatte – tatsächlich Feuchttücher griffbereit hätte! Ich verdrehte die Augen über mich selbst, nahm die einzige Serviette heraus, die ich fand, und versuchte, mir damit das Gesicht halbwegs wiederherzustellen. Wie erwartet brachte das rein gar nichts, und ich zwang mich schließlich, auszusteigen. Wenn ich Glück hätte, wäre Charlotte in der Küche, und ich könnte kurz ins Bad huschen, bevor mich jemand sah.

Doch natürlich hatte ich kein Glück.

„Verdammt", fluchte ich leise, als ich die Haustür öffnete und nicht nur Charlotte im Wohnzimmer antraf, sondern auch Ty und Kennedy.

„Marion?", fragte Ty besorgt, sprang auf und eilte sofort zu mir. „Was ist passiert? Was ist los?"

Ich stieß ein humorloses Lachen aus. „Du meinst abgesehen davon, dass ein böses Wesen in mein Büro eingebrochen ist und im Internet jetzt über meine tödlichen Partnervermittlungsdienste getratscht wird?" Ja, nach meinem Heulkrampf hatte ich alles noch schlimmer gemacht, indem ich online gegangen war und mir all die Memes und Kommentare durchgelesen hatte, die schon über die Miss Matched Midlife Dating Agency im Umlauf waren. Das beliebteste Meme zeigte mein Logo, umgewandelt in *Miss Matched Deadly Dating Agency* – perfekt für Auftragskiller und Serienmörder.

Ty legte den Arm um mich. „Bei allen Göttern, sag mir, dass du nicht online gegangen bist und all den Mist gelesen hast."

Ich nickte nur und ließ ihn gern glauben, dass das der Grund für meinen Zustand war. Das war einfacher, als zu erklären, was am Zirkelkreis passiert war.

„Mama Marion", sagte er, schüttelte den Kopf und sah mich mit demselben mitfühlenden Blick an, den ich vorhin schon von meinen Freundinnen bekommen hatte.

„Hör auf", sagte ich und wedelte mit der Hand. „Mir geht's gut. Jeder darf mal zusammenbrechen, wenn der Stress zu viel wird, oder? Es ist sogar besser, es rauszulassen, anstatt alles in sich hineinzufressen. Mehr ist es nicht. Und jetzt bin ich bereit, mich daran zu machen, das hier wieder in Ordnung bringen." Ohne eine Pause abzuwarten, wandte ich mich Charlotte zu. „Wie geht's dir? Diese negative Energie ist dir nicht nach Hause gefolgt, oder?"

Sie schüttelte den Kopf. „Nein. Ehrlich gesagt war sie weg, sobald wir das Büro verlassen hatten." Meine Schwester runzelte die Stirn und musterte mich. „Und was ist mit dir? Deine Energie fühlt sich ein bisschen … seltsam an."

„Du kannst meine Energie spüren?", fragte ich und war mehr als ein bisschen überrascht. Wenn sie mich berührt hätte, hätte ich das verstanden – wegen unserer magischen Verbindung. Aber sie stand auf der anderen Seite des Raumes. Charlotte war keine Empathin. Sie sollte nicht spüren, wie sich meine Energie anfühlte.

„Es ist nur so ein Gefühl, dass irgendwas nicht stimmt", sagte sie achselzuckend und stand schon auf, um auf mich zuzukommen.

Ich hob die Hand. „Gib mir bitte einen Moment. Ich muss ins Bad." Schnell eilte ich in mein Zimmer, sah die offene Tasche, die ich zuvor gepackt hatte, und hätte beinahe gleich wieder geweint. Irgendwie hatte ich bei all dem Chaos meine Pläne mit Jax völlig vergessen. Ein Blick auf die Uhr verriet mir, dass er wahrscheinlich schon unterwegs war und keine Ahnung hatte, dass unsere Pläne geplatzt waren. Seufzend legte ich das Handy aufs Bett und ging unter die Dusche. Jetzt noch eine Nachricht zu schreiben hatte keinen Sinn. Er würde früh genug merken, dass wir auf absehbare Zeit nirgendwohin fuhren.

Ich ließ das heiße Wasser über mich strömen und hoffte, dass es meine angeschlagene Seele reinigen würde. Es war einfach zu viel gewesen. Der Anruf von Sara, die Demonstration, der Einbruch und dann die emotionale Prügel von der Göttin. Dazu das Wissen, dass da draußen etwas Finsteres lauerte und unser Leben durcheinanderbrachte. Das war genug, um mich am liebsten zusammenzurollen und mir zu wünschen, dass sich einfach alles in Wohlgefallen auflöste.

Aber das war nicht meine Art. War es nie gewesen. Ich steckte nicht den Kopf in den Sand. Wenn irgendwas nicht stimmte, wenn jemand, den ich liebte, in Gefahr war, war ich immer sofort zur Stelle, um alles wieder geradezubiegen.

Heute war nur ein Rückschlag. Morgen würde ich wieder bereit sein, Arschtritte zu verteilen wie immer.

Es dauerte nicht lange, bis sich die Badezimmertür öffnete. Ohne hinzusehen, wusste ich, dass es Jax war. Und als er einen Moment später zu mir unter die Dusche kam, sagte er kein Wort, sondern schlang einfach die Arme von hinten um mich und drückte einen zärtlichen Kuss auf meine Wange.

Ich lehnte mich an ihn, schloss die Augen und sehnte mich nach seiner tröstenden Umarmung, dankbar, dass er wieder in meinem Leben und in meinem Herzen war – nach allem, was passiert war, als wir noch jung waren.

Jax zog mich fester an sich, schmiegte sein Gesicht an meinen Hals und hielt mich einfach nur fest.

Er wusste vom Drama des Tages. Daran bestand kein Zweifel. Wie auch nicht? Es war überall in den sozialen Medien. Und der Klatsch über die Demonstration vor meinem Büro am Morgen hatte sich längst in der ganzen Stadt herumgesprochen.

Ich konnte mich nicht erinnern, wann Jax und ich das letzte Mal zusammen geduscht hatten, ohne dass sofort Leidenschaft zwischen uns aufgeflammt wäre. Das war etwas, das sich zwischen uns nie geändert hatte. Die Chemie zwischen uns war unglaublich. An jedem anderen Tag wären wir längst übereinander hergefallen, als hätten wir uns seit Monaten nicht gesehen.

Aber heute war er einfach da. Er hielt mich. Er liebte mich genau so, wie ich es gerade brauchte.

Mein Herz war voll von Liebe für diesen Mann. Dass unsere Auren nicht perfekt zueinanderpassten, bedeutete mir jetzt nichts mehr. Alles, was zählte, war diese tiefere Verbindung zwischen uns. Die uns immer wieder zueinander finden ließ, auch wenn wir nicht perfekt zueinander passten. Die Verbindung, die mir in meinem Job jeden Tag half, Menschen zusammenzubringen.

Es war schwer für mich gewesen, das zu akzeptieren. Dass Menschen tief und vollkommen lieben konnten, selbst ohne diesen unsichtbaren, schicksalhaften Faden, der sie verband. Nach Jahren, in denen ich Menschen anhand ihrer Auren zusammengeführt und mit dieser Gabe ein erfolgreiches Geschäft aufgebaut hatte, hatte es lange gedauert, bis ich glauben konnte, dass kompatible Auren nicht zwingend notwendig waren.

Und jetzt stand ich hier mit der Liebe meines Lebens und hatte das Gefühl, dass es diesen unsichtbaren Faden zwischen uns vielleicht doch gab. Vielleicht gab es ihn. Liebe war wie Magie. Unberechenbar. Wild. Und mächtiger, als irgendjemand sich vorstellen konnte.

Jax' Hände glitten an meinen Hüften entlang und dann meinen Rücken hinauf, bis sie auf meinen Schultern liegen blieben. Während er Küsse auf meinen Nacken verteilte, begann er, meine verspannten Muskeln zu kneten.

Ich lehnte mich an ihn und ließ mich von ihm halten,

während mein Körper sich zum ersten Mal an diesem Tag entspannte.

„Ich werde dir nicht sagen, dass alles gut wird", flüsterte er mir ins Ohr. „Wir wissen beide, dass das niemand versprechen kann, wenn sich ein Sturm zusammenbraut. Aber ich kann dir versprechen, dass ich da bin. Was auch immer du brauchst – ich bin hier."

Dieser Mann! Womit hatte ich ihn nur verdient? Mein Herz hämmerte gegen meine Rippen, als ich mich umdrehte und zu ihm aufsah. Seine dunklen Augen ruhten auf meinen, voller Mitgefühl. Kein Mitleid. Nur Liebe und Verständnis. Genau dafür liebte ich ihn. Ich legte die Hand an sein Gesicht und strich über seinen Wangenknochen. „Du hast keine Ahnung, wie gut es tut, dich zu sehen."

Er lächelte auf mich herab und strich mit den Knöcheln über meine Wange. „Ich habe da eine ziemlich gute Ahnung."

Ich lachte leise, beinahe erstickt, und schüttelte den Kopf. „Du weißt nicht einmal die Hälfte."

Er beugte sich vor, lehnte seine Stirn an meine, und wir standen einfach da unter dem Wasserstrahl und atmeten einander ein.

Es gab keine Worte dafür, wie sehr ich ihn in diesem Moment schätzte.

Schließlich löste er sich, drehte mich sanft um, griff an mir vorbei nach dem Shampoo und begann, langsam und sorgfältig meine Kopfhaut zu massieren. Meine Lider fielen zu, während ich mich ganz seiner Berührung hingab.

Wann hatte ich mich das letzte Mal so umsorgt gefühlt? Ich wusste es nicht. Jax war ein wunderbarer Partner, aber wenn wir zusammen waren, loderte meist ein Feuer zwischen uns. Diese Leidenschaft war ein lebendiger Funke, der nie zu verlöschen schien. Sie machte unser Sexleben wunderbar, aber das hier … diese Fürsorge und Zärtlichkeit waren ein seltener Moment für uns.

Seine Berührungen hätten mir fast die Tränen in die Augen getrieben. Doch nach diesem Tag hatte ich keine Tränen mehr übrig. Alles, was ich wollte, war, mich in seine Arme zu schmiegen und so zu tun, als hätte es diesen Tag nie gegeben.

Nachdem Jax mit meinen Haaren fertig war, nahm er sich Zeit und wusch jeden Zentimeter meines Körpers. Seine Berührungen waren langsam und gründlich, und als er fertig war, war ich so entspannt, dass ich mich von ihm aus der Dusche führen und abtrocknen ließ. Als er nach meinem Lieblingsnachthemd griff, hielt ich seine Hand zurück.

„Nein. Heute Nacht will ich nichts zwischen uns", sagte ich und legte die Hand über sein Herz.

Er schenkte mir ein langsames Lächeln, in seinen Augen blitzte ein Hauch von Schalk. „Ach, nein?"

„Nein." Ich nahm seine Hand, zog ihn zum Bett und war bereit, ihm dieselbe Fürsorge zu zeigen, die er mir unter der Dusche geschenkt hatte. Es war erstaunlich, wie sehr dieses Verwöhntwerden durch den Menschen, den ich am meisten liebte, mein Herz und all die leeren Winkel meiner Seele gefüllt hatte. So fühlte sich Liebe an, und ich wollte ihm das gleiche Geschenk machen. Ich schlug die Decke zurück, kroch ins Bett und winkte ihn zu mir.

Unter der Decke lag Jax auf dem Rücken und zog mich an seine Brust. Seine Arme schlossen sich um mich, und er küsste mich auf den Scheitel, so wie er es jeden Abend tat, wenn wir schlafen gingen.

Ich sah zu ihm auf. „Bist du müde?"

„Nein."

„Gut. Ich auch nicht." Ich schwang ein Bein über ihn und setzte mich rittlings auf ihn. Mit den Händen auf seiner Brust beugte ich mich vor, bis unsere Lippen nur noch einen Zentimeter voneinander entfernt waren, und flüsterte: „Lass mich dich lieben, Jax."

Sein Blick suchte einen Moment lang meinen, als wollte er sicher sein, dass ich das wirklich wollte. Was auch immer er dort sah, schien zu reichen. Seine Augen wurden dunkler, seine Zunge fuhr über seine Lippen, dann nickte er.

Ich ließ meine Finger über seine Brust gleiten, senkte den Kopf und hauchte leichte, offene Küsse auf seinen Hals.

Jax' Körper zuckte, ein kleiner Schauer, der mich lächeln ließ. Wenn es etwas gab, das ihn verrückt machte, dann, wenn ich mir Zeit nahm, ihn zu erkunden. Dieses Feuer zwischen uns trieb uns immer beide in eine gierige Verzweiflung. Es hinauszuzögern, ihn warten zu lassen, war eine süße, liebevolle Folter. Aber hier ging es nicht nur um Sex. Es ging darum, ihm zu zeigen, wie sehr ich ihn liebte. Als ich tiefer wanderte und dort sanft zubiss, wo seine Schulter in den Hals überging, spannten sich seine Hände an meinen Hüften an.

„Marion", murmelte er. „Verdammt, ich liebe es, wenn du das machst."

Ich lächelte an seiner Haut und biss noch einmal sanft zu, zufrieden, als ich spürte, wie sein Schwanz an meinem Bauch zuckte.

„Wenn du so weitermachst, verliere ich die Kontrolle."

„Nein, das wirst du nicht", sagte ich leise. „Ich kenne dich besser."

Er lachte heiser. „Dir ist schon klar, dass, dich unter der Dusche so zu berühren, eine langsame Folter war, oder?"

Ich zuckte nur mit den Schultern. Ich hatte nicht wirklich daran gedacht, obwohl ich es hätte wissen müssen. Er hatte jeden Zentimeter meines Körpers berührt. Des Körpers, den er fast jede Nacht verehrte. „Ich bin sicher, du bist der Herausforderung gewachsen."

Seine Augen schlossen sich, als ich tiefer wanderte. Eine Hand strich an seiner Seite entlang, während die andere seine rechte Brustwarze fand. Gerade als ich meine Lippen um die linke schloss, zwickte ich die rechte.

„Fuck", stöhnte Jax. „Marion, verdammt!"

Ich ließ mir Zeit, betete seine definierten Brustmuskeln an und neckte seine Brustwarzen, bis sein Atem schwer wurde. Eine seiner Hände vergrub sich in meinem Haar und hielt mich fest, die andere packte meinen nackten Po und drückte so fest zu, dass es mich nicht gewundert hätte, wenn am Morgen ein Abdruck zu sehen gewesen wäre.

Ich warf einen Blick nach unten, sah die Feuchtigkeit an der Kuppe seines Schwanzes und lächelte, bevor ich tiefer wanderte und Küsse über seine angespannten Bauchmuskeln verteilte. Als mein Mund knapp über seiner pulsierenden Erektion schwebte, sah er mich mit so viel Hitze an, dass ich glaubte, ich könnte jeden Moment in Flammen aufgehen.

Ich hielt seinen Blick fest, leckte über die salzige Spitze und zog die Liebkosung in die Länge, während er fast knurrte vor Frustration.

„Was willst du, Jax?", fragte ich und erkannte meine eigene rauchige Stimme kaum wieder.

„Du weißt, was ich will, Baby", sagte er, und seine Hüften zuckten nach oben.

„Ja, das weiß ich." Ich legte die Hand um die Basis seines Schafts, senkte den Kopf und schloss die Lippen um ihn.

„Ja", zischte er, und seine Hüften bewegten sich in sanften Stößen, damit er mich nicht zum Würgen brachte.

Ich küsste, saugte und kostete ihn, gab ihm alles, bis er mich von sich zog und uns so schnell umdrehte, dass ich überrascht keuchte.

„Genug", sagte er, presste seine Lippen auf meine und nahm mich in Besitz.

Ich verlor mich in seinem Kuss, und mein Kopf schwirrte vor Verlangen, während er langsam in mich glitt. Mein Rücken bog sich, ich kippte die Hüften, um ihm entgegenzukommen, und genoss das Gefühl, wie er mich ausfüllte, wie sein Gewicht mich in die Laken drückte, wie seine Zunge an meiner schmeckte.

Unsere Liebe war langsam und bewusst. Wir hielten uns beide zurück, ließen uns Zeit, kosteten den Moment aus. Wir zogen es in die Länge, eine langsame, süße Folter, die meinen ganzen Körper vor Verlangen zittern ließ.

Schließlich hatte ich genug. Meine Hände packten seinen Po, und ich sagte: „Lass mich kommen, Jax!"

Er stieß ein tiefes Knurren aus und ließ sich gehen. Er stieß immer wieder in mich, bis er schließlich den perfekten Winkel fand und genau den Punkt traf, der meinen Körper erstarren ließ. Wir stöhnten beide auf und klammerten uns aneinander, während wir einen der intensivsten Orgasmen erlebten, die ich je erlebt hatte.

Als die Welle abebbte, sah Jax auf mich herab, seine Augen voller Zärtlichkeit. „Damit habe ich heute Nacht nicht gerechnet."

„Ich weiß", antwortete ich, schlang die Arme um ihn und zog ihn zu mir herunter, bis sein ganzes Gewicht auf mir ruhte. „Ich habe dich einfach gebraucht."

Er hauchte mir einen federleichten Kuss auf die Lippen, während er mir die noch nassen Haare aus dem Gesicht strich. Dann lächelte er. „Es ist gut, gebraucht zu werden."

Ich lachte leise, schob ihn sanft von mir herunter und schmiegte mich in seine Arme, mein Kopf auf seiner Brust.

So lagen wir still in der Dunkelheit, bis er schließlich sagte: „Willst du über heute reden?“

Ich schloss die Augen und holte tief Luft. „Kann das bis morgen warten?“

Er nickte und hielt mich fest, während ich in einen unruhigen Schlaf glitt.

KAPITEL 8

„Aufwachen, Sonnenschein", sagte Jax.

Ich blinzelte zu ihm auf, das Sonnenlicht ließ mich zusammenzucken. Über meinem linken Auge pochte ein dumpfer Schmerz, und mein Körper fühlte sich bleischwer vom Schlaf an. Mit finsterer Miene blickte ich zu ihm auf. „Warum? Einfach … warum?"

Ohne ein Wort zu sagen, reichte er mir eine Tasse Kaffee.

Ich setzte mich auf und presste eine Hand an die Stirn, in der Hoffnung, den Schmerz ein wenig zu lindern. Was zum Teufel war das? Es war ja nicht so, als hätte ich am Abend zuvor getrunken.

„Kopfschmerzen von der Göttinnenbeschwörung?", fragte er.

„Woher weißt du das?" Wir hatten gestern Nacht nicht mehr über meinen Tag gesprochen. Wir waren einfach nur ineinander versunken. Eigentlich hätte man meinen können, dass ich nach einer Nacht, in der ich so verwöhnt worden war und einen so intensiven Orgasmus erlebt hatte, mit Schwung aufwachte – stattdessen fühlte ich mich, als hätte ich mich geprügelt und verloren. Ich trank einen Schluck Kaffee und seufzte genüsslich.

„Ty hat es erwähnt." Er setzte sich auf die Bettkante und legte mir sanft eine Hand aufs Knie. „Sie machen sich alle Sorgen um dich."

Ich schloss die Augen und lehnte mich an das Kopfteil. Natürlich machten sie sich Sorgen. Würde ich mir auch machen, wenn einer von ihnen in so einer Situation steckte. „Mir geht's gut."

„Wirklich?" In seinen dunklen Augen lag echte Sorge.

„So gut, wie es eben gerade geht", sagte ich. Ich trank noch einen Schluck Kaffee, dankbar für seine Aufmerksamkeit. „Tut mir leid, dass unsere Reise ins Wasser gefallen ist."

„Dafür musst du dich nicht entschuldigen." Er legte mir die Hand an die Wange und beugte sich vor, um mir einen langen Kuss zu geben. „Es ist nur ein Trip die Küste hoch. Den können wir jederzeit nachholen."

„Ich weiß, aber –"

Er legte mir die Finger auf die Lippen und brachte mich zum Schweigen. „Du konntest das genauso wenig kontrollieren, wie ich den Vandalismus auf meiner Baustelle Anfang des Jahres. Wir fahren, sobald wir das hier hinter uns haben."

Er hatte recht. Warum fühlte ich mich aber trotzdem so schrecklich? Es war nicht meine Schuld, dass all das passiert war. Zumindest glaubte ich das. In meinem Kopf begannen schon wieder tausend unbeantwortete Fragen zu rasen, und trotz der Kopfschmerzen und der Gliedmaßen, die sich anfühlten, als steckten sie in Treibsand, schlug ich die Decke zurück und stieg aus dem Bett.

Ich hatte Dinge zu erledigen und Leute, die ich anrufen musste. Nach einer schnellen Dusche putzte ich mir die Zähne und zog meine zerrissene Lieblingsjeans und ein T-Shirt an. Zum Glück begannen Dusche und Koffein, die Kopfschmerzen zu lindern, und trotz der überwältigenden Aufgabe, dieses neueste Desaster anzugehen, fühlte ich mich stärker und bereit, mich allem zu stellen, was der Tag für uns bereithielt.

Als ich zur Tür ging, sagte Jax: „Marion?"

„Ja?" Ich lächelte ihn an. Doch als ich den besorgten Ausdruck in seinem Gesicht sah, setzte sich dieses Ziehen der Unruhe wieder in meinem Magen fest. „Was ist passiert?"

„Es geht um Ty. Er hat Besuch, und ich glaube, du willst ihn kennenlernen."

Ich runzelte die Stirn. „Besuch? Wer?"

„Er heißt Carson …" Jax holte tief Luft. „Er behauptet, Tys Bruder zu sein."

Ich blieb einen Moment lang wie angewurzelt stehen und versuchte zu begreifen, was Jax gerade gesagt hatte. Aber der Satz ergab keinen Sinn. „Das ist unmöglich", sagte ich schließlich. „Trish hatte sonst keine Kinder."

Jax hob beschwichtigend die Hände. „Er hat eine Geburtsurkunde, die was anderes sagt."

Mein Herz begann zu pochen, als das Adrenalin einsetzte. „Unmöglich." Doch bevor Jax noch etwas sagen konnte, eilte ich aus meinem Zimmer und folgte den gedämpften Stimmen in die Küche.

Ty riss den Kopf hoch, sobald er meine Schritte hörte. Sein Gesicht war bleich, und er sah aus, als hätte ihm jemand den Boden unter den Füßen weggezogen.

Sofort setzten meine Mama-Bär-Instinkte ein. Ich stellte mich neben ihn und legte ihm eine Hand auf die Schulter.

Der Mann, der ihm gegenübersaß, war ein paar Jahre älter als Ty und hatte dasselbe lockige dunkle Haar und dieselben dunklen Augen. Carson war eine etwas kräftiger gebaute

Version von Ty. Selbst ohne einen Blick auf die Geburtsurkunde wäre es schwer gewesen, eine Verwandtschaft zwischen den beiden zu leugnen.

Carson stand auf und streckte mir die Hand entgegen; er war ein paar Zentimeter größer als Ty. „Sie müssen Marion sein."

Mit einem Kloß im Hals reichte ich dem jüngeren Mann die Hand. Wie alt war er? Ende zwanzig? Anfang dreißig? Schwer zu sagen. „Und Sie sind?", fragte ich, obwohl ich seinen Namen längst kannte.

Er räusperte sich. „Carson Kirkwood."

„Kirkwood?" Ich konnte mir die Frage nicht verkneifen. Das war Trishs Nachname. Der, den sie Ty gegeben hatte, nachdem sein Vater verschwunden war, noch bevor Ty zur Welt gekommen war.

Seine Wangen färbten sich leicht rosa, als er meine Hand losließ und seine in die Taschen schob. „Ja, das kommt jetzt wohl ziemlich überraschend."

„Ein bisschen." Nein, eher ein verdammt großer Schock.

Ty räusperte sich und deutete auf ein Blatt Papier auf dem Tisch. „Laut der Urkunde hier kam Carson zur Welt, als Mom noch studiert hat."

Ich warf einen Blick auf die Geburtsurkunde und blieb am Datum hängen. Tatsächlich. Carsons Geburtsdatum fiel in die Zeit, als Trish im Juniorjahr am College auf der anderen Seite des Landes gewesen war. Er war Ende April geboren. Nach kurzer Rechnung kam ich zu dem Schluss, dass der Vater vermutlich aus unserer Heimatstadt stammte und nicht jemand war, den sie am College kennengelernt hatte. Mein Blick wanderte zu den Eltern. Trish Kirkwood war als Mutter aufgeführt. Aber genau wie bei Tys Geburtsurkunde war der Vater als unbekannt vermerkt.

Entweder war Carson ein ausgesprochen geschickter Betrüger – oder das hier war echt. Die Geburtsurkunde war einfach zusammen mit seinem Aussehen zu überzeugend. Ich sah Ty an. Der fassungslose Ausdruck in seinem Gesicht verriet mir, dass er innerlich am Boden war und ebenfalls glaubte, seinem Halbbruder gegenüberzusitzen.

Mein Kopf begann erneut zu hämmern.

„Ich weiß, das ist ein Schock", sagte Carson. „Sie haben keine Ahnung, wie lange ich gebraucht habe, um mich dazu durchzuringen, hierherzukommen und Ty zu treffen."

„Warum gerade jetzt?", fragte ich und zuckte zusammen, da mein Ton vorwurfsvoll klang. Wenn dieser Mann wirklich Trishs Sohn war, dann hatte er dieses Treffen verdient. Und er verdiente es, mit Respekt behandelt zu werden. „Tut mir leid. Es waren einfach … ein paar harte Tage, und diese Neuigkeit … Na ja, wie Sie schon gesagt haben: Es ist ein Schock."

„Das verstehe ich vollkommen", sagte er. „Aber um Ihre Frage zu beantworten: Ich bin heute hier, weil mir ein Job hier in Premonition Pointe angeboten wurde und ich herziehen werde. Ich konnte mir einfach nicht vorstellen, in dieser Stadt zu leben, zu wissen, dass ich einen Bruder habe, und ihn nicht kennenzulernen."

„Ein Job?" Meine Augenbrauen schossen nach oben. „Wo?"

„Bei *Sky's the Limit*. Das ist ein—"

„Ein Laden, der meinem Freund Skyler gehört", sagte ich. „Er ist der Designer."

„Ja." Carson lächelte. „Ich bin Junior-Designer. Er stellt mich als Assistenten ein."

Ich tauschte einen Blick mit Ty.

„Was?", fragte Carson.

Ty fuhr sich mit der Hand durch die dunklen Haare. „Nichts. Es ist nur … Kennedy arbeitet auch bei *Sky's the Limit*."

„Kennedy?“ Carson runzelte die Stirn. „Sollte ich wissen, wer das ist?“

Ty ballte seine Hand zu einer Faust, und ich erkannte das als Stressreaktion. Machte er sich Sorgen, was sein Bruder sagen oder denken würde, wenn er erfuhr, dass Ty in einer gleichgeschlechtlichen Beziehung lebte? Seit Ty sich mir gegenüber geoutet hatte, hatte er nie einen Hehl daraus gemacht. Aber sich vor einem Bruder zu outen, den man gerade erst kennengelernt hatte, war etwas ganz anderes.

„Kennedy ist mein Freund“, sagte Ty und sah den anderen Mann direkt an, fast, als wolle er ihn herausfordern, etwas zu sagen.

„Oh!“ Carson blickte kurz zur Seite, dann sah er Ty wieder an und lächelte. „Cool!“

Ty blinzelte. „Findest du?“

„Ja.“ Carson lachte leise. „Ich bin bi. Ich habe den Job bei *Sky's the Limit* über meinen Exfreund bekommen. Er modelt für Skyler.“

Tys ganzer Körper schien sich mit einem Schlag zu entspannen. „Echt? Dein Ex hat dir einen Job verschafft?“

Carsons Grinsen wurde schief. „Na ja, nicht ganz Ex. Wir sind noch …“ Er warf mir einen Blick zu, und seine Wangen wurden wieder rot. „Sagen wir einfach, wir sind noch befreundet.“

Ich konnte nicht anders. Ich lachte.

Ty lachte mit, und plötzlich war die ganze Spannung zwischen den beiden Männern verschwunden. „Mach dir keine Sorgen wegen Marion, Carson“, sagte Ty mit amüsiert funkelnden Augen. „Bevor Jax ins Spiel kam, konnte man all ihre Beziehungen als *Freunde mit gewissen Vorzügen* bezeichnen.“

„Hey!“, protestierte ich, halb beleidigt, halb amüsiert. „Das ist nicht fair. Ich habe gedatet.“

Ty hob eine spöttische Augenbraue. „Gedatet? Nein. Du hattest Hookups.“

„Die Partnervermittlerin hat nicht gedatet?“, fragte Carson und sah genauso amüsiert aus wie Ty.

„Nope. Sie hatte kein Interesse an was Langfristigem“, bestätigte Ty.

„Das liegt daran, dass sie auf mich gewartet hat“, bemerkte Jax, als er die Küche betrat. Er ging zur Arbeitsplatte und goss sich noch eine Tasse Kaffee ein. „Wir haben uns in der Highschool kennengelernt, und ich schätze, ich habe es für alle anderen ruiniert.“ Er zwinkerte mir zu. „Es hat nur dreißig Jahre gedauert, bis sie nach unserer Trennung endlich zur Vernunft gekommen ist.“

„Oh, bei allen Göttern!“ Ich warf die Hände in die Luft. „Es ist ja schön, dass ihr euch über meine Entscheidung, mich nicht früher festzulegen, anfreundet, aber können wir jetzt bitte weitermachen?“

Ty legte mir einen Arm um die Schultern und zog mich in eine seitliche Umarmung. „Sei nicht sauer, Marion. Ich wollte Carson nur zeigen, dass du keine verkrampfte Traditionalistin bist, die glaubt, jeder müsse heiraten oder so. Das war nicht als Slutshaming gedacht.“

„Meinerseits auch nicht“, sagte Jax und trank einen Schluck Kaffee. „Ich wollte nur damit angeben, dass ich mir endlich den Freigeist meiner Träume geschnappt habe.“

Ich verdrehte die Augen. „Netter Rettungsversuch.“

Carson lachte leise und lehnte sich im Stuhl zurück, sichtlich erleichtert. „Ich muss euch ehrlich sagen: Ich war ziemlich nervös, hierherzukommen. Aber ihr … na ja. Ihr seid großartig!“

Ty streckte die Hand über den Tisch und drückte Carsons Hand. „Auch wenn das alles ein riesiger Schock ist – ich bin froh, dass du hier bist. Hast du vielleicht Lust, eine Runde spazieren zu gehen? Ich würde wirklich gern mehr über dich erfahren."

„Sehr gern." Carson stand auf, und die beiden verließen gemeinsam das Haus.

Ich sah ihnen nach – so viele Fragen lagen mir auf der Zunge. Die wichtigen Fragen, die ich vor Schock nicht gestellt hatte. Ich wollte ihnen hinterherrufen, sie zurückholen, um zu verstehen, was all die Jahre zuvor passiert war. Wo war Carson gewesen? Hatten er und Trish Kontakt gehabt? Wie hatte er von Ty erfahren? Hatte er irgendeine Ahnung, wer sein Vater war? Aber mehr als alles andere wollte ich wissen, warum Trish mir nichts von ihm erzählt hatte.

Mein Herz schmerzte beim Gedanken daran, dass meine Freundin eine Schwangerschaft allein durchgestanden hatte und geglaubt haben musste, sie könne mir nichts davon erzählen. Gleichzeitig fühlte ich mich verraten. Warum hatte sie mir nicht vertraut? Ich wäre, ohne zu urteilen, für sie da gewesen. Sie hätte dieses Geheimnis nicht allein tragen müssen. Hatte sie ihn zur Adoption freigegeben? Vermutlich. Was für eine herzzerreißende Entscheidung das gewesen sein musste.

Ich starrte auf die Geburtsurkunde, die Carson auf dem Tisch zurückgelassen hatte, und wünschte mir verzweifelt, sie würde mir irgendeinen Hinweis auf die Vergangenheit geben. Aber da war nichts außer einem Geburtsdatum und Trishs Namen.

„Marion?" Jax trat neben mich. „Alles okay?"

„Nein." Ich schüttelte den Kopf. „Überhaupt nicht." Ich

schloss die Augen und versuchte, den Schrei hinunterzuschlucken, der sich in meiner Brust aufbaute.

Er setzte sich und legte seine Hand über meine, hielt sie einfach nur fest und ließ mir den Raum, meine Gefühle selbst zu sortieren.

Als ich schließlich die Augen öffnete, sagte ich: „Irgendwas stimmt hier nicht."

„Was meinst du?", fragte er.

„Carson. Vielleicht ist er Trishs Sohn, aber dass er ausgerechnet jetzt auftaucht – direkt nach dem Social-Media-Desaster und dem Hackerangriff auf meinen Computer … findest du das nicht verdächtig?"

„Könnte sein. Oder es ist einfach ein Zufall."

„Nein." Ich schüttelte den Kopf, sicher in meinem Inneren. „Er bringt Ärger, Jax. Ich weiß es."

KAPITEL 9

Ty und Carson waren seit über einer Stunde unterwegs, und ich begann, unruhig auf- und abzugehen.

„Würdest du dich bitte entspannen?", sagte Charlotte von ihrem Platz am Ende der Couch aus, wo sie mit untergeschobenen Beinen saß und sich die Nägel lackierte.

„Das kann ich nicht. Nicht, solange ich nicht weiß, warum Carson wirklich hier ist." Ich durchquerte das Wohnzimmer und spähte aus dem Fenster zur Straße hinaus.

„Dir ist schon klar, dass er wahrscheinlich einfach nur hier ist, um seinen Bruder kennenzulernen, oder?" Charlotte schraubte den Deckel wieder auf das Nagellackfläschchen. „Nicht jeder, der in Premonition Pointe auftaucht, ist hier, um Ärger zu machen."

Ich starrte meine Schwester einfach nur an.

„Was?" Ihre Augen waren weit aufgerissen und vollkommen unschuldig. „Ich liege da nicht falsch."

Ich stieß ein trockenes Lachen aus. „Genau wie du, als du

hier aufgetaucht bist? Bist du nicht mit einem Fluch im Schlepptau in die Stadt gekommen?"

„Und?", erwiderte sie trotzig. „Ich habe nicht bewusst versucht, jemandem wehzutun."

Damit hatte sie recht. Der eigentliche Grund, warum sie in die Stadt gekommen war, war, dass sie Hilfe gebraucht hatte und sonst nirgendwohin hatte gehen können. Sie hatte niemandem schaden wollen.

„Das stimmt", gab ich zu. „Aber wir wissen nichts über diesen Mann. Wir wissen nicht, wie lange er schon von Ty weiß oder warum er ausgerechnet heute aufgetaucht ist. Ich habe jedes Recht, misstrauisch zu sein."

„Dann sei misstrauisch. Aber hör auf, auf- und abzutigern. Mir wird schon ganz schwindelig davon."

„Unsinn!", schnaubte ich und konnte meine Gereiztheit kaum verbergen.

„Okay, dann gehst du mir eben einfach nur auf den letzten Nerv", sagte sie. „Und was sagst du dazu?"

Ich holte Luft, um zu antworten, doch in diesem Moment klingelte mein Handy. Ich griff danach, und als Sebastians Name auf dem Display aufleuchtete, nahm ich sofort ab. „Hast du schon irgendwas rausgefunden?"

„Ich warte noch auf die Ergebnisse der Fingerabdrücke aus deinem Büro", sagte Sebastian. „Und mein IT-Mann ist noch dabei, deinen Computer zu checken, um herauszufinden, worauf zugegriffen wurde."

„Okay." Ich trat hinaus auf die Veranda und ließ mich auf die Holzschaukel sinken. „Ist das also ein *Ich-bin-noch-dran-*Anruf?"

„Ja und nein." Er machte eine Pause, und ich hörte ein deutliches Schlucken, als hätte er gerade etwas getrunken. „So weit sind wir mit der Untersuchung in deinem Büro. Aber ich habe auch Sara Groveland als Mandantin übernommen. Sie wurde heute Morgen aus dem Polizeigewahrsam entlassen, und ich wollte dich fragen, ob du mir erlaubst, alle Akten der Männer einzusehen, mit denen du sie zusammengebracht hast."

„Natürlich. Wenn es dem Fall hilft", sagte ich automatisch. „Wenn du dich schon bereit erklärt hast, sie zu vertreten, gehe ich davon aus, dass du sie für unschuldig hältst."

„Um ehrlich zu sein, weiß ich noch nicht, was ich denken soll. Aber ich halte es für unwahrscheinlich, dass Sara all ihre Dates vergiftet hat. Dass sie ausgerechnet an dem Tag verhaftet wurde, an dem dein Büro angegriffen wurde, lässt bei mir sämtliche Alarmglocken schrillen."

Ich nickte, obwohl er es nicht sehen konnte. „Wenn du das schon schlimm findest, habe ich noch was für dich."

„Bitte sag, dass du das jetzt nicht ernst meinst!"

„Doch. Todernst." Ich berichtete ihm kurz von unserem morgendlichen Besucher und schloss mit: „Er wirkt glaubwürdig, aber ich werde das Gefühl nicht los, dass er irgendwas mit dem Einbruch und vielleicht sogar mit Saras Fall zu tun hat. Es ist einfach ein zu großer Zufall, dass das alles gleichzeitig passiert."

„Du glaubst, Tys Bruder hat was mit den Vergiftungen zu tun?" Sebastian klang skeptisch.

„Ich weiß, es klingt verrückt. Vielleicht bin ich einfach nur paranoid."

„Lass uns erstmal abwarten. Was will Carson? Hat er Ty um irgendwas gebeten?"

„Nein", sagte ich. „Zumindest nicht, dass ich wüsste. Er hat gesagt, dass er Ty schon länger kennenlernen wollte und sich jetzt, wo er einen Job hier bei Skyler hat, dazu entschlossen hat. Auch wenn ich mich frage, wie er überhaupt von Ty erfahren hat."

„Das klingt erstmal plausibel genug. Soll ich einen Backgroundcheck machen?"

In mir schrie alles *Ja!* Aber eine Stimme in meinem Hinterkopf warnte mich, dass das vielleicht keine gute Idee war. Zumindest nicht, solange ich nicht mit Ty darüber gesprochen hatte. „Nein. Noch nicht. Ich rede erst mit Ty. Vielleicht hat mich das alles einfach aus der Bahn geworfen. Es ist schwer zu begreifen, dass Trish mir nichts von ihm erzählt hat."

„Ich kann mir vorstellen, dass das ein riesiger Schock war. Deine Freundin hatte sicher ihre Gründe."

„Die muss sie gehabt haben", stimmte ich widerwillig zu. Trish und ich waren uns so nah gewesen wie Schwestern. Ich war nicht im Krankenhaus gewesen, als Ty geboren wurde, aber kurz danach. Wie hatte ich nicht wissen können, dass sie vorher schon ein Kind bekommen hatte? War das der Grund gewesen, warum Ty so schnell gekommen war? Bei Trish hatten die Wehen eingesetzt, und als sie im Krankenhaus ankam, war Ty schon fast da gewesen.

Ich erinnerte mich daran, dass ich Krankenschwestern hatte sagen hören, dass Geburten bei zweiten Kindern oft schneller verliefen. Ich hatte angenommen, sie meinten jemand anderen. Aber jetzt? Offensichtlich hatte ich keine Ahnung gehabt.

„Ich schicke dir die Akten. Sie sind auch auf meinem Laptop, also lasse ich sie dir gleich heute Morgen zukommen", sagte ich zu Sebastian. „Dann musst du nicht auf dem Rechner herumsuchen, den dein Techniker noch untersucht."

„Ich weiß das zu schätzen, Marion. Sobald die

Fingerabdrücke da sind und ich Rückmeldung von meinem IT-Mann habe, melde ich mich."

Kaum hatte ich aufgelegt, kamen Jax und Minx den Weg zur Veranda herauf. Er hatte den Chihuahua gerade durch die Nachbarschaft spazieren geführt.

„Alles okay?", fragte Jax.

„Klar. Warum? Sehe ich etwa gestresst aus?"

„Ein bisschen", sagte er und gab mir einen Kuss auf die Wange, als ich aufstand.

„Ich habe gerade mit Sebastian gesprochen. Er wird Sara vertreten."

„Das ist doch gut, oder?"

Ich nickte. „Mich lässt nur nicht los, dass Carson ausgerechnet jetzt hier auftaucht. Meine Erfolgsbilanz mit Leuten, die plötzlich aus dem Nichts in der Stadt auftauchen, ist eher zweifelhaft. Irgendwie kommt niemand ohne Ärger im Gepäck nach Premonition Pointe."

„Ich kann nicht leugnen, dass da was dran ist. Aber es kann doch nicht *immer* so sein, oder?"

„Ich weiß nicht."

„Lass uns erst einmal abwarten, bevor wir voreilige Schlüsse ziehen. Das sind wir Ty zumindest schuldig, oder?"

Widerwillig stimmte ich zu und folgte ihnen zurück ins Haus.

„Braves Mädchen, Minx", sagte Jax, während er ihr die Ohren kraulte und sie aus dem Geschirr befreite. Der kleine Hund leckte ihm die Wange und drehte sich dann im Kreis, während sie auf ihr Leckerli nach dem Spaziergang wartete.

„Du verwöhnst sie", sagte Charlotte kopfschüttelnd.

„Das hat sie auch verdient", sagte er und nahm Minx auf den Arm, um mit ihr in die Küche zu gehen.

„Das ist entweder total süß oder ziemlich verstörend", sagte Charlotte und sah ihnen nach.

Ich lachte leise. „Es ist süß. Und deutlich besser, als bei ihrer ersten Begegnung, als Minx versucht hat, ihm die Kronjuwelen abzubeißen."

„Stimmt." Charlotte betrachtete ihre frisch lackierten Nägel. „Und ich habe auch nichts dagegen, dass er gern mit ihr spazieren geht. Vor allem, wenn es draußen grau und kalt ist. Jax ist ein großartiger Hundepapa."

Das war er. Daran gab es keinen Zweifel. Als er mit Minx noch immer auf dem Arm zurückkam, lächelte ich ihn an. „Hast du Lust, mit mir eine Runde zu fahren?"

Er gab Minx einen Kuss auf den Kopf und setzte sie neben Charlotte auf die Couch. „Klar. Wohin?"

„Groveland Farms."

KAPITEL 10

Jax stellte seinen Truck auf den kleinen Parkplatz der Farm, die ein paar Meilen landeinwärts von Premonition Pointes Innenstadt lag. Es gab ein hübsches kleines Cottage, das zu einem Laden umfunktioniert worden war, und dahinter erstreckten sich ein großes Lavendelfeld und zwei weitere Beete, die mit verschiedenen Gemüsesorten bepflanzt waren.

„Sieht ziemlich ruhig aus“, sagte Jax. „Glaubst du, Sara ist überhaupt hier?“

Ich ging zum Laden und rüttelte an der Tür. Abgeschlossen. Nachdem ich durch ein Fenster gespäht und festgestellt hatte, dass kein Licht brannte, sagte ich: „Wenn sie da ist, dann vermutlich irgendwo hinten.“ Ich warf einen Blick auf mein Handy, wo ich ihre Adresse gespeichert hatte. „Sie hat mir diese Adresse als ihre Wohnanschrift gegeben. Siehst du hier irgendwo ein Haus außer dem Laden?“

„Nein. Aber da drüben ist ein Weg, der unter die Bäume führt. Vielleicht ist das der Weg dorthin.“

Ich drehte mich um und entdeckte den Schotterweg, den

ich bei unserer Ankunft gar nicht bemerkt hatte. „Sieht so aus, als wäre es einen Versuch wert."

Gemeinsam gingen wir den staubigen Weg hinauf. Als wir etwa eine halbe Meile zurückgelegt hatten, fragte ich Jax: „Was denkst du, was wir am Ende der Straße finden werden?"

„Eine Destille", sagte er.

„Schwarzgebrannten?", fragte ich lachend.

„Vielleicht. Oder ein geheimes Labor, in dem Sara ihre Gifttränke braut und auf dem Schwarzmarkt verkauft."

Ich sah ihn flach an. „Sag das nicht einmal im Scherz."

Er schmunzelte nur.

„Im Ernst. Ich weiß, dass du witzelst, aber so wie die Dinge gerade laufen, würde mich gar nichts mehr wundern."

„Vielleicht ist es ja eine geheime Marihuana-Plantage", mutmaßte er.

„Das würde mich tatsächlich nicht überraschen." Auch wenn Gras in Kalifornien inzwischen legal war, gab es immer noch genug Leute, die jahrelang illegal angebaut und verkauft hatten und sich nun weigerten, teure Lizenzen vom Staat zu beantragen, um legal zu verkaufen. Und wer auch nur eine Vorstrafe hatte, konnte es sowieso vergessen, je eine zu bekommen.

Wir witzelten weiter darüber, was sich wohl in den Bäumen verbergen mochte, bis wir schließlich vor einer hübschen kleinen Blockhütte mit umlaufender Veranda standen. Davor parkten zwei Fahrzeuge. Ich erkannte Saras roten Toyota-Truck sofort, nicht jedoch den eleganten metallicblauen Lexus-SUV mit Kennzeichen aus Oregon.

„Sie scheint Besuch zu haben", sagte ich und deutete auf den SUV.

„Marion?", rief Saras vertraute Stimme nach mir.

Ich sah mich um und entdeckte sie links neben dem Haus

bei einem großen Baum. Hinter ihr lag ein kleiner Garten und eine Bank, auf der ein schlanker Mann mit graumeliertem Haar saß und uns aufmerksam musterte.

„Was macht ihr hier?", fragte Sara und kam auf uns zu.

„Wir wollten nur nach dir sehen. Nach dem, was letzte Nacht passiert ist, wollte ich mich vergewissern, dass es dir gut geht", sagte ich.

Die zierliche Brünette stieß einen frustrierten Seufzer aus, während sie ihr langes Haar schnell zu einem tiefen Pferdeschwanz band. „Jetzt, wo ich zu Hause bin und Andrew hier ist, geht's mir schon viel besser. Danke, dass du Sebastian für mich angerufen hast. Er hat mir sehr geholfen, rauszukommen."

„Gern geschehen." Ich warf einen Blick zu dem Mann auf der Gartenbank und versuchte, ihn einzuordnen. War er ein Familienmitglied? „Ist Andrew dein Bruder?"

„Was? Nein. Ich habe keinen Bruder." Sie schüttelte den Kopf. „Er ist ein Freund aus meiner Facebook-Gruppe für Kleinbauern. Er ist Anwalt und hat Erfahrung mit der Vertretung kleiner Betriebe in Fällen von Lebensmittelvergiftungen. Ich habe Sebastian gerade angerufen, um ihm zu sagen, dass Andrew den Fall übernimmt."

„Du wechselst jetzt schon den Anwalt?", fragte ich und versuchte, meine Bestürzung im Zaum zu halten. Sebastian war der Beste weit und breit – und vielleicht noch wichtiger: der einzige Anwalt, dem ich je wirklich vertraut hatte.

„Ja. Wie gesagt, er kennt sich mit solchen Fällen aus, und weil er ein Freund ist, kostet es nichts. Für mich ist das einfach die beste Lösung." Sie winkte ihm zu.

Der Mann auf der Bank nickte ihr knapp zu und starrte dann wieder zu uns herüber. Das beruhigte mich kein bisschen.

„Verstehe“, sagte ich und räusperte mich, während ich mich fragte, wie gut sie diesen Andrew aus Oregon wirklich kannte. Und wie er so schnell hierhergekommen war. Hatte die Polizei ihr mehr als einen Anruf erlaubt? „Kostenlos ist natürlich gut“, schob ich nach. „Kennst du Andrew schon lange?“

Sie presste nachdenklich die Lippen aufeinander. „Seit etwa sechs Monaten? Er hat vor Kurzem einem anderen Mitglied unserer Gruppe geholfen, deshalb bin ich wirklich glücklich, dass er sofort hergekommen ist, als er davon gehört hat.“

Davon gehört? Sie war doch bis heute Morgen im Gefängnis gewesen! „Von woher?“, fragte ich unwillkürlich. „Aus Oregon?“

„Oh nein.“ Sie schüttelte den Kopf. „Er wohnt gerade bei seiner Schwester, etwa vierzig Meilen nördlich von hier. Ist das nicht ein Glück?“

„Oh ja. Definitiv Glück.“

In diesem Moment flog die Haustür auf, und ein weiterer Mann kam herausgestürmt – klein, stämmig, mit drahtgerahmter Brille. Er hielt ein Blatt Papier hoch über den Kopf und rannte auf Andrew zu. „Die Ergebnisse sind negativ!“

„Negativ?“, rief Sara und presste eine Hand an ihre Brust. Tränen traten ihr in die Augen, während sie mich anlächelte. „Negativ! Das heißt, keines meiner Produkte enthält irgendwelches Gift.“

Jax und ich wechselten einen verwunderten Blick.

„Du lässt deine Produkte testen?“, fragte ich und versuchte zu begreifen, was hier gerade geschah. „Welche?“

„Meine Marmeladen. Vor jedem Date, das du für mich arrangiert hast, habe ich ein Päckchen meiner Marmeladen als kleine Vorstellung verschickt – von mir und von dem, was ich mache. Der Detective und seine Leute haben alle Vorräte aus dem Laden mitgenommen und testen lassen. Sie haben behauptet, das hätte meine Dates vergiftet. Aber ich hatte hier zu Hause noch Gläser aus derselben Charge, und ich wollte wissen, ob an dieser Theorie was dran ist. Also hat Andrew jemanden mitgebracht, der sie getestet hat." Sie strahlte. „Und er hat nichts gefunden. Ist das nicht großartig? Sobald die Polizei meine Marmeladen testet, werden sie sehen, dass sie sich irren, und das hier ist vorbei."

Irgendetwas sagte mir, dass es nicht so einfach laufen würde. Wenn sie genug Beweise gehabt hatten, um sie festzunehmen, würden sie die Sache nicht fallen lassen, nur weil ihre Verkaufsware sauber war. Außerdem – was ließ sie glauben, dass sie nicht einfach annehmen würden, sie habe gezielt diejenigen Gläser vergiftet, die sie an ihre Dates verschickt hatte? „Sara, ich bin mir nicht sicher —"

„Sara!", rief Andrew.

„Ja?" Sie lächelte ihn beinahe anhimmelnd an.

„Es ist besser, wenn du nicht über den Fall sprichst." Er stand am Rand des Gartens, die Hände in den Taschen.

„Stimmt." Ohne ein weiteres Wort an uns zu verlieren, ging sie zu ihm hinüber. Als sie bei ihm ankam, ergriff er ihre Hand und zog sie dicht an sich. Mit zusammengesteckten Köpfen folgten sie dem kleineren Mann zurück ins Haus.

„Das war seltsam", sagte Jax.

Ich stand wie angewurzelt da und starrte auf das Haus, unfähig zu verarbeiten, was gerade passiert war.

„Komm", sagte Jax und nahm meine Hand.

„Meinst du nicht, ich sollte versuchen, mehr über diesen Andrew herauszufinden?"

„Glaubst du wirklich, dass er dir irgendwas sagen wird?" Jax ging bereits den Weg hinunter. „Er hat ihr gerade quasi verboten, mit dir zu sprechen, und sie dann ins Haus geführt. Ich denke, er hat ziemlich klar gemacht, wo er steht."

Ich schloss für einen Moment die Augen und versuchte, mich zu sammeln. „Das ganze Gespräch war doch merkwürdig, oder? Sara hat sich nicht einmal verabschiedet."

„Sie hat die Nacht im Gefängnis verbracht. Vielleicht ist sie einfach überfordert."

Das war möglich. Trotzdem ließ mich dieses ungute Gefühl wegen Andrew nicht los.

Oder lag es nur an mir?

War ich übermäßig misstrauisch? Erst Carson, jetzt dieser Andrew. Nicht jeder konnte ein Bösewicht sein. Oder? Sah ich überall nur noch Gefahren? Vielleicht hatten all die Flüche und der ganze Ärger, den Charlotte und ich im letzten Jahr erlebt hatten, mich misstrauisch gemacht. Vertrauen fiel schwer, wenn alles aus dem Ruder lief.

„Ich kann jetzt nicht einfach gehen, ohne Sara noch ein paar Fragen zu stellen", sagte ich und blieb stehen. „Ich muss es wenigstens versuchen."

Jax sah mich einen Moment lang an und nickte dann. „Ja. Das verstehe ich."

Nachdem ich mich auf die Zehenspitzen gestellt hatte, um ihm einen Kuss auf die Wange zu geben, eilte ich zurück zur Hütte und klopfte an die Tür.

„Marion?" Sara trat auf die Veranda. „Ich dachte, du und Jax wärt schon gegangen."

„Noch nicht", sagte ich betont freundlich und versuchte, meinen Ärger zu verbergen.

„Nun, ich bin gerade ziemlich beschäftigt mit Andrew. Wenn es dir nichts ausmacht – ich habe wirklich keine Zeit, mich im Moment um mein Datingleben zu kümmern, also—"

„Datingleben?", fragte ich und konnte mein Ungläubigkeit nicht verbergen. „Ich bin nicht hier, um darüber zu reden."

„Oh." Sie warf einen kurzen Blick über ihre Schulter und

sah dann wieder zu mir. „Andrew möchte nicht, dass ich über den Fall spreche."

„Das verstehe ich, aber leider bin ich da inzwischen hineingezogen worden. Hast du von dem Einbruch in mein Büro gehört?"

Sie nickte ernst. „Ja. Aber ich weiß nichts darüber."

„Das habe ich auch nicht angenommen. Ich will nur wissen, ob du irgendeine Idee hast, wer deine Dates vergiftet haben könnte. Irgendeine Vermutung? Wenn du selbst ermitteln würdest – wo würdest du anfangen?"

Sara presste die Lippen zu einem schmalen Strich zusammen und holte tief Luft. „Ganz ehrlich, Marion, ich würde bei dir und deinem Team anfangen. Deine Partnervermittlung ist der gemeinsame Nenner. Und wenn man bedenkt, dass dein Büro gestern angegriffen wurde, würde ich vermuten, dass der Täter einer deiner Kunden ist."

Frustration zog sich in meinem Bauch zusammen und kroch mir die Kehle hinauf. Mein erster Impuls war, Sara anzuschnauzen und sie daran zu erinnern, dass *sie* mich um Hilfe gebeten hatte. Aber sie hatte nicht ganz unrecht. Alles deutete darauf hin, dass der Angreifer mit meiner Agentur zu tun hatte. Aus ihrer Sicht war sie die unschuldige Außenstehende, die ungerechtfertigt ins Visier geraten war.

Ich atmete langsam aus. „Du könntest recht haben. Im Moment lässt sich das schwer sagen. Ich versuche nur herauszufinden, wer dahintersteckt, damit wir deinen Namen reinwaschen und niemand sonst zu Schaden kommt. Ich dachte —"

„Tut mir leid, Marion", sagte Sara und sah mich entschuldigend an. „Ich kann dir wirklich nicht helfen. Andrew hat mir gesagt, ich soll mit niemandem sprechen, solange der Fall noch läuft."

„Was Andrew angeht", sagte ich, obwohl ich wusste, dass ich ihren Wunsch hätte respektieren und einfach gehen sollen. Aber ich konnte nicht gehen, ohne wenigstens den Versuch zu unternehmen, sicherzugehen, dass sie keinen großen Fehler machte mit ihrem Facebook-Anwalt. „Ich bin sicher, er ist großartig, aber Sebastian ist der Beste im ganzen Staat, wenn es um Ermittlungen und rechtliche Fragen geht. Ich habe schon mit ihm gearbeitet, und ehrlich gesagt vertraue ich niemandem mehr."

„Das ist schön für dich, Marion", sagte sie gereizt. „Ich freue mich, dass du deinem Freund vertraust. Dann kannst du sicher auch verstehen, warum ich meinem vertraue. Danke für deine Hilfe, aber ich bin jetzt in guten Händen."

Ich öffnete den Mund, um zu antworten, doch bevor ein Wort herauskam, schloss sie die Tür. Einen Augenblick später hörte ich, wie der Riegel vorgeschoben wurde.

„Verdammt", murmelte ich und ging den Weg zurück zu Jax.

„Deinem Gesichtsausdruck nach zu urteilen, lief das nicht so, wie du gehofft hast", sagte Jax und legte mir die Hand an den unteren Rücken, während wir die lange Auffahrt hinuntergingen.

„Nein. Ganz und gar nicht." Ich kaute auf meiner Unterlippe. „Um ehrlich zu sein, lief es so schlecht, dass ich mir nicht mehr sicher bin, ob Sara unschuldig ist."

Seine Augen wurden groß, als er beide Augenbrauen hob. „Wirklich?"

Ich hielt einen Moment inne und hörte auf mein Bauchgefühl, dann nickte ich einmal. „Wirklich. Die Frau dort hinten ist nicht diejenige, die mich engagiert hat, um einen Partner für sie zu finden. Ich weiß nicht, wo diese Frau ist – oder ob es sie jemals gegeben hat."

„Sie kann nicht diejenige gewesen sein, die in dein Büro eingebrochen ist“, gab Jax zu bedenken. „Sie war zu dem Zeitpunkt in Polizeigewahrsam.“

„Ja. Aber wir wissen nicht, wo Andrew heute Morgen war.“

„Oder sein Laborkumpel“, fügte Jax hinzu.

„Genau.“ Ich warf noch einen Blick auf den Wagen mit dem Kennzeichen aus Oregon und prägte mir die Nummer ein, um sie an Sebastian weiterzugeben. Es war zumindest ein Anfang.

KAPITEL 11

Als wir wieder in Jax' Truck saßen, zog ich mein Handy aus der Tasche und rief Sebastian an.

„Sara hat mich gefeuert", sagte er ohne jede Begrüßung.

„Ich weiß. Sie hat jetzt irgendeinen neuen Anwalt, den sie über Facebook kennengelernt hat. Wir waren gerade bei ihr, und er ist auch dort."

Sebastian stöhnte.

„Genau so habe ich auch reagiert", sagte ich. „Ein Typ namens Andrew. Wäre es ein massiver Verstoß gegen die Berufsethik, wenn du einen Backgroundcheck über ihn einholen würdest?"

„Wahrscheinlich", sagte er. „Aber das heißt nicht, dass ich es nicht trotzdem mache. Hast du seinen Nachnamen?"

„Nein, aber ich habe mir das Kennzeichen seines Wagens notiert. Darüber könntest du wahrscheinlich an seinen Namen kommen. Oder vielleicht gibt es irgendwas beim Gericht, wenn er wirklich ihr neuer Anwalt ist."

„Ja. Eins davon wird funktionieren."

Ich gab ihm das Kennzeichen durch und sagte dann:

„Danke. Bei all dem, was gerade passiert, bin ich mir einfach nicht sicher, ob ich irgendwem trauen kann." Ich erzählte ihm von meinem Misstrauen gegenüber Sara und Carson. „Es ist einfach zu viel auf einmal, und meine Spidey-Sinne schlagen wie verrückt Alarm."

„Es wirkt tatsächlich wie ein ungewöhnlicher Zufall, dass Carson genau dann auftaucht, als in dein Büro eingebrochen wurde", sagte Sebastian und klang dabei genauso skeptisch, wie ich mich gefühlt hatte. „Bist du dir sicher, dass er wirklich der Sohn deiner Freundin ist?"

„Nein, aber er hatte eine Geburtsurkunde. Sie sah echt aus."

„Du weißt, dass man sowas fälschen kann, oder?"

Ich stieß ein humorloses Lachen aus. „Ja. Daran habe ich auch gedacht. Aber warte, bis du ihn siehst. Es gibt keinen Zweifel, dass er und Ty verwandt sind."

„Hm." Am anderen Ende der Leitung hörte ich Tastaturklappern. „Carson Kirkwood?"

„Ja, aber Sebastian – ich meinte es ernst, als ich gesagt habe, dass ich keine Backgroundchecks oder sonst irgendwas will, bevor ich mit Ty gesprochen habe. Wenn Carson echt ist, will ich nicht, dass ihre Beziehung so anfängt."

„Schon klar", murmelte er. „Verstanden. Du willst nur, dass ich Saras neuen Anwalt überprüfe."

Ich wusste genau, was das bedeutete. Er sagte mir verstanden zu haben, dass er nicht in Carsons Vergangenheit wühlen sollte – aber das hieß nicht, dass er es nicht trotzdem tun würde. Und ehrlich gesagt war ich ihm deswegen nicht böse. Er würde nur etwas sagen, wenn er wirklich was Verdächtiges fand. „Genau. Außerdem ist bei Sara noch so ein Wissenschaftler, der ihre Marmeladen testet. Aber ich habe keine Ahnung, wie er heißt."

„Alles klar. Wenn ich in Andrews Vergangenheit eine

Verbindung finde, die zu jemandem passt, der in einem Labor arbeitet, sehe ich mir den auch an. In der Zwischenzeit untersuche ich weiter die vergifteten Kunden, um zu sehen, ob wir irgendeine Spur finden. Sara nehme ich jetzt auch noch mit auf die Liste, einfach der Vollständigkeit halber."

„Ich glaube nicht, dass du bei ihnen was finden wirst. Wir haben bei allen schon eine Standardüberprüfung gemacht", sagte ich. „Das ist Firmenpolitik, bevor ich überhaupt anbiete, jemanden zu vermitteln."

„Ich vermute, unsere Methoden sind ein bisschen gründlicher als der Dienst, den du dafür beauftragst", sagte Sebastian nüchtern.

„Na dann", schnaubte ich sarkastisch. „In der Zwischenzeit werde ich mir jeden dieser Typen selbst vorknöpfen und mir ihre Version anhören. Vielleicht finde ich ja irgendwas."

Am anderen Ende der Leitung herrschte Stille.

„Sebastian?"

„Ich bin noch da. Ich überlege nur gerade, ob das eine gute Idee ist. Rein rechtlich könntest du dir damit eine Klage einhandeln, wenn du was Falsches sagst. Aber viel wichtiger: Wenn diese Männer Ziel eines Angriffs waren, wer sagt denn, dass sie es nicht wieder werden? Für dich persönlich wäre es deutlich sicherer, wenn du dich von ihnen fernhieltest."

„Seit wann bin ich je auf Nummer sicher gegangen, wenn es darum ging, mein Geschäft oder meine Familie zu schützen?", fragte ich und dachte daran, dass Ty nun vielleicht auch hineingezogen wurde – und daran, wie krank Charlotte von der Energie in meinem Büro geworden war.

„Ich dachte mir, dass du das sagen würdest", erwiderte er mit einem leisen Lachen. „Sie müssen befragt werden, und sie werden wahrscheinlich eher mit dir reden als mit den Cops. Tu mir nur einen Gefallen und nimm Charlotte mit. Wenn ihr angegriffen werdet, scheint ihr beide zusammen so ziemlich alles wegstecken zu können."

„Mache ich", versprach ich. „Und ich melde mich, sobald wir irgendwas rausfinden."

„Ich auch, sobald wir mit der Datenanalyse und den Backgroundchecks durch sind." Er machte eine kurze Pause. „Marion?"

„Ja?"

„Sei vorsichtig. Gigi reißt mir den Kopf ab, wenn dir was passiert, während du Detektivin spielst."

Ich konnte mir das kleine Lächeln nicht verkneifen. „Keine Sorge. Ich halte dich aus der Schusslinie – bei Gigi und dem Rest des Zirkels." Sie kannten mich inzwischen gut genug, um zu wissen, dass ich der Typ war, der einfach loslegte und sich erst später um die Konsequenzen kümmerte.

Als ich auflegte, warf Jax mir einen Blick zu. „Ich komme mit dir und Charlotte, um diese Typen zu befragen."

Ich zog eine Augenbraue hoch. „Du hast doch keine Angst, dass Charlotte und ich nicht auf uns aufpassen können, oder?"

Er schnaubte. „Nein. Und wenn ich das hätte, würde ich diese Frage garantiert nicht mit der Kneifzange anfassen."

„Warum dann jetzt?", fragte ich neugierig. Jax war normalerweise nicht dabei, wenn ich paranormal ermittelte. Er hatte keine magischen Fähigkeiten, das war also nicht gerade sein Fachgebiet.

„Da wir diese Woche eigentlich im Norden sein wollten, habe ich sowieso frei. Ich verbringe die Zeit lieber mit dir, als zu Hause zu sitzen und mir Sorgen zu machen, wie dein Tag läuft." Er hob einen Arm und spannte ihn an, um seinen durchaus beeindruckenden Bizeps zu zeigen. „Außerdem dachte ich mir, ein bisschen Muskelkraft kann nicht schaden ... nur für den Fall."

Ich lachte, dankbar für etwas Unbeschwertheit. Es waren lange zwei Tage gewesen. „Weißt du was? Ich glaube, das würde mir richtig gut gefallen."

„Perfekt! Dann haben wir einen Plan."

~

„Ich kann nicht fassen, dass du Sara mit solchen Langweilern verkuppelt hast", sagte Charlotte mit entsetztem Gesichtsausdruck. „Ich meine, an einem Typen namens Norman Netterbaum ist wirklich gar nichts sexy."

„Norman Netterbaum?" Jax hob die Augenbrauen bis zum Haaransatz. „Das ist ein Typ, den man anruft, wenn man eine Wurzelbehandlung braucht. Nicht einer, der eine Frau in Erregung versetzt."

„Tatsächlich leitet er eine Farm-to-Table-Kooperative, und er ist der Mann, den man anruft, wenn man Fragen zu biologischen Düngemitteln hat", antwortete ich schnippisch.

Beide starrten mich an, als wäre mir ein zweiter Kopf gewachsen.

„Was? Sara betreibt eine Farm. Auf dem Papier hatten sie eine Menge gemeinsam." Wir saßen zu dritt an meinem Esstisch und gingen die Akten der fünf Männer durch, die ich Sara vermittelt hatte, um einen Plan für die Befragungen zu machen.

„Und was ist mit ihren Auren?", fragte Charlotte.

„Die haben gepasst", sagte ich und merkte selbst, wie defensiv mein Ton wurde. „Wie du sehr genau weißt." Seit ich kurz nach meinem Umzug nach Premonition Pointe verflucht worden war, konnte ich Auren nur sehen, wenn Charlotte und ich einander berührten. „Du warst dabei, als ich die Liste der

Kandidaten für Sara erstellt habe. Ich weiß nicht, warum du auf einmal so schockiert bist."

„Erstens: Wenn ich gewusst hätte, dass er Norman heißt, hätte ich sofort mein Veto eingelegt. Zweitens: Du weißt genau, dass ich mich nicht so sehr für Details interessiere. Es gibt nur eine Sache, die mir wichtig ist – dass ihre Auren zumindest einen Hauch von Leidenschaft zeigen." Charlotte kniff die Augen zusammen. „Gab es überhaupt irgendwelche roten Schattierungen, wenn sie zusammen waren?"

„Na ja, nein, aber —"

Meine Schwester hob die Hand und brachte mich zum Schweigen. „Fall abgeschlossen. Wie oft muss ich dir noch sagen, dass du ohne einen blassen Schimmer nur ihre Zeit verschwendest?"

Ich holte scharf Luft. „So funktioniert das nicht, Charlotte", sagte ich zum gefühlt hundertsten Mal. Meine Gabe war es immer gewesen, Auren zu sehen und zu wissen, wann zwei Menschen perfekt zueinanderpassten. Rot stand für Leidenschaft, aber es war nicht die wichtigste Farbe – und schon gar keine Voraussetzung. Ich hatte Dutzende Paare zusammengebracht, deren Auren nie rot gewesen waren und die trotzdem seit zehn oder zwanzig Jahren glücklich waren.

„Ich weiß, ich weiß. Lila ist der heilige Gral passender Auren", sagte sie und verdrehte die Augen. „Egal. Ich würde eine feurig-rote Aura stabil und langweilig immer vorziehen. So wie bei dir und Jax."

„Bei dir und Denver sind die Auren fuchsiafarben, wenn ihr zusammen seid", sagte ich und fühlte mich ein wenig selbstzufrieden. Denver war ihr Freund, und auch wenn sie so tat, als wäre das alles ganz locker und unverbindlich, wusste ich es besser. Er war ihr Langzeitplan. Sie brauchte nur Zeit, sich daran zu gewöhnen.

„Das liegt daran, dass sich Rot und Lila mischen“, sagte sie. „Vertrau mir, da ist mehr als genug Leidenschaft.“

Sie pustete auf ihre Nägel und tat so, als würde sie sie an ihrem Shirt polieren.

„Rot und Lila ergibt Magenta, nicht Fuchsia“, sagte ich, als wäre das ein schlagendes Argument.

Meine Schwester warf mir einen ausdruckslosen Blick zu. „Im Ernst? Das ist der Hügel, auf dem du sterben willst?“

Vielleicht hatte sie recht. Aber ich wollte verdammt sein, wenn ich ihr die Genugtuung gönnen würde, es zuzugeben. Außerdem zählte nur, dass sie mit Denver glücklich war. „Ich freue mich für dich“, sagte ich und lächelte sie sanft an.

„Hör auf, mich so anzusehen.“

„Wie denn?“

„Als wolltest du gleich dein Brautjungfernkleid aussuchen. Mal immer langsam mit den jungen Pferden, ja? Denver und ich … wir finden das alles noch raus.“

Ich hob beschwichtigend die Hände. „Ich habe kein Wort über eine Hochzeit gesagt.“

„Nein, aber du hast daran gedacht“, schnaubte sie und schrieb einen weiteren Namen auf. „Dieser Typ ist auch nicht besser. Was macht Frank Filapot beruflich? Bettpfannen ausleeren?“

Jax prustete vor Lachen.

Ich drehte mich zu ihm um und schüttelte den Kopf. „Hör auf, sie auch noch anzustacheln.“

„Was macht er denn?”, fragte Jax.

Ich seufzte. „Ist das wirklich wichtig? Sagen wir einfach, er arbeitet für die Stadt.“

„Oh. Mein. Gott. Er ist Müllmann, oder?“ Charlottes Augen funkelten vor Vergnügen.

„Nein!“ Ich verschränkte die Arme vor der Brust und hob das Kinn. „Er ist Umweltingenieur.“

Jax lachte bellend. „Du hast Sara mit Frankie verkuppelt? Dem Typen, der Genehmigungen für Klärgruben ausstellt?“

„Na toll!“, brummte Charlotte und widmete sich wieder ihren Nägeln. „Marion, es ist ein Wunder, dass du überhaupt noch ein Geschäft hast. Ich kann mir beim besten Willen nicht vorstellen, dass Frankie, der Klärgrubentyp, selbst für ein Farmmädchen wie Sara attraktiv genug ist.“

„Hör auf damit. Jeder verdient Liebe“, beharrte ich. „Wäre dir lieber, wenn ich sie mit dem Surfer verkuppeln würde? Oder mit dem Koch, der so von sich eingenommen ist, dass er in der dritten Person von sich spricht?“

Ein Schauer lief über Charlottes Rücken. „Ein Surfer wäre okay – solange es nicht dieser Typ ist, der ständig ‚Duuuuude‘ sagt und sich die Haare aus dem Gesicht wirft.“

„Genau der war es“, sagte ich und fühlte mich bestätigt. „Außerdem hast du ja auch keine besseren Vorschläge gemacht.“

„Hm.“ Charlotte tippte sich nachdenklich an die Lippen. „Wir sollten den Typen rekrutieren, dem der Custom-Motorradladen gehört, und den, der die Outdoor-Bekleidungs- und Ausrüstungsfirma leitet. Oder wie wäre es mit dem Eigentümer des Rafting- und Schneeschuhwander-Unternehmens?“

„Der Rafting-Typ hat eine feste Freundin, und der Besitzer des Motorradladens ist schwul“, konterte ich. „Sonst irgendwelche Ideen?“

„Dann bleibt noch der Outdoor-Fitness-Typ. Den sollten wir auf die Liste setzen“, sagte Charlotte und nickte zufrieden.

Jax räusperte sich. „So spannend das alles ist – inwiefern

hilft es uns, neue Datingkandidaten zu rekrutieren, das aktuelle Problem zu lösen?“

„Das ist ein Service, den ich für zukünftige Kunden nun mal anbieten muss“, sagte Charlotte schnippisch. „Aber ich verstehe, was du meinst.“ Sie sah mich an. „Schreib einfach die anderen drei Männer auf, die wir noch befragen müssen, und ich stelle einen Plan zusammen, wie wir sie morgen besuchen.“

„Du stellst den Plan zusammen?", fragte ich ungläubig. Ich liebte meine Schwester, und wenn es hart auf hart kam, war sie eine verdammt starke Partnerin in magischen Dingen. Aber Ermitteln war eigentlich nicht ihr Ding.

„Klar. Ich mache Termine mit ihnen aus und alles. Ich hab' das im Griff, Marion. Du wirst sehen.“

Jax und ich tauschten einen Blick. Es war offensichtlich, dass wir ihr Vertrauen nicht teilten.

„Ach, kommt schon!“, rief sie und warf die Hände in die Luft. „Wenn ich eins gut kann, dann ist es, Männer um den Finger zu wickeln. Oder, Marion?“ Sie sah mich bedeutungsvoll an.

Ich nickte widerwillig und hatte das Gefühl, dass sie mich gerade geschickt dazu gebracht hatte, ihr die Kontrolle zu übergeben. Loslassen war nun wirklich nicht meine Stärke.

„Gut. Dann ist es beschlossene Sache. Ich telefoniere ein bisschen herum und sage euch Bescheid, wann wir morgen losfahren.“ Charlotte stand auf, schnappte sich ihren Laptop und rief Minx zu sich. Dann verschwand sie in ihrem Schlafzimmer.

„Und jetzt?", fragte Jax.

Ich zuckte mit den Schultern. „Ich schätze, wir können schonmal mit dem Abendessen anfangen.“ Ich war keine besonders gute Köchin, aber wenn ich meine Hände nicht beschäftigte, würde ich wahnsinnig werden, während ich darauf wartete, dass Ty nach Hause kam.

Wir waren gerade in die Küche gegangen, als die Haustür aufflog.

„Marion?“ Kennedys Stimme klang dringend.

Ich schoss aus der Küche ins Wohnzimmer. „Was ist los?“

„Es ist Ty. Er braucht dich.“

Jax war sofort neben mir und griff nach meiner Hand, um mir Halt zu geben.

„Wo ist er?”, fragte ich.

„In unserer Wohnung. Kannst du —“

„Ja“, sagte ich und unterbrach ihn, während ich mich bereits aus Jax’ Griff löste und zur Tür eilte. Ich warf Jax einen Blick zu. „Wartest du hier auf mich?“

„Immer.“

Ich nickte Kennedy zu. „Nach dir.“

KAPITEL 12

„Was ist los?“, fragte ich Kennedy, während wir schnell zu der Wohnung über meiner Garage liefen. „Hat es mit Carson zu tun? Was hat er getan?“

Kennedy schüttelte den Kopf. „Ich weiß es nicht. Ty sagt nichts. Er ist in die Wohnung gekommen und direkt in unser Schlafzimmer gegangen. Seitdem sitzt er am Fenster, den Kopf in den Händen, und sagt kein Wort. Es ist fast so, als wäre er katatonisch.“

Kennedys Worte ließen mich abrupt stehen bleiben. So hatte ich Ty nur ein einziges Mal zuvor erlebt: direkt, nachdem wir Trish verloren hatten. Nach ihrem Tod hatte er wochenlang kaum gesprochen.

„Marion?“ Kennedy trat neben mich. Er hob die Augenbrauen und fragte: „Geht’s dir gut?“

„Ja. Natürlich“, sagte ich schnell und drückte seine Hand. „Es waren nur ein paar verdammt harte Tage, und es sieht nicht so aus, als würde es in nächster Zeit besser werden. Komm. Lass uns sehen, was wir für Ty tun können.“

Er umklammerte meine Finger fester. Sein Gesicht wirkte

angespannt, und seine Augen waren geweitet vor Angst. Da wusste ich, dass er nicht nur um Ty besorgt war. Kennedy hatte panische Angst, und ich hatte absolut keine Zeit, jetzt selbst auszuflippen.

„Es wird alles gut, Kennedy", sagte ich. „Ty hat heute einen riesigen Schock erlebt. Ich bin sicher, er verarbeitet das gerade einfach nur."

„Ich hoffe, dass es nur das ist." Er ließ meine Hand los und nahm die Treppe im Eiltempo, zwei Stufen auf einmal, um offensichtlich so schnell wie möglich zurück in die Wohnung zu kommen.

Als ich den Treppenabsatz erreichte, hatte Kennedy die Tür bereits geöffnet, und ihre winzige Yorkie-Dame, Paris Francine, drehte sich im Kreis und bellte sich die Seele aus dem Leib.

„Ganz ruhig, Süße", sagte ich sanft, hob sie hoch und trug sie hinein. „Kein Grund für die Show. Ich bin's nur."

Der kleine Hund leckte mir den Hals und zappelte dann so wild, dass er mir beinahe aus den Händen gerutscht wäre.

„Whoa", sagte ich und bekam sie gerade noch rechtzeitig auf den Boden, um zu verhindern, dass sie mit dem Kopf voran auf das alte Parkett fiel. „Ganz ruhig. Du tust dir noch weh."

„Sie ist eine kleine Draufgängerin", sagte Kennedy, und sein Blick huschte bereits wieder Richtung Schlafzimmer.

„Ich übernehme das." Ich kraulte Paris kurz am Ohr, ging zur Tür und klopfte an.

Keine Antwort.

„Ty, ich bin's. Mama Marion. Kann ich reinkommen?"

Von der anderen Seite der Tür kam ein unverständliches Grunzen.

„Ich bin nicht sicher, ob das eine Antwort war", sagte ich in einem neckenden Ton. „Willst du's noch mal versuchen?"

Stille. Doch dann hörte ich Schritte auf dem Holzboden. Ein paar Sekunden später öffnete Ty die Tür. Er sagte nichts, sondern ging quer durch den Raum und setzte sich an den kleinen Schreibtisch unterm Fenster.

„Danke", sagte ich, trat ein und schloss die Tür hinter mir. Vielleicht würde Ty offener sein, wenn wir unter uns waren. „Ist es okay, wenn ich ein bisschen bleibe?"

Ty warf mir einen Blick zu, sein Ausdruck wirkte ergeben. „Wenn ich dir sage, dass ich allein sein will, würdest du dann wirklich gehen?"

„Nein", sagte ich. „Nicht, wenn du so bist."

„Wie bin ich denn?" Er fuhr sich mit der Hand durch seine dunklen Locken. „Wie jemand, der unter Schock steht? Wie jemand, der Zeit braucht, um das zu verarbeiten? Oder einfach wie ein Typ, der sich davon erholen muss, dass er sich heute fühlt, als hätte ihm jemand in den Magen getreten?"

Ich ging zu ihm und legte ihm eine Hand auf die Schulter. „Nichts davon klingt unvernünftig. Aber dir ist schon klar, dass du Kennedy mit deinem Schweigen Angst machst, oder?"

Er presste die Zähne aufeinander und starrte auf die Tischplatte, als könnte er es nicht ertragen, mich anzusehen. „Ich schätze, dir habe ich auch Angst gemacht?"

„Ein bisschen", gab ich zu. „Heute war eine Menge. Ich will mich nur vergewissern, dass es dir gut geht."

„Tut es nicht", sagte er. „Wie kann ich einen Bruder haben und nichts davon wissen? Wie konnte Mom mir das verheimlichen?" Er spie die Worte förmlich aus und machte keinerlei Versuch, seinen Ärger zu verbergen. „Sie wusste, wo er war. Wusstest du das?" Sein Blick bohrte sich voller Misstrauen in mich.

„Nein", sagte ich und schüttelte entschieden den Kopf. „Ich

wusste nichts von Carson. Überhaupt nichts. Ich bin genauso geschockt wie du."

„Wirklich? Bist du dir da ganz sicher?" Er neigte den Kopf und musterte mich. Seine Stimme war emotionslos, als er weitersprach. „Wenn du ich wärst – würdest du glauben, dass sie ihrer besten Freundin nie erzählt hat, dass sie ein Baby zur Adoption freigegeben hat?"

Jetzt hob ich die Augenbrauen, während ich mich langsam auf den Hocker am Fußende des Bettes setzte. „Du glaubst, ich lüge dich an?"

„Ich weiß ehrlich gesagt nicht, was ich denken soll, Marion", sagte er mit einem tiefen Seufzer. „Meine Welt ist heute komplett auf den Kopf gestellt worden, und ich habe das Gefühl, die einzige Person, der ich trauen kann, ist mein Bruder, den ich vor fünf Minuten kennengelernt habe."

In meinem Kopf schrillten Alarmglocken. Er vertraute Carson – aber nicht mir? „Ty, das ist —"

„Tut mir leid", sagte er und schüttelte schnell den Kopf, um mich abzuwürgen. „So habe ich das nicht gemeint. Ich … ich komme einfach nicht damit klar, dass Mom Carson fast dreißig Jahre lang vor allen geheim gehalten hat. Sagst du mir die Wahrheit? Du wusstest wirklich nichts?"

„Ich schwöre dir, dass ich keine Ahnung hatte, dass du einen Bruder hast. Trish hat nie ein Wort darüber gesagt. Ich bin genauso geschockt wie du. Ehrlich gesagt habe ich ungefähr eine Million Fragen zu ihm."

„Willkommen im Club", sagte Ty und fuhr mit dem Finger gedankenverloren alte Wasserflecke auf der Tischplatte nach.

„Willst du mir erzählen, was du von ihm herausgefunden hast?", fragte ich. „Du bist nicht der Einzige, den das heute aus der Bahn geworfen hat." Ich lächelte ihn traurig an.

Er zuckte mit den Schultern. „Nicht viel. Sie hatten keinen

Kontakt, aber Mom wusste, wo er war. Sie hat ihm jedes Jahr zum Geburtstag eine Karte geschickt. Als er nach ihrem Tod keine mehr bekommen hat, hat er angefangen, nach ihr zu suchen. Aber anstatt ihr hat er mich gefunden. Und er hat lange gebraucht, um den Mut aufzubringen, sich zu melden."

Mein Herz brach bei dem Gedanken an meine verstorbene Freundin. Eine Karte pro Jahr? Es musste Folter gewesen sein, genau zu wissen, wo ihr ältester Sohn war, und trotzdem keine echte Beziehung zu ihm haben zu dürfen. „Wo war er all die Jahre?"

„Die meiste Zeit weiter oben im Norden. Auf einer Farm in Fortuna. Er wurde von einem Paar adoptiert, aber seine Adoptivmutter ist gestorben, als er noch klein war. Er sagte, da war er drei. Er erinnert sich kaum an sie. Sein Adoptivvater hat ihn großgezogen. Es waren nur die beiden – bis sein Dad die Farm verkauft hat und in ein Wohnmobil gezogen ist, um durchs Land zu reisen." Ty stieß ein kurzes, hartes Lachen aus. „Er wollte, dass Carson mitkommt, aber Carson wollte lieber seine Träume verwirklichen."

„Um Mode-Designer zu werden?", fragte ich.

Ty nickte. „Er war die letzten drei Jahre in L.A. Er meinte, es sei pures Glück gewesen, dass er uns hier in Premonition Pointe gefunden hat. Irgendwas davon, dass er dich vor einer Weile in den Nachrichten gesehen hat – nach dem Restaurantbrand."

„Woher wusste er, wer ich bin?" Trish und ich waren nicht verwandt. Selbst wenn er seine Adoption nachverfolgt hatte, dürfte ich nirgends auftauchen. Wie auch? Ich war weder seine Mutter noch seine Patin. Ich hatte nicht einmal gewusst, dass es ihn gab.

„Mom hat ihm von dir erzählt", sagte Ty. „Sie hat ihm gesagt, wenn er jemals irgendwas braucht und sie nicht mehr da ist, soll er dich suchen. Ich schätze, sie hat ihm deine alte Adresse in L.A. gegeben. So hat er mich gefunden. Aber als er endlich den Mut aufgebracht hat, Kontakt aufzunehmen, waren wir schon umgezogen."

„Also haben ihn die Nachrichten hierhergeführt", sagte ich geistesabwesend. „Das ist doch schon eine Weile her, oder?"

Der Brand in dem Restaurant war gewesen, bevor Jax und ich überhaupt offiziell zusammen gewesen waren. Carson hatte sich verdammt viel Zeit gelassen, um den Mut aufzubringen, uns zu kontaktieren. „Findest du es nicht ein bisschen verdächtig, dass Carson ausgerechnet heute auftaucht? Wie groß sind die Chancen, dass mein Büro verwüstet wird und er ausgerechnet jetzt auftaucht?"

Ty verengte die Augen. „Warum machst du das?"

„Was mache ich?", fragte ich, jetzt gereizt. Ich verstand, dass Tys Welt heute aus den Angeln gehoben worden war, aber für mich lief es auch nicht gerade wie am Schnürchen. Trish hatte einen weiteren Sohn! Einen, von dem sie nie ein Wort gesagt hatte.

„Alles infrage stellen, was Carson gesagt hat." Er stand auf, stützte die Hände in die Hüften und funkelte mich an. „Du bist misstrauisch. Hast du eine Ahnung, wie viel Mut es ihn gekostet hat, hier aufzutauchen? Sich mir vorzustellen – und dir? Mach das nicht kaputt für mich oder für ihn, okay? Ich weiß, mit deinem Geschäft läuft gerade alles scheiße, aber ich verstehe einfach nicht, wie du ernsthaft glauben kannst, Carson hätte damit zu tun."

„Ich bin nicht … okay, ich bin misstrauisch", gab ich zu und warf die Hände in die Luft. „Ich versuche nicht, eine Zicke zu sein. Ich bin es nur nicht—"

„Gewohnt, dass alles den Bach runtergeht", beendete er den Satz für mich, während er sich neben mich setzte. „Ich verstehe es. Wirklich. Aber Carson … ich glaube wirklich, dass er nur Antworten will. Und vielleicht selbst sowas wie einen Abschluss."

„Aber wir haben doch keine Antworten", sagte ich und fragte mich, woher diese Version von Ty plötzlich kam. Als ich angekommen war, hatte er sich zurückgezogen, als könnte er das alles nicht verarbeiten. Aber ich hatte mich getäuscht. Ty hatte über seinen Bruder nachgedacht, Mitgefühl empfunden – anstatt Parallelen zu ziehen und davon auszugehen, dass jeder irgendwas im Schilde führte.

„Doch, wir haben Antworten auf manche Dinge", sagte Ty. „Zum Beispiel darauf, wie Mom war. Wir haben Fotos und Videos von ihr, die Carson bestimmt sehen will. Sie war schließlich seine Mutter – auch wenn sie ihn weggegeben und ihn sein ganzes Leben lang vor uns geheim gehalten hat." Ty schüttelte den Kopf, als könnte er die eigenen Gedanken nicht fassen. „Er verdient unsere Zeit. So viel er braucht", beharrte er.

Ich unterdrückte ein Stöhnen, konnte mir aber nicht verkneifen zu fragen: „Und was, wenn er doch was mit dem Büro zu tun hat? Ich bin mir nicht sicher, ob wir einem völlig Fremden einfach vertrauen sollten, Ty. Ich passe nur auf dich auf."

„Nein, du passt auf dein Geschäft auf", blaffte er, sichtlich am Ende seiner Geduld. „Er ist mein Bruder, Marion. Kapierst du das nicht?"

„Doch, ich—"

„Nein. Ich will das nicht hören. Das passiert jetzt. Ich will eine Beziehung zu meinem Bruder, und du kannst entweder mitziehen oder dich raushalten. Das sind deine Optionen." Er stand auf, ging zur Tür, riss sie auf, winkte – und warf mich damit regelrecht hinaus. „Gute Nacht, Marion."

Wow! So kalt und endgültig war ich von Ty noch nie abgewiesen worden. So eine Kälte zwischen uns hatte es auch noch nie gegeben.

„Ty?“ Kennedy steckte den Kopf herein. Seine Miene war nicht ruhiger als zuvor. „Warum schmeißt du Marion raus?“

„Ich schmeiße sie nicht raus“, sagte Ty und verdrehte die Augen. „Ich versuche nur, dieses Gespräch zu beenden, weil ich nicht glaube, dass mein Bruder ein Betrüger ist, aber sie schon. Und ich will mir das nicht anhören.“

„Ich habe nie gesagt, dass er ein Betrüger ist“, sagte ich, während ich an ihm vorbei in Richtung Haustür ging. Mit der Hand an der Klinke drehte ich mich noch einmal um. „Sei einfach vorsichtig, Ty. Ich mache mir Sorgen um dich.“

„Ich komme schon klar, Mom!“, rief er mir hinterher.

Und dieses eine Wort – Mom – war genug, um meine Angst zu beruhigen. Es war alles, was ich wissen musste, um sicher zu sein, dass zwischen Ty und mir alles in Ordnung sein würde, egal, wie viel Spannung im Moment zwischen uns lag. Selbst wenn er gerade etwas von mir verlangte, das ich ihm nicht geben konnte. Denn egal, wie sehr Ty an seinen Bruder glauben wollte, ich war überzeugt, dass Carson etwas im Schilde führte. Es war einfach ein Gefühl. Und wenn ich eines darüber gelernt hatte, eine Hexe zu sein, dann, dass man ein Gefühl niemals ignorieren sollte.

So oder so würde ich herausfinden, was Carson wirklich von Ty wollte. Und ich war mir ziemlich sicher, dass es weder Fotos noch Videos waren.

KAPITEL 13

„Ich dachte, wir wollten mit Norman reden“, sagte ich zu meiner Schwester, als wir das Abalone betraten, ein gehobenes Restaurant direkt am Strand, nördlich der Stadt.

„Werden wir auch. Beruhig dich einfach. Jeder muss mal essen.“ Sie rauschte hinein und lächelte den Maître d' süß an. „Reservierung für drei auf den Namen Charlotte Ray.“

Jax und ich tauschten einen genervten Blick. Ich hatte gewusst, dass es ein Fehler war, Charlotte die Planung zu überlassen. Wir sollten Informationen von den Männern bekommen, die angeblich von Sara vergiftet worden waren – nicht lunchen, als wären wir die Besetzung einer Reality-TV-Show.

„Ah, wie schön, Sie wiederzusehen, Miss Ray. Bitte folgen Sie mir. Ich habe den besten Tisch für Sie und Ihre Begleitung reserviert.“ Der große, dunkelhaarige Mann war breitschultrig – bestimmt doppelt so breit wie Jax. Er sah eher aus wie ein Türsteher als wie ein Maître d'.

„Danke, Richard." Charlotte hakte sich bei ihm ein, sah zu ihm auf und lächelte kokett. „Sie sind der Beste."

Der Mann strahlte sie an und führte sie zum Tisch, ohne Jax oder mich auch nur ein einziges Mal anzusehen.

„Bist du unsichtbar?", flüsterte Jax mir ins Ohr.

„Jetzt weißt du, wie es ist, eine Frau zu sein, die auf die fünfzig zugeht", sagte ich auf dem Weg durch das Restaurant. Es war so spärlich besucht, dass ich mich ernsthaft fragte, wo alle waren – es war noch nicht Nebensaison!

Er hob eine Augenbraue. „Meinst du das jetzt ernst? Ich habe gesehen, wie Männer jeden Alters dich anschauen. Das ist alles andere als unauffällig."

Ich stieß ein ersticktes Lachen aus. „Dann musst du wohl an früher denken, weil Männer vor ungefähr zehn Jahren aufgehört haben, das zu tun."

„Oh nein", beharrte er. „Erst letzte Woche hat Carl im Bird's Eye Café dich direkt vor meiner Nase angebaggert. Ich schwöre, wenn du ihn auch nur ein bisschen ermutigt hättest, hätte er dich sofort in den Kühlraum geschleppt."

Ich schnaubte. „Carl ist mindestens siebzig! Und er ist immer so. Er flirtet einfach mit jeder – ausnahmslos."

„Wenn du meinst." Jax sah nicht überzeugt aus.

„Komm schon. Du kannst nicht so tun, als müsste ich mich geschmeichelt fühlen, weil ein alter Mann Interesse an mir hat."

„Und was ist mit Hollister? Der steht auf dich. Und der ist keine siebzig."

Ich riss den Kopf herum, starrte Jax an – und lief prompt gegen einen Stuhl, was mich zum Stolpern brachte.

Jax fing mich auf und richtete mich wieder auf. „Whoa! Vorsichtig! Du willst dir doch nichts brechen – falls Hollister anruft und dich bittet, für eine Beratung nach L.A. runterzufahren."

„Oh. Bei. Allen. Göttern. Hör auf damit. Zwischen Hollister und mir gibt es nichts außer gegenseitigem professionellem Respekt, und das weißt du." Hollister Crooner war der Schwager von Kiera Vincent, einer Frau, der ich vor Jahren geholfen hatte, aus einer schrecklichen Ehe zu fliehen. Kiera und ich waren gut befreundet, und als sie vor Kurzem verschwunden war, hatte ich mit Hollister zusammengearbeitet, um sie nach Hause zu bringen.

„Wenn du meinst", sagte Jax mit einem Grinsen.

Ich wollte ihm dieses Grinsen am liebsten direkt aus dem Gesicht wischen. „Warum führen wir dieses Gespräch überhaupt?"

„Weil du gesagt hast, du fühlst dich unsichtbar, seit du in der Lebensmitte bist. Aber ich sehe ständig, wie Männer dich bewundern." Er zuckte mit einer Schulter. „Vielleicht achtest du einfach nicht drauf."

„Offenbar nicht so sehr wie du", bemerkte ich trocken und musterte ihn. Woher kam das mit Hollister überhaupt? Der wohnte meilenweit weg, und die einzigen Male, die wir heutzutage miteinander sprachen, waren, wenn es um magische Waffen ging.

„Kommt ihr?", rief Charlotte.

Ich sah zu ihr hinüber. Sie saß schon an einem Tisch direkt neben einem bodentiefen Fenster mit Blick auf die Klippe von Premonition Pointe, wo der Zirkel sich regelmäßig traf, um Zauber zu wirken und unsere Intentionen in die Welt zu schicken. Unterhalb der Felsen toste das Meer, was die Küste dramatisch und wild wirken ließ.

„Ja, ja, wir kommen schon", sagte ich und schlug Jax' Hand

weg, die plötzlich auf meinem Po gelandet war. „Was sollte das?" Ich warf ihm einen Blick über die Schulter zu.

„Dachte nur, du könntest einen kleinen Schubs gebrauchen." In seinen Augen glitzerte jetzt purer Schalk, und ich wusste sofort, was das hier war. Er hatte mich die ganze Zeit nur aufgezogen. *Scherzkeks!*

„Bist du jetzt fertig?", fragte ich Jax, als ich mich Charlotte gegenüber setzte.

„Nicht wirklich. Ein Mann muss sich doch irgendwie amüsieren, oder?" Jax zwinkerte mir zu und nahm dann eine der überdimensionierten, ledergebundenen Speisekarten.

„Da ist jemand heute aber kokett drauf", bemerkte Charlotte. Auf ihrem Gesicht lag ein amüsiertes Halblächeln, während sie Jax mit hochgezogenen Augenbrauen musterte.

„Bitte hör auf, ihn so anzusehen", knurrte ich. „Er braucht wirklich keine Ermutigung."

„Schon gut." Charlotte blickte auf ihre Karte und schob die Unterlippe schmollend vor.

Jax schmunzelte, und ich ignorierte beide, während ich die Speisekarte überflog.

Krabben, Garnelen und Heilbutt schienen die Hauptattraktionen zu sein. Alles klang gut – aber bei den Preisen musste ich zweimal hinsehen. Kein Wunder, dass der Laden leer war. Wer hatte an einem Wochentag so viel Geld zum Mittagessen übrig? „Steht da wirklich fünfundneunzig Dollar für gebratenen Heilbutt?"

Charlotte runzelte die Stirn. „Seit wann interessieren dich Restaurantpreise?"

„Seit jetzt. Was machen die – ziehen die den Fisch mit Kaviar groß?" Da meine Partnervermittlung vorübergehend geschlossen war, hatte ich schließlich gerade kein Einkommen.

„Marion!", zischte Charlotte mit zusammengebissenen

Zähnen. „Jetzt ist nicht der Moment, die Preise anzustarren." Ihr Blick huschte nach links und blieb kurz am Maître d' hängen, der einen sehr vertrauten Mann an uns vorbeiführte.

Ich wandte mich schnell wieder zu Charlotte und Jax. „Das ist Norman Netterbaum", flüsterte ich. „Der, der Sara im Restaurant hat sitzen lassen, als er eine Nachricht von seiner Exfrau bekommen hat, und einfach gegangen ist. Wusstest du, dass er hier sein würde?"

Charlottes Lippen verzogen sich zu einem selbstzufriedenen Lächeln. „Ich habe dir doch gesagt, ich habe das heute im Griff." Sie zwinkerte mir zu und stand auf, dann ging sie Richtung Empfangstresen – vermutlich zur Damentoilette.

Ich drehte mich zu Jax um. „Ist meine Schwester heimlich ein Mastermind?"

„Das wird sich zeigen." Jax legte die Speisekarte weg, als ein Kellner einen Brotkorb abstellte. „Willst du was von der Focaccia?" Er riss ein Stück ab.

„Natürlich."

Er lachte und reichte mir den Korb.

Als Charlotte zurückkam, ging sie demonstrativ an Normans Tisch vorbei. Kaum war sie an ihm vorbei, fiel etwas Silbernes, Glänzendes zu Boden und blitzte im gedämpften Licht der Deckenspots auf.

Ich öffnete den Mund, um ihr zu sagen, dass sie etwas verloren hatte – doch ihr strenger Blick und ein kaum merkliches Kopfschütteln ließen mich sofort den Mund halten. *Was hast du vor, Charlotte?*

Sie war nur ein paar Schritte von unserem Tisch entfernt, als Norman plötzlich rief: „Entschuldigen Sie, Miss! Ich glaube, Sie haben das hier verloren!"

Charlotte blieb stehen und drehte sich zu ihm um. „Ich

glaube nicht, dass ich— oh!“ Ihre Augen weiteten sich. „Ist das mein Armband?“

Norman hielt ein zartes Bettelarmband hoch, an dem nur ein einziger Anhänger hing – ein Chihuahua. Denver hatte es ihr vor ein paar Wochen geschenkt, und sie trug es seitdem praktisch ständig.

„Oh, Sie sind ein Lebensretter!“, rief Charlotte und lief zu ihm zurück. „Sie haben keine Ahnung, wie schrecklich es für mich wäre, das zu verlieren!“ Sie nahm es und drückte sich das Armband dramatisch an die Brust. „Danke …“ Sie musterte ihn einen Moment lang. „Sind wir uns schonmal begegnet?“

Der große Mann mit dem dichten graumelierten Haar schüttelte den Kopf. „Ich glaube nicht —“

„Oh doch!“ Charlotte setzte sich auf den Stuhl ihm gegenüber – ohne Einladung, einfach so. „Sie sind Norman Netterbaum, oder?“

„Jaaa“, sagte er langsam und sah sich um, als wollte er herausfinden, wer sie informiert hatte. „Woher wissen Sie das?“

„Sie waren mit einer unserer Klientinnen verabredet.“ Sie streckte ihm die Hand hin. „Ich bin Charlotte Ray, Schwester und Partnerin von Marion Matched von der—“

„Miss Matched Dating Agency“, sagte er tonlos. „Das war der größte Fehler überhaupt.“

Charlotte stützte den Ellbogen auf den Tisch und legte das Kinn in die Hand, während sie sich nach vorn beugte und ihm ihre volle Aufmerksamkeit schenkte. „Ich habe von der Vergiftung gehört. Darf ich sagen, dass Marion und ich absolut geschockt waren, als wir davon erfahren haben? Ich kann mir nicht vorstellen, warum jemand sowas tun sollte.“

Er schnaubte. „Wirklich nicht? Ich schon. Wenn jemand so

emotional misshandelt wurde wie Sara, findet sie es vermutlich angemessen, alle Angehörigen des anderen Geschlechts zu bestrafen – ganz egal, wie nett und großzügig ein Mann ist."

In mir schrillten alle Alarmglocken. Emotional misshandelt? Wo kam das denn her? Sara hatte nie etwas von einem Beziehungstrauma erzählt, und in ihrem Backgroundcheck war auch nichts aufgetaucht. Es war nicht verpflichtend, mir etwas so Persönliches zu sagen – aber ich ermutigte meine Klientinnen immer dazu, mir Trigger oder harte Grenzen mitzuteilen. Wenn ich wusste, dass jemand emotionale Misshandlung erlebt hatte, achtete ich besonders darauf, sie mit einem sanften, mitfühlenden Menschen zusammenzubringen und nicht mit einem Alpha-Typen oder jemandem, der extrem dominant war. Intensität war nicht immer das Beste, wenn man mit Trauma zu kämpfen hatte. Und außerdem: nett und großzügig? Im Ernst jetzt? Das war der Mann, der Sara mitten im Date sitzen gelassen hatte, weil seine Exfrau geschrieben hatte. Wenn das kein Notfall gewesen war, dann war daran absolut nichts nett. Oder großzügig.

Ich wollte Norman so dringend tausend Fragen stellen, wollte zu ihrem Tisch gehen, Teil des Gesprächs sein – aber Charlotte machte das gerade richtig gut. Ich wollte das jetzt nicht kaputtmachen.

„Sie glauben wirklich, dass Sara das war?", fragte Charlotte, als wäre sie entsetzt.

„Es war ihre Marmelade. Und soweit ich gehört habe, war ich nicht der Einzige." Er lehnte sich zurück. „Sehen Sie es ein, Miss Ray: Ihre Klientin hat ernsthafte psychische Probleme."

Charlotte presste sich wieder die Hand an die Brust und

flüsterte verschwörerisch: „Wie hat sie es gemacht? Sie mit sexuellen Gefälligkeiten angelockt? Ihnen einen Käsekuchen mit Marmeladentopping gemacht und ihn Ihnen im Trenchcoat geliefert?"

Was zum …? Sara hatte uns doch gesagt, dass sie ihnen Geschenkpakete geschickt hatte.

Norman lachte. „Sie haben wirklich Fantasie in Ihrem hübschen Köpfchen." Sein Blick glitt einen Moment lang über ihr Dekolleté, bevor er ihr wieder in die Augen sah. „Ich wette, ein Date mit Ihnen wäre unterhaltsam."

Meine Schwester sonnte sich in seiner Bewunderung, warf ihr langes rotes Haar zurück und neigte den Kopf ein wenig zur Seite, während sie ein künstliches, glöckchenhelles Kichern von sich gab. „Ich hatte noch nie Beschwerden."

„Das glaube ich sofort. Warum verschwinden wir nicht von hier? Ein Spaziergang am Strand, um uns besser kennenzulernen?"

Okay. Jetzt ging mir dieser Typ richtig auf die Nerven. Musste er so schmierig sein? Der einzige Grund, warum er sich so schnell für Charlotte interessierte, war, dass sie von sexuellen Gefälligkeiten und Trenchcoats angefangen hatte. Konnte er noch offensichtlicher sein? Wie schaffte sie es, da zu sitzen und ihn anzulächeln, während mir die Haut kribbelte?

„Oh, das ist wirklich süß. Aber wir haben ja noch gar nicht gegessen, und ich verhungere. Sie nicht auch?" Sie deutete auf sein Glas. „Sie haben noch nicht einmal Ihren Wein getrunken."

„Wen interessiert Wein, wenn eine wunderschöne Rothaarige mit einem flirtet?" Er zwinkerte übertrieben.

Charlotte lachte nervös, und es war nicht zu übersehen, dass sie sich unwohl fühlte. Der Mann wirkte wie jemand, der ein Nein nicht akzeptierte – und ich fing ernsthaft an zu denken, dass Sara ihn vielleicht verdientermaßen vergiftet hatte. „Also das ist wirklich nett, aber ich habe gehört, dass sie hier den besten Brombeer-Cobbler diesseits der Rocky Mountains haben."

Normans übertrieben eifriges Grinsen verschwand, und stattdessen verzog er das Gesicht. „Ich glaube nicht, dass ich jemals wieder irgendwas mit Brombeeren essen kann. Nicht, nachdem ich im Krankenhaus gelandet bin und sie mir den Magen ausgepumpt haben."

Charlottes Schultern strafften sich, und sie setzte sich ein kleines bisschen gerader. Und sie durfte auch wirklich stolz sein. Es war beeindruckend, wie sie das Gespräch von seinem schleimigen Geflirte wieder direkt zurück zur Vergiftung gelenkt hatte. „Und das alles wegen einem bisschen Marmelade?"

„Nun, Marmelade und der frische Ziegenkäse, der dabei war", sagte er, und seine Gesichtsfarbe nahm einen sehr ungesunden Grünton an. Er legte eine Hand auf den Bauch, lehnte sich zurück und atmete tief durch. „Ich werde beides nie wieder essen können."

Ziegenkäse? Sara stellte keinen Käse her. Sie baute Obst und Gemüse an. Wenn ich mich nicht irrte, war sie sogar vor Kurzem vegan geworden. Es war seltsam, dass so etwas in ihrem Geschenkpaket gewesen sein sollte. Ich nahm mir vor, herauszufinden, was genau sie jedem dieser Männer geschickt hatte.

„Das ist wirklich schade", sagte Charlotte mitfühlend. „Die Kombination klingt für mich unfassbar köstlich."

Norman verzog das Gesicht, dann stand er abrupt auf und eilte zur Toilette.

Charlotte sah ihm nach, und als er außer Sicht war, stand sie auf und kam zurück an unseren Tisch. „Bereit?"

Ich starrte sie an, ehrlich beeindruckt. „Seit wann bist du bitte schön eine Meisterin darin, Gespräche zu manipulieren?"

„Bitte." Charlotte verdrehte die Augen. „Wenn du mir jemals zuhören würdest, wüsstest du, dass ich Gespräche immer dahin lenke, wo ich sie haben will."

„Stimmt", gab ich zu. „Aber bei mir machst du das nie so elegant. Normalerweise schneidest du mir einfach das Wort ab und fängst an, über das zu reden, was dir gerade durch den Kopf geht."

„Na ja, bei dir", sagte sie mit einem halben Schulterzucken. „Bei dir muss ich nicht so tun, als wäre es deine Idee. Ich versuche da nichts zu verpacken. Warum auch?"

Ich lachte laut auf und legte etwas Geld auf den Tisch, dankbar, dass wir hier nicht gleich hundert Dollar pro Gericht lassen würden.

Jax stand mit auf. „Hat jemand Lust auf Crabby's?"

„Ich. Ich bin am Verhungern nach dem Theater." Charlotte warf einen Blick zu Normans leerem Tisch. „Es hat mich mehr Energie gekostet, als du dir vorstellen kannst, ihm nicht seinen Wein ins Gesicht zu kippen." Ihre Lippen verzogen sich. „Was für ein Widerling."

Da musste ich ihr zustimmen – und ich fragte mich, wie er es durch unseren Screening-Prozess geschafft hatte. Wahrscheinlich war er ein Mann, der sozial perfekt wirkte, bis er glaubte, die Maske nicht mehr zu brauchen, sobald er sein Ziel vor sich hatte.

„Kommt. Lasst uns verschwinden, bevor er wieder auftaucht", sagte ich und ergriff Charlottes Hand.

„Sehr gern."

Als wir zu meinem SUV kamen, drückte ich Jax die Schlüssel in die Hand. Er nahm sie kommentarlos und öffnete uns beide Türen auf der Beifahrerseite. Ich deutete auf den Beifahrersitz und bot ihn Charlotte an.

„Danke“, sagte sie und stieg ein.

Ich setzte mich hinter sie, lehnte mich gegen die Lederkopfstütze, schloss die Augen und versuchte zu verarbeiten, was gerade passiert war. Hatten wir überhaupt etwas Wichtiges erfahren?

Er hatte gesagt, Sara sei Opfer emotionaler Misshandlung gewesen.

Und er war von Ziegenkäse krank geworden – und das passte irgendwie nicht zu Sara.

Sonst noch was?

Er war ein Widerling der übelsten Sorte, der Charlotte am liebsten direkt in die nächstbeste Besenkammer verschleppt hätte, um die Göttin weiß was zu tun.

„Ich glaube, ich brauche ein besseres System, um potentielle Kandidaten zu prüfen“, sagte ich.

„Da hast du verdammt recht“, stimmte Charlotte zu.

„Wir werden daran arbeiten.“ Mein Handy vibrierte, und ich zog es aus der Tasche. „Das ist Sebastian.“ Ich nahm ab. „Was hast du für mich?“

„Du warst heute noch nicht online?”, fragte er.

Mir drehte sich der Magen, als ich den Ton in seiner Stimme hörte. „Nicht in letzter Zeit. Was ist passiert? Demonstrieren schon wieder Leute vor meinem Büro und protestieren?“

„Nicht, dass ich wüsste, aber du solltest damit rechnen“, sagte er, ganz sachlich.

Ich spannte meine Schultern an. „Sag's mir einfach, Sebastian. Was muss ich wissen?“

„Okay. Erstens: Deine Kundendateien wurden tatsächlich gehackt. Und damit du rechtlich nicht in Schwierigkeiten gerätst, musst du all deine Klientinnen und Klienten informieren, dass ihre persönlichen Daten kompromittiert wurden."

Ich schloss die Augen, als mir die Tragweite des Vorfalls bewusst wurde. Ich hatte mich auf dieses Szenario vorbereitet. Ich hatte mir gesagt, dass es wahrscheinlich genau darauf hinauslaufen würde. Andere Firmen hatten Datenschutzprobleme und überlebten, oder?

„Und was ist das Zweite?", fragte ich – und ich hasste mich dafür, dass ich die Antwort schon ahnte.

„Jemand hat die Information an die Presse durchsickern lassen. Alle wissen schon von dem Hack. Es ist zu spät, um dir einen Vorsprung zu verschaffen. Du kannst jetzt nur noch Schadensbegrenzung betreiben. Soll ich dir was für die Medien formulieren?"

„Ja", presste ich heraus, so wütend, dass mein ganzer Körper vibrierte. „Ich verstehe es nicht. Wer hat diese Information an die Presse gegeben? Die Einzigen, die davon wissen konnten, sind deine Leute. Ich habe mit niemandem darüber geredet – außer dem Zirkel."

„Das kam nicht von uns. Die Story war draußen, bevor wir es überhaupt sicher wussten", erklärte Sebastian. „Meine Leute waren noch dabei, es zu verifizieren."

„Also was? Jemand hatte einfach Glück und hat geraten?"

„Nein, Marion. Wahrscheinlicher ist, dass die Person, die in dein Büro eingebrochen ist, auch diejenige ist, die die Information an die Presse weitergegeben hat."

„Aber warum? Ich verstehe das einfach nicht. Warum will jemand mein Geschäft zerstören?"

„Da kann es viele Gründe geben", begann Sebastian.

Die Autotür ging auf, und plötzlich war Jax da, rutschte

neben mich und legte die Arme um mich. Ich hatte nicht einmal gemerkt, dass er angehalten hatte.

„Götter! Ihr zwei seid beide unglaublich nervig – aber ihr lebt auch echt alle Beziehungsziele", sagte Charlotte.

Ich ignorierte meine Schwester und ließ mich in Jax' Wärme sinken. Ich brach nicht zusammen – noch nicht. Ich hatte schon Schlimmeres überstanden. Aber diese zusätzliche Unterstützung genau in diesem Moment war alles.

„Sebastian? Hast du irgendeine Idee, was diese Gründe sein könnten?", fragte ich und löste mich von Jax, weil ich dieses Gespräch irgendwie hinter mich bringen musste.

Er seufzte. „Als Erstes fällt mir ein: Jemand will Rache wegen der Vergiftungen."

„Das ist ja ein richtig fröhlicher Gedanke. Noch was?"

„Es könnte eine Ablenkung sein", sagte Jax laut genug, dass Sebastian es hören konnte. „Wenn du auf dein Business fixiert bist, überlässt du die Befragung der angeblichen Opfer vielleicht jemandem, der weniger … kompetent ist."

„Er hat recht", sagte Sebastian. „Und ehrlich gesagt ist das im Moment wahrscheinlich die beste Erklärung."

„Und der dritte Grund?", fragte ich ungeduldig.

„Wer auch immer das an die Presse gegeben hat, ist einfach ein Verrückter, der Aufmerksamkeit will", sagte Sebastian. „Du würdest dich wundern, wie oft das der Grund ist, warum überhaupt irgendwas an die Medien geht."

Ich atmete lange aus. „Okay. Und was jetzt? Ich kontaktiere meine Klienten und veröffentliche ein Statement?"

„Genau", sagte er. „Ich schicke dir was rüber. Keine Details. Du stellst das einfach online und schickst es an deine Klientinnen und Klienten. Je weniger du sagst, desto besser."

„Sebastian", sagte ich und presste die Fingerspitzen an meine Schläfe. „Ich kann nicht einfach eine E-Mail schicken.

Ich arbeite eng mit meinen Leuten zusammen. Sie verdienen einen Anruf."

„Ich glaube wirklich nicht, dass –"

„Sebastian", unterbrach ich ihn. „Ich weiß, dass dein Rat juristisch begründet ist. Aber ich sage dir: So bin ich nicht. Formulier mir was, das ich am Telefon sagen kann, und ich werde mein Bestes tun, mich genau daran zu halten."

Einen Moment lang sagte er nichts, dann räusperte er sich. „Okay. Aber nur, wenn du dir bewusst bist, dass ich das für eine sehr schlechte Idee halte."

„Verstanden."

Ich konnte praktisch hören, wie sehr Sebastian innerlich kochte. Er war Anwalt und verdammt gut darin. Er wusste, wovon er sprach. Aber so führte ich mein Geschäft nicht. Bei mir ging es um Verbindung und Vertrauen und echte Kommunikation. Einfach eine E-Mail raushauen und so tun, als wäre das in Ordnung … das konnte ich nicht. Er musste das verstehen.

„Ich habe in der nächsten Stunde was für dich", sagte Sebastian.

„Danke." Ich legte auf und sah zu Jax. „Du hättest nicht anhalten müssen, aber danke."

Er legte einen Arm um meine Schultern und küsste meinen Kopf, während er mich an sich drückte. „Ich bin da, für alles, was du brauchst, Marion. Das weißt du."

„Ugh, wie ekelhaft", sagte Charlotte in einem übertrieben dramatischen Ton. „Und trotzdem sitze ich hier mit bescheuerten Tränen in den Augen. Liebe ist widerlich."

Ich lachte leise, dankbar für ihre Bemerkung. „Komm." Ich stupste Jax an. „Los. Ich hab' zu tun."

„Ins Büro oder nach Hause?", fragte er, als er aus dem Wagen stieg.

Normalerweise hätte ich automatisch „Büro“ gesagt. Ich hatte nichts gegen ein bisschen Arbeit zu Hause, aber ich hatte schon vor Jahren gelernt, dass Arbeiten von daheim jede Work-Life-Balance zerstört. Doch Sebastians Team hatte noch meinen Arbeitscomputer, und diese finstere Energie musste aus dem Büro raus, bevor irgendjemand wieder Zeit dort verbringen konnte. „Zu Hause. Der Küchentisch wird gleich mal wieder ordentlich benutzt.“

KAPITEL 14

„Das ist brutal!“, verkündete Charlotte und knallte ihr Handy auf den Tisch. „Ich kann keinen einzigen Anruf mehr machen. Nicht, wenn ich gleich zusammengestaucht werde.“

„Du hast genau einen Anruf gemacht. Und der war bei Lennon Love“, sagte ich, mehr als nur frustriert. Ich verdrehte die Augen. „Und obwohl sie nicht begeistert war, hat sie dir nicht den Kopf abgerissen. Sie hat sich nur beklagt, weil sie jetzt ihre Passwörter ändern und ihre Kreditkarte sperren lassen muss. Sie hat nicht damit gedroht, uns zu verklagen. Sie hat keine fiesen Reviews im Internet angekündigt. Sie hat dir nicht einmal gewünscht, dass du zur Strafe Hämorrhoiden bekommst“, schnaubte ich. „Alles Dinge, die ich mir in der letzten Stunde anhören durfte. Aber klar – wenn du die Nase voll hast, machst du eben keine weiteren Anrufe. Ich übernehme. Wie immer.“

„Na ja“, sagte Charlotte langsam. „Das war jetzt aber schon ein bisschen übertrieben, oder?“

„Charlotte“, warnte ich, „ich bin nicht in Stimmung.“

„Offensichtlich. Ich gehe spazieren." Sie stand auf und marschierte ohne ein weiteres Wort aus dem Haus.

Jax warf mir einen Blick zu. „Harter Tag?"

„Der schlimmste", stimmte ich zu. Ich war mit drei Vierteln der Liste durch und war angebrüllt, bedroht und runtergemacht worden, bis ich kurz davor war, alles hinzuschmeißen und nach L.A. zurückzugehen. Aber das würde ich nicht tun. Ich hatte meine Familie hier, Freunde. Meinen Dad, meine Tante, meine Schwester, Jax, Ty und Kennedy – und den Zirkel. Das waren viel zu viele Menschen, die ich wegen eines kleinen Stolpersteins in meiner Karriere nicht einfach zurücklassen würde. Wobei es sich eher anfühlte wie ein verdammter Felsbrocken.

Trotzdem – ich würde niemandem die Genugtuung geben, mich in die Knie zu zwingen. Ich hatte hier was richtig Gutes aufgebaut, und jetzt aufzugeben wäre schlicht kriminell. Wie heißt es so schön? Auch das geht vorüber? Ich würde verdammt nochmal dafür sorgen.

„Warum machen wir nicht eine Pause?", fragte Jax und massierte mir die Schultern. „Willst du vielleicht kurz runter zum Café und ein, zwei Teilchen holen, bevor du den Rest der Liste abarbeitest?"

„Danke", sagte ich und schüttelte schon den Kopf. „Aber ich will das einfach nur hinter mich bringen. Danach wälze ich mich in Zucker und Mocha mit Vollfett-Sahne."

Er lachte leise. „Das ist die Marion, die ich kenne. Sag Bescheid, wenn ich irgendwas tun kann."

Ich warf einen Blick zur Küche. „Weißt du, wonach mir gerade ist?"

„Sex?", fragte er und zog übertrieben eine Augenbraue hoch.

„Das wäre auch eine Möglichkeit, den Stress abzubauen",

sagte ich mit einem humorlosen Lachen. „Aber gerade würde ich für Shortbread-Kekse töten." Ich beugte mich vor und setzte meinen traurigsten Welpenblick auf. „Irgendeine Chance, dass du ein bisschen zauberst und mir welche backst?"

„Kekse? Mehr nicht?", fragte er und ging schon zur Speisekammer.

„Fürs Erste." Ich warf ihm ein verschwörerisches Lächeln zu, und er erwiderte es sofort.

Was hätte ich nicht dafür geben, mich einfach in Jax' Armen zu verlieren! Aber ich musste diese Liste abarbeiten. Je schneller ich fertig war, desto früher konnte ich anfangen, die Beziehungen wieder aufzubauen. Mit einem tiefen Seufzer öffnete ich die nächste Datei, suchte die Nummer raus und wählte.

Zwanzig Minuten später versuchte ich gerade, einen weiteren Kunden zu beruhigen, als ich eine SMS bekam. Als ich Charlottes Namen sah, schenkte ich ihr kaum Beachtung. Sie wusste, was ich tat – sie würde warten. Aber als eine zweite Nachricht kam, waren die mehrfachen „911" nicht zu übersehen.

„Es tut mir wirklich leid, Charles", sagte ich ins Telefon. „Ich beantworte Ihnen gern später alle Fragen, aber gerade habe ich einen Notfall, um den ich mich kümmern muss."

Der einflussreiche Geschäftsmann murmelte irgendwas darüber, dass nichts wichtiger sei als die grobe Nachlässigkeit, die wir an den Tag gelegt hätten. Normalerweise hätte ich all meinen Charme ausgepackt, um ihn zu besänftigen – aber heute war mein Vorrat erschöpft. Also legte ich einfach auf, ohne zu antworten, und scrollte zu den Nachrichten.

Alle waren von Charlotte.

Vielleicht bilde ich mir das ein, aber hier sind drei Typen, die mir folgen. Drei. Alle riesig, und ich fühle mich gerade nicht sicher. Kannst du Jax schicken?

Keine Minute später kam noch eine.

Sag ihm, er soll sich beeilen. Bei den Mother Stones.

Und dann:

Hilfe! 911!

„Jax!" Ich sprang vom Tisch auf und war schon auf dem Weg zur Haustür. „Wir müssen los. Charlotte ist in Schwierigkeiten."

„Was?", rief er aus der Küche.

„Los!" Ich riss den Schrank neben der Haustür auf. Mit rasendem Puls wühlte ich hektisch darin herum und warf Mäntel, Schirme und Einkaufstaschen zur Seite, während ich verzweifelt nach meinem Dolch suchte. „Wo ist er?"

„Wo ist was?" Jax stand plötzlich direkt hinter mir, und ich erschrak.

„Scheiße, Jax! Mach sowas nicht."

„Was denn? Was ist los?" Er stand da, die Fäuste an der Hüfte geballt, und starrte mich an, als hätte ich den Verstand verloren.

„Charlotte. Sie ist in Gefahr, und ich brauche meinen Dolch, aber der ist nicht —"

„Hier." Jax deutete auf den kleinen Beistelltisch direkt neben der Tür und dann auf das zweite Regalbrett.

„Der Göttin sei Dank!" Ich schnappte mir den Dolch und rannte hinaus.

Bis Jax endlich seinen Hintern zum Auto bewegt hatte, hatte ich den Motor bereits angelassen und setzte schon zurück aus der Einfahrt.

„Du wolltest nicht auf mich warten?" Jax klang außer Atem, als er auf den Beifahrersitz sprang.

Ich schoss die Straße hinunter und warf ihm kaum einen

Blick zu. „Sorry, Jax. Ich hab' einfach Angst um sie. Charlotte ist manchmal dramatisch, aber sie würde nicht grundlos Alarm schlagen. Wenn sie 911 schreibt, dann ist es ernst."

Jax klammerte sich mit weißen Knöcheln fest, als ich zum Strand raste und mit quietschenden Reifen anhielt. Wir waren in Sekunden aus dem Wagen und rannten beide auf die Felsformation zu, die Mother Stones genannt wurden. Die großen Findlinge sahen aus wie eine ältere Frau, die schützend über die Stadt wachte.

Ich rannte nicht oft am Strand, und meine Waden und meine Lungen brannten schnell. Schweiß sammelte sich im Nacken, und der Wind peitschte mir die Haare so ins Gesicht, dass ich kaum etwas sah – aber nichts würde mich davon abhalten, meine Schwester zu finden.

Wir kamen um einen Felsvorsprung herum, und die Mother Stones zeichneten sich am Horizont ab. Doch der Strand war wie leergefegt. Ohne ein Wort blieben Jax und ich gleichzeitig stehen, sahen uns um und suchten nach irgendeinem Hinweis darauf, was Charlotte passiert sein könnte.

„Wo ist sie?", fragte Jax.

Er erwartete keine Antwort. Er sprach nur aus, was ich fühlte. Hier sollte sie sein – aber da war niemand. Nur Fußspuren. Menschliche und tierische. „Wenn wir wüssten, welche ihre sind, könnten wir ihnen folgen", sagte ich, und die Verzweiflung schmeckte bitter.

„Oder wir suchen nach Minx' winzigen Pfotenabdrücken. Sie war doch bei Charlotte, oder?" Jax beugte sich vor und starrte auf den Sand.

„Charlotte hat sie bestimmt mitgenommen. Das macht sie immer." Ich suchte nach Chihuahua-Pfotenabdrücken.

„Hier drüben!", rief Jax. Er deutete auf den Sand und folgte hastig einer einzelnen menschlichen Spur, die sich mit einem winzigen Hundepfotenmuster überlagerte.

Ich eilte neben ihm her. Ich hatte keine Zeit für einen besseren Plan. Charlottes Leben war nicht verhandelbar.

„Da entlang." Jax zeigte auf eine Höhle in der Felswand.

Mit dem Dolch in der einen Hand und der anderen fest in Jax', ließ ich mich in das Unbekannte ziehen. Mein Verstand schrie, dass es dumm war, in eine Höhle zu gehen. Dass dort eine Falle auf uns warten konnte. Aber sobald Bilder in meinem Kopf aufblitzten – Charlotte gefesselt, verschleppt, oder schlimmer – gab es kein Zurück.

„Ich gehe zuerst", sagte Jax und trat vor mich.

„Auf keinen Fall. Ich hab' den Dolch." Ich hielt ihn hoch, als müsste ich es beweisen.

„Marion—"

„Vergiss es. Ich gehe rein." Ich wusste nicht einmal genau, warum ich so darauf bestand. Vielleicht, weil ich die Magie hatte. Vielleicht, weil ich mir einredete, dass ich bessere Chancen hätte, wenn uns jemand aus dem Schatten anspringen wollte.

Jax stieß einen genervten Laut aus. „Also gut. Aber ich bin direkt hinter dir."

Ich nickte und betrat die Höhle.

Es dauerte einen Moment, bis sich meine Augen an die völlige Dunkelheit gewöhnten. Als ich schließlich Schatten und Konturen erkennen konnte, ging ich tiefer hinein – und hatte das Gefühl, als wäre ich geradewegs in eine Todesfalle gelaufen. Jede Faser meines Körpers war angespannt. Charlotte musste irgendwo sein. Wenn nicht hier – wo dann?

„Marion!" Charlottes Stimme schnitt durch die Stille. „Pass auf!"

Aber es war zu spät.

Drei große Hunde sprangen aus den Schatten – direkt auf mich zu, die Zähne gefletscht.

Instinktiv riss ich den Dolch hoch und schrie: „Nein!"

Licht schoss aus dem Juwel im Griff und schleuderte die Hunde – nein, Wölfe – zurück. Einer krachte gegen die Höhlenwand. Ein anderer landete auf dem Kopf und überschlug sich mehrfach, bevor er reglos liegenblieb. Aber der dritte wich nur kurz aus und stürzte dann wieder auf uns los.

Ich hob den Dolch erneut, wollte gerade den Befehl aussprechen – da rammte mich der Wolf zur Seite und stürzte sich direkt auf Jax. Seine Kiefer schnappten zu und bohrten sich in Jax' Hals.

„Jax!" Ich sprang auf den Wolf und schlug ihm mit dem Heft meines Dolches auf den Schädel, bis er endlich losließ. Er wandte den Kopf zu mir, aber ich war bereit. Anstatt ihn mit Magie zurückzustoßen, rammte ich die Klinge tief in seine Schulter.

Der Wolf sackte sofort zu meinen Füßen zusammen. „Wer will der Nächste sein?", schrie ich und riss die blutige Waffe hoch.

Die anderen beiden wichen zurück in Richtung Höhleneingang und heulten, als hätte ich ihnen etwas genommen, das ihnen gehörte.

„Selbst schuld", knurrte ich.

„Marion!" Charlotte kam auf mich zugerannt und griff instinktiv nach dem Dolch, den ich noch hielt. Sie dachte dasselbe wie ich: Wenn die beiden verbliebenen Wölfe zurückkamen, würden wir gemeinsam mehr Macht haben, um sie abzuwehren.

Aber sie kamen nicht zurück.

Das einzige Geräusch in der Höhle war Jax' leises Stöhnen.

Charlotte und ich drehten uns gleichzeitig um und sahen Jax am Höhlenboden liegen, seine Hand auf die klaffende Wunde an seinem Hals gedrückt, Minx wimmernd neben ihm.

Ich fiel sofort auf die Knie – und Charlotte mit mir. Gemeinsam legten wir die Stahlklinge des Dolchs an Jax' Hals.

Charlotte und ich sahen uns an. In unseren Augen standen Tränen. Wir waren keine Heilerinnen, und ich hatte keine Ahnung, ob der Dolch das konnte – aber wir mussten es versuchen, denn ohne sofortige Hilfe würde Jax sterben. Daran gab es keinen Zweifel.

„Göttin des Wassers, des Lebens, der Erde und der Kreaturen", flüsterte ich. „Bitte hilf diesem Mann. Nutze unsere Magie, um ihn zu heilen. Mach ihn wieder ganz."

Gleißend weißes Licht flutete die Höhle, und Magie brach nicht nur aus dem Dolch, sondern auch aus Charlotte und mir hervor. Die Magie war so heiß, dass ich das Gefühl hatte, sie würde mir die Fingerkuppen wegbrennen. Doch ich hielt durch und zwang sie zu tun, was ich verlangte –flehte sie an, die Liebe meines Lebens zu retten.

Plötzlich erlosch das Licht, und Dunkelheit hüllte uns wieder ein.

„Jax!", schrie ich.

„Marion?" Seine Stimme war so leise, dass ich sie kaum hörte.

Charlotte seufzte erleichtert, während ich im Dunkeln nach ihm tastete. „Jax, bei allen Göttern!"

„Was ist passiert?", fragte er.

„Was ist passiert?", wiederholte ich, völlig überfordert. Es war alles so schnell gegangen, dass ich kaum selbst wusste, was passiert war.

Ein Lichtschein flammte auf und blendete mich. Ich verzog das Gesicht und wich zurück.

„Sorry", sagte Charlotte.

Als sich meine Augen an das Licht gewöhnt hatten, sah ich, dass sie die Taschenlampe ihres Handys eingeschaltet hatte.

„Clever", murmelte ich. Dann starrte ich Jax an – und keuchte.

„Was?" Er setzte sich neben mir auf.

„Dein Hals, er ist …" Ich warf Charlotte einen Blick zu.

„Was?" Jax presste die Hände an seinen Hals.

„Er blutet nicht, aber …" Ich schluckte hart. „Die Wunde … sie sieht böse aus." Das war noch milde formuliert. Rundherum zogen sich dunkle, dünne Adern wie Spinnennetze über seine Haut – und das konnte nur eines bedeuten:

Er war verflucht.

KAPITEL 15

„Wir müssen ihn ins Krankenhaus bringen“, sagte Charlotte, während wir Jax gemeinsam auf die Beine halfen. Minx rannte in Kreisen um Jax herum, ihr kleiner Körper zitterte vor Angst.

„Nein. Zu einer Heilerin“, sagte ich und schüttelte den Kopf.

„Ich glaube, dafür braucht es mehr als —“ Charlotte erstarrte, als ihr Blick über den Höhlenboden glitt. „Wo ist er?“

„Wo ist wer? Der Dolch?“ Ich bückte mich und hob ihn dort auf, wo ich ihn direkt neben meinen Füßen liegengelassen hatte.

„Nein. Der Wolf“, sagte sie, so leise, dass ich sie kaum verstand. Minx stand genau an der Stelle, wo der Wolf gelegen hatte, und bellte wie verrückt.

„Minx, Schluss damit, Süße“, sagte Charlotte. Sofort verstummte der Hund und setzte sich an ihre Füße, die großen Augen glänzten in der Dunkelheit.

Ich blinzelte und suchte den Höhlenboden ab. Diese tintenschwarze Dunkelheit machte es unmöglich, irgendetwas klar zu erkennen. Ich fummelte in meiner Tasche nach dem Handy und schaltete die Taschenlampe ein.

Nichts.

Kein Wolf.

Keine Männer.

„Er ist weg", bestätigte ich.

Jax stöhnte, knickte ein und landete auf einem Knie.

„Jax!", rief ich und zog ihn wieder hoch. Er stand kaum noch aufrecht und lehnte praktisch sein ganzes Gewicht gegen mich. „Wir müssen dich hier rausbringen."

„Okay", sagte er schwach.

Minx lief zu ihm und schnupperte an seinem Bein.

„Ich schaff' das schon, Minx. Bald gehen wir wieder spazieren", sagte er und versuchte zu lächeln, aber es wurde eher zu einer Grimasse.

Charlotte eilte auf seine andere Seite und zog seinen Arm über ihre Schultern. „Wir haben dich, Großer. Sobald wir dich zum Auto gebracht haben, holen wir Hilfe."

Jax brummte irgendwas als Antwort, und auch wenn er noch immer wankte, schafften wir es zu dritt bis zum Höhleneingang. Minx folgte dicht hinter uns.

Von der Höhle hinunter zum Strand war es ein kleiner Absatz, was bedeutete, dass ich Jax kurz loslassen musste, um hinunterzuspringen.

„Ich gehe zuerst", sagte ich und ließ Jax an der Höhlenwand lehnen, während Charlotte ihn mit beiden Armen festhielt.

„Mach nur. Ich komm' schon klar", sagte Jax, aber sein Kiefer war hart angespannt, und seine Hände waren zu Fäusten geballt. Er sah ganz und gar nicht so aus.

Aber wenn wir ihn retten wollten, mussten wir von diesem Strand weg. Ich sprang schnell hinunter und drehte mich gerade rechtzeitig um, um zu sehen, wie Jax' Gesicht kreidebleich wurde. Er versuchte, einen Schritt in Richtung Kante zu machen, und dann sackte er einfach weg, direkt vor meinen Augen.

Er fiel auf die Schulter, prallte vom Rand des niedrigen Felsens ab und landete ausgestreckt im Sand, genau vor meinen Füßen.

„Heilige Scheiße", sagte Charlotte und starrte mit weit aufgerissenen Augen auf ihn hinunter. Minx stand oben am Rand, kläffte ununterbrochen und versuchte, ihn mit ihrem schrillen Kreischen wachzurütteln.

Charlotte nahm den kleinen Hund hoch und versuchte, ihn leise zu beruhigen.

Ich konnte Minx nicht einmal böse sein. Ich wollte auch schreien. Ich wollte, dass er aufsteht, dass er uns zeigte, dass alles gut war. Ich ging auf die Knie, presste meine zitternde Hand auf Jax' Brust und war so erleichtert, als ich sein Herz unter meinen Fingern schlagen fühlte, dass mir fast schwindelig wurde.

„Jax?" Ich musterte sein Gesicht, um zu sehen, ob er irgendwie reagierte, aber seine Augen waren geschlossen, und als ich ihn schüttelte, blieb er reglos. Adrenalin schoss mir durch den Körper. Ich hielt meine Hand an seine Wange, flehte ihn an, aufzuwachen, und zog gleichzeitig mein Handy raus, um einen Krankenwagen zu rufen.

„Ich würde wahrscheinlich auch ohnmächtig werden, wenn mich ein Wolf gebissen hätte", sagte Charlotte und fiel neben mir auf die Knie.

Ich nickte nur und gab der Frau am anderen Ende der Leitung unsere Position durch.

Meine Schwester zog sich den Pullover aus, faltete ihn zusammen und hob dann vorsichtig Jax' Kopf an, um das improvisierte Kissen darunterzuschieben. Danach nahm sie seine Hand zwischen ihre beiden und flüsterte: „Göttin der Heilung und der Liebe, wir brauchen dich jetzt. Bitte gib diesem Mann die Kraft, das zu überstehen. Er hat mich gerettet. Er ist ein Held." Ihre Stimme brach, als sie hinzufügte: „Er ist es wert."

Tränen brannten mir in den Augen, während ich ihr zuhörte und die Göttin anflehte, dem einzigen Mann zu helfen, den ich je geliebt hatte. Minx kuschelte sich an mich, als wüsste sie instinktiv, dass ich Halt brauchte.

„Sie kommen, Jax", flüsterte ich. „Wo auch immer du gerade bist, halte durch, okay?"

Jax bewegte sich nicht, außer dem langsamen Heben und Senken seiner Brust. Ich klammerte mich an dieses Zeichen. Er lebte. Er atmete. Sein Herzschlag war stark. Er würde das schaffen. Er musste. Ich konnte mir ein Leben ohne ihn nicht einmal vorstellen. Ein Schluchzer blieb mir im Hals stecken, und ich schloss die Augen und zwang mich, mich zusammenzureißen. Zusammenbrechen war jetzt keine Option.

Ich bündelte all meine Energie darauf, Charlottes Flüstern zu folgen, während wir warteten.

Ich wusste nicht, wie viel Zeit vergangen war, aber irgendwann legte ich meinen Kopf auf Jax' Brust, presste das Ohr über sein Herz und lauschte diesem gleichmäßigen Schlag, während ich stumm zu jedem Gott und jeder Göttin betete, die mir einfiel.

„Sie kommen, Marion", sagte Charlotte schließlich.

Ich bewegte mich nicht. Ich konnte nicht. Dieser Rhythmus war das Einzige, was mich daran hinderte, zusammenzubrechen.

„Ma'am", sagte eine Männerstimme knapp über mir. „Wir übernehmen ab hier."

Ich ließ mich von Charlotte wegziehen, innerlich vollkommen leer. Noch nie in meinem Leben hatte ich mich so hilflos gefühlt.

„Was ist mit seinem Hals passiert?“, fragte der Sanitäter.

„Er wurde von einem Wolf gebissen“, antwortete Charlotte für mich und hielt Minx fester, da sie angefangen hatte, den Ersthelfer anzuknurren, um Jax zu beschützen.

Der Sanitäter runzelte die Stirn, und in seinen dunklen Augen lag pure Verwirrung. „Das soll ein Biss sein?“

Charlotte umklammerte wieder meine Hand. „Wir haben versucht, ihn zu heilen.“ Sie räusperte sich. Dann fügte sie leiser, unsicherer hinzu: „Wir besitzen Magie.“

„Ah.“ Er presste die Lippen zu einem dünnen Strich, und seine Miene drückte ganz klar Missbilligung aus. „Ich wünschte, Sie hätten das nicht getan.“

„Er wäre verblutet, wenn wir nichts getan hätten“, sagte ich scharf und sah wieder die Blutlache vor mir, die wir in der Höhle zurückgelassen hatten. „Lebendig ist besser als die Alternative.“

Er nickte knapp und wandte sich wieder Jax zu. Die beiden schätzten schnell die Situation ein, schnallten ihn auf eine Trage und bereiteten sich darauf vor, ihm etwas zu spritzen.

„Was ist das?“, fragte ich.

„Das heißt R12.“

Charlotte und ich tauschten einen verwirrten Blick. Ich schluckte den Kloß in meinem Hals runter. „Was macht das?“

„Es neutralisiert die Nachwirkungen von Magie. Es ist gut möglich, dass Sie Ihren Mann mit Ihrem übereifrigen Einsatz ins Koma versetzt haben.“

„Er ist nicht— ach, egal.“ Wen kümmerte es, ob dieser urteilende Typ dachte, wir wären verheiratet? Und ehrlich: So sehr mich seine Verachtung für mich und Charlotte wütend machte, weil wir es gewagt hatten, Magie einzusetzen, um Jax zu retten, zählte nur eines: Jax. Wenn dieser Mann ihm helfen konnte, durfte er mich von mir aus verurteilen, so viel er wollte. Das war mir egal.

Der Sanitäter sah seinen Kollegen an. „Bereit?"

Der andere nickte und fing an zu zählen. Bei drei hoben sie die Trage gleichzeitig an. Dann marschierten sie ohne auch nur ins Schwitzen zu geraten in zügigem Tempo den Strand hinunter, und Charlotte und ich mussten hinterhereilen.

KAPITEL 16

„Jemand sollte diesen Sanitäter melden", schimpfte Charlotte und streichelte dabei gedankenverloren Minx den Kopf. Wir saßen im Wartebereich der Notaufnahme in Premonition Pointe. Genau genommen hätte Minx gar nicht im Gebäude sein dürfen, aber die Schwestern hatten nachgegeben, als Charlotte versprach, sie sofort nach Hause zu bringen, sobald wir wussten, wie es Jax ging.

„Melden? Wofür? Weil er voreingenommen ist?", fragte ich und rieb mir die Schläfen. Wir saßen seit über einer Stunde auf diesen harten Plastikstühlen, und meine Geduld war am Ende.

„Ja", zischte sie. „Wir sind nicht die einzigen Hexen in dieser Stadt. Ich würde sogar sagen: Ohne uns hätten die hier ein verdammtes Problem nach dem anderen. Sieh dir an, was der Zirkel alles für dieses Kaff getan hat! Man sollte meinen, die Leute wären dankbar, anstatt unverschämt und einfach nur gehässig zu sein. Jax hätte sterben können —"

„Charlotte", sagte ich und schloss die Augen, als hätte ich

ihre Worte damit aus meinem Kopf vertreiben können. „Nicht jetzt, okay? Es fällt mir schon schwer genug, ruhig zu bleiben."

„Sorry."

Ein paar Augenblicke lang war es still, dann sagte sie: „Vielleicht sollte ich Minx nach Hause bringen."

Ich sah zu ihr und dem kleinen Hund, der zusammengerollt in ihrem Schoß lag. „Nein. Noch nicht. Nicht, bevor Ty und Kennedy da sind."

„Oh. Okay", sagte sie und nickte ernst. „Ich bleibe."

„Danke."

Ich beobachtete sie und bemerkte, dass sie auf ihren Nagelhäutchen herumkaute.

„Char?", fragte ich.

„Hm?" Ihre Augen waren groß, als sie mich ansah, der Daumen noch am Mund.

Ich griff nach ihrer Hand und drückte sie sanft hinunter, damit sie nicht mehr an sich knabberte. „Geht's dir gut?"

Ihr Knie fing an zu wippen. „Ja. Ich meine, ich bin ja nicht diejenige, die in der Notaufnahme liegt, oder?"

Ich sah sie lange an. Sie saß auf der Stuhlkante, die eine Hand umklammerte die Armlehne so fest, dass ihre Knöchel weiß waren, und die andere zitterte, während sie automatisch Minx streichelte.

Ich legte langsam meine Hand über ihre. „Das Adrenalin ebbt bei dir gerade ab, und du stehst noch unter Schock."

„Mir geht's gut", beharrte sie.

„Ich weiß, dass es dir wieder gut gehen wird", sagte ich. „Aber jetzt gerade müssen wir uns um dich kümmern." Ich stand auf. „Ich hole dir was zu trinken und sehe nach, ob ich irgendwo was zu essen auftreiben kann."

„Ich hab' keinen Hunger", sagte sie.

„Ich weiß. Aber es hilft. Versprochen."

Dankbar, überhaupt irgendetwas tun zu können, außer zu warten, drückte ich kurz ihre Schulter und ging den Flur hinunter auf der Suche nach der Cafeteria.

Zehn Minuten später kam ich mit Orangensaft in einem Plastikbecher, einem Truthahnsandwich und einem großen Schokochip-Cookie zurück. Ich setzte mich neben meine Schwester, drückte ihr das Essen in die Hand und zog dann Minx von ihrem Schoß auf meinen. Die Wärme des kleinen Hundes beruhigte meine Nerven, und plötzlich war ich dankbar, dass die Schwestern sie hatten bleiben lassen. Für Charlotte war es sicher auch gut gewesen.

Als Charlotte ein paar Bissen gegessen hatte, fragte ich: „Was ist da am Strand passiert? Warum sind diese Männer auf dich losgegangen?"

Charlotte legte das Sandwich auf den Tisch, wischte sich sorgfältig die Finger ab und sah mich dann ernst an. „Bist du sicher, dass du das jetzt hören willst? Wir können warten, bis wir wissen, was mit Jax ist."

„Nein, ich will nicht warten. Was ist passiert?"

Sie trank einen langen Schluck Orangensaft, stellte ihn ab und schob das Essen zur Seite auf den Nachbarstuhl. „Minx und ich sind einfach am Strand entlanggelaufen, als ich das Gefühl hatte, beobachtet zu werden. Alles sah menschenleer aus, aber dann hat es mir im Nacken gekribbelt, und ich wusste es einfach."

„Ich hasse dieses Gefühl", sagte ich. „Was hast du gemacht?"

„Ich bin stehen geblieben und habe mich umgedreht, aber ich habe nichts gesehen. Ich wollte es schon abtun, es auf irgendeine seltsame Restenergie schieben, aber Minx ist keinen Schritt weitergegangen. Als ich sie gerufen habe, hat sie sich keinen Millimeter bewegt. Da wusste ich, dass wirklich was nicht stimmt." Charlotte blickte zu Minx. „Sie ist ein braves Mädchen."

„Das ist sie", stimmte ich zu.

„Ich habe entschieden, dass wir sofort vom Strand wegmüssen, aber wir waren noch keine drei Meter gegangen, da sind drei Männer hinter einem Felsvorsprung hervorgekommen. Sie haben uns eingekreist. Zwei davon waren größere Typen und sahen so aus, als könnten sie miteinander verwandt sein. Derselbe Körperbau, dieselben dunklen Locken, dieselben kantigen Gesichtszüge. Der dritte war kleiner, geschniegelt, so ein Typ, der genau weiß, wie man sich in einem Büro bewegt. Jedenfalls, er war offensichtlich der Anführer. Er hat mir gesagt, ich soll aufhören, in Saras Fall herumzubohren."

„Was?", fragte ich verwirrt. „Ein Typ, den du nicht kennst, sagt dir, du sollst die Finger von ihrem Fall lassen?"

Sie nickte und warf mir ein schiefes Lächeln zu. „Und du kennst mich. Ich reagiere nicht gut auf Männer, die mir sagen wollen, was ich zu tun habe."

„Das weiß ich", sagte ich. „Also, was hast du gemacht?"

„Na ja, ich habe ihnen gesagt, sie sollen sich ins Knie ficken."

Ich unterdrückte ein Stöhnen.

„Ach, komm schon, Marion. Du hättest genau dasselbe getan, und das weißt du", sagte sie und kniff herausfordernd die Augen zusammen.

„Vielleicht", gab ich zu. „Aber ich wäre wahrscheinlich … diplomatischer gewesen."

Sie schnaubte. „Glaubst du, die hätten sich auch nur einen Hauch für Diplomatie interessiert? Bitte, Marion. Die haben damit gedroht, mich an den Haaren wegzuschleifen."

„Bastarde!", knurrte ich.

„Genau das habe ich auch gesagt“, sagte sie und nickte entschieden. „Jedenfalls: Als ich mich geweigert habe zu versprechen, dass ich, und ich zitiere: ‚meinen fetten Arsch aus ihren Angelegenheiten raushalte‘, hat ihnen das nicht gefallen. Da sind sie auf mich losgegangen.“

„Was hast du gemacht?“

„Ich bin losgerannt. Natürlich.“ Sie blickte hinunter zu Minx, beugte sich vor und gab ihr einen Kuss auf den Kopf. „Minx hat mir den Vorsprung verschafft, den ich brauchte, um dir eine Nachricht zu schicken. Sie ist ihnen vor die Füße geschossen und hat mindestens zwei von ihnen in die Knöchel gebissen, während ich das SOS abgesetzt habe.“

Sie runzelte die Stirn, schloss die Augen einen Moment lang und schluckte. „Aber dann wollten sie meinem Baby wehtun, und ich musste umdrehen.“

Ich presste eine Hand auf den Bauch, und mir wurde eiskalt bei dem Gedanken, was hätte passieren können.

„Ich war gerade noch rechtzeitig da, bevor sie …“ Ihre Stimme brach, und sie wischte die Tränen weg, die in ihren Augen glänzten. „Na ja. Ich habe sie davon abgehalten, das Undenkbare zu tun.“

Ich wollte nicht fragen, aber ich konnte nicht anders. „Wie hast du sie aufgehalten?“

„Ich habe ihnen versprochen, zu tun, was sie wollen, wenn sie Minx in Ruhe ließen.“

„Okay“, sagte ich langsam. „Und dann?“

Ihre Stirnfalte vertiefte sich. „Dann haben sie entschieden, auf dich zu warten, um auch dir die Botschaft mitzugeben. Da haben sie mich an den Haaren gepackt und in die Höhle gezerrt.“

„Diese Bastarde haben dich angefasst?“ Feuer loderte in meinem Bauch. Niemand fasste meine Schwester an.

Niemand. Dafür würden sie bezahlen. So oder so. Ich würde sie finden und … was tun? Sie verfluchen? Nein. Aber ich konnte sie Brix übergeben, wenn er jemals aus seinem Undercover-Einsatz wieder auftauchte. Oder ich würde das Sebastian und seinen Leuten überlassen. Die würden schon irgendeine Methode haben, Müll zu entsorgen.

„Ich habe dem Boss einen ordentlichen Tritt verpasst", sagte Charlotte mit einem zufriedenen Lächeln. „Der macht so schnell keine Babys mehr."

Ich konnte nicht anders. Ich prustete vor Lachen. Natürlich. Natürlich zielte sie genau dahin.

Sie zuckte mit einer Schulter und runzelte dann wieder nachdenklich die Stirn. „Weißt du, was ich nicht verstehe?"

„Was?"

„Eben waren sie noch da, und dann waren sie weg. Ich weiß nicht, wohin sie verschwunden sind. Ich weiß nur, dass ich gerade aus der Höhle rennen wollte, um dich zu finden, als die Wölfe auftauchten und mich zurückgehalten haben, bis du und Jax gekommen seid."

„Vielleicht waren die Wölfe der Plan", sagte ich. „Um uns da reinzutreiben und sie dann auf uns loszulassen?"

„Vielleicht", stimmte sie zu. „Aber ich verstehe nicht, warum sie dich nicht bedroht haben. Sie haben mir gedroht, dass sie sich jeden vorknöpfen würden, den ich liebe, auch dich, Dad und Denver, nur damit ich verspreche, meine Nase aus ihrer Sache rauszuhalten. Sie haben mich extra festgehalten, um an dich ranzukommen, und dann haben sie dich nicht einmal bedroht. Findest du das nicht verdächtig?"

Das klang falsch. „Vielleicht haben sie nicht mit Jax gerechnet. So wären es drei gegen drei gewesen. Oder drei gegen dreieinviertel, wenn wir Minx mitzählen." Ich lächelte kurz den Hund an. Sie war tatsächlich eine wunderbare

Ergänzung für meinen Haushalt geworden, auch wenn sie bei der ersten Begegnung versucht hatte, Jax die Kronjuwelen abzubeißen. Ein Wunder, dass die beiden inzwischen so gute Freunde waren. Am Anfang hatte Minx absolut nichts mit Jax zu tun haben wollen.

„Der Kleine wirkte sowieso wie ein Vollidiot, der vor jedem Angst hat, der mehr als zwanzig Kilo stemmen kann", sagte Charlotte.

Ich lachte leise. „Wir identifizieren sie, wenn wir zu Hause sind. Und mit etwas Glück finden wir eine Möglichkeit, sie wegzusperren, sodass sie jahrelang keine Frau mehr anfassen dürfen."

„Ich würde sie lieber kastrieren, aber gut. Dein Plan geht auch", sagte Charlotte mit Überzeugung.

„Autsch", sagte eine vertraute Stimme hinter uns. „Erinnert mich bitte daran, mich niemals mit euch anzulegen."

Ich drehte mich um und sah Ty und Kennedy hinter uns stehen. Ty legte mir die Hand auf die Schulter, und ich bedeckte sie mit meiner, dankbar für den Halt.

„Oh, Ty, Schätzchen. Du könntest mich niemals so sehr verärgern, dass ich auch nur über eine dauerhafte Veränderung deiner Anatomie nachdenken würde", sagte Charlotte lächelnd. „Das liegt einfach nicht in deiner Natur."

„Gott sei Dank", murmelte Kennedy und warf mir einen *Was-zur-Hölle-Blick* zu.

Ich zuckte nur minimal mit den Schultern. „Es war ein harter Tag. Charlotte verarbeitet ihr Trauma, indem sie sich ausmalt, was sie mit ihren Angreifern machen würde, wenn sie sie in die Finger bekäme. Keine Sorge. Sie meint das nicht ernst."

„Doch, tue ich", sagte sie. „Wenn ich eine kahle Stelle am Kopf habe, weil er mich durch diese Höhle gezerrt hat, dann sollte er besser irgendwo untertauchen, und ich meine sowas wie das Zeugenschutzprogramm. Denn ich finde ihn und halte mein Versprechen."

„Niemand legt Hand an Charlottes Haar", bestätigte Kennedy trocken. „Da verliert man schnell mal ein Körperteil."

„Ich arbeite hart dafür, dass es so gut aussieht", sagte sie und bauschte demonstrativ die Spitzen ihrer roten Mähne auf. „Sie hätten es verdient."

Jemand räusperte sich. „Miss Matched?"

Ich drehte mich um und starrte direkt die Ärztin an, die Jax' betreute. Eine große Frau mit ernsten grauen Augen, und aus jeder Pore strahlte Missbilligung. „Ja?"

„Wenn es Ihnen nichts ausmacht, dass ich die kleine Party störe: Ich dachte, Sie möchten ein Update zu Jax Williams, Ihrem Verlobten."

„Verlobten?", wiederholte Ty, verstummte aber, als Charlotte ihm einen Schlag auf den Arm versetzte.

Als wäre daran gar nichts verdächtig. Ich zwang mich, meine Familie zu ignorieren, und konzentrierte mich auf die Ärztin.

„Er ist doch Ihr Verlobter, oder?", fragte sie und starrte sehr demonstrativ auf meinen nackten linken Ringfinger.

„Ja. Der Ring wird gerade angepasst", log ich. Ich hatte ihnen nur gesagt, wir wären verlobt, weil ich panische Angst gehabt hatte, sie würden mich sonst nicht zu ihm lassen.

„Ah." Sie schüttelte kurz den Kopf, als hätte sie genug darüber nachgedacht, und sagte dann: „Kommen Sie mit. Mr. Williams verlangt nach seiner Freundin."

„Er ist bestimmt nur verwirrt nach dem, was heute passiert ist. Die Verlobung … sie ist neu", sagte ich schnell.

„Ehrlich gesagt, Miss Matched, ist mir das egal", sagte sie trocken. „Der Patient fragt nach Ihnen, und er hat keine unmittelbare Familie, die hier sein kann. Also gehen Sie rein und reden Sie mit ihm, aber überfordern Sie ihn nicht. Sie können die Schwestern später davon überzeugen, dass Sie seine Verlobte sind. Aber wenn er reden kann, haben Sie ein Problem."

„Äh, okay", sagte ich hilflos und fragte mich, woher diese Frau so genau wusste, dass ich log. War ich so leicht zu durchschauen? Und trotzdem ließ sie mich zu ihm. Wahrscheinlich meinte sie es ernst: Regeln waren ihr egal. Es ging ihr um ihre Patienten.

Ich las das Schild über der Tür. Intensivstation.

Mir wurde schwindelig. Wenn er noch auf der Intensivstation war, war er noch in kritischem Zustand. Mein Brustkorb fühlte sich hohl an, als wäre mein Herz Jax gefolgt und nicht mehr in meinem Körper.

Als wir vor seiner Tür standen, blieb ich abrupt stehen und drehte mich zur Ärztin um. „Was werde ich da drin sehen?"

„Ihren Verlobten", sagte sie trocken und wandte sich schon ab. „Machen Sie schnell, Miss Matched. Sie wollen ihn doch nicht erschöpfen, wenn er genesen soll."

„Ja."

Ich sah ihr nach, als sie ein Stück den Flur hinunterging, und betrat dann Jax' Zimmer.

Sobald ich die Tür hinter mir geschlossen hatte, drehte ich mich um und stieß einen gedämpften Laut aus.

„Marion?", krächzte Jax mit schläfriger, heiserer Stimme. „Du bist da?"

„Ja", sagte ich und ging zu ihm. „So lange, wie du mich brauchst. Aber du solltest den Schwestern vielleicht sagen, dass ich deine Verlobte bin. Das hat es leichter gemacht, reinzukommen."

„Verlobte, sagst du? Klingt gar nicht so übel."

Ich stand am Bett, wie angewurzelt, und starrte fassungslos auf seine Wunde.

„Marion? Was ist los?"

Ich schüttelte den Kopf, unfähig, etwas zu sagen. Wusste er es? Hatte er das schon gesehen?

„Wie schlimm ist es?", fragte er.

„Du weißt es nicht?"

Er schüttelte den Kopf und verzog das Gesicht vor Schmerz. „Sag es mir."

Ich konnte nicht. Nicht jetzt. Nicht, während er noch auf der Intensivstation lag.

„Marion, wenn du es mir nicht sagst, stehe ich auf und sehe selbst nach."

Ich stöhnte, kniff die Augen zusammen, und als ich sie wieder öffnete, sagte ich es geradeheraus. „Dein Hals, dein Rücken und deine Schultern sind von tintenschwarzen Adern überzogen."

Aber da war noch mehr. Jetzt hatten diese Adern eine gefürchtete violette Umrandung.

„Ich nehme an, das heißt, es ist schlimm?", fragte er und klang so müde, als könnte er kaum noch denken.

„Es ist schlimm, Jax. Sehr schlimm."

„Ein Fluch?", erriet er.

„Ja", antwortete ich. „Einer, den man nicht brechen kann."

KAPITEL 17

Ich saß neben Jax' Bett, umklammerte seine Hand und hielt den Atem an, als sich seine Augenlider flatternd öffneten. „Hey. Willkommen zurück."

Er blinzelte ein paarmal und drehte dann den Kopf, als die Tür mit einem leisen Quietschen aufging.

Charlotte steckte den Kopf herein. „Ist die Luft rein?"

„Wovon?", fragte ich und runzelte die Stirn.

„Von allen." Sie ließ den Blick durch das Zimmer schweifen, schlüpfte dann schnell herein und schloss die Tür hinter sich. Minx schob den Kopf unter ihrem Pullover hervor. „Wie geht's dir, Jax?"

Er schüttelte leicht den Kopf und richtete seine Aufmerksamkeit wieder auf mich.

„Das ist meine Schuld", sagte ich, und meine Stimme brach, als ich in Jax' weit aufgerissene Augen starrte. „Wenn Charlotte und ich nicht mit unserer Magie über den Dolch dazwischengefunkt hätten, wäre das nie passiert."

Charlotte schnaubte, und ich wusste, sie wollte mir

widersprechen, hielt aber wohl den Mund, weil sie keinen Streit vor Jax anfangen wollte.

Jax versuchte zu sprechen, brachte aber keinen Ton heraus. Er räusperte sich, und schließlich sagte er mit rauer Stimme: „Ich glaube, ihr habt mich gerettet."

„Das haben wir", mischte sich Charlotte ein, ihr Gesicht streitlustig. „Wir haben unter den Umständen das Beste getan, was wir konnten. Das musst du doch wissen, Marion."

Rein logisch wusste ich, dass sie wahrscheinlich recht hatte. Aber ich konnte die Tatsache nicht ausblenden, dass Jax jetzt verflucht war. Wie sollte das sonst passiert sein, wenn nicht durch unsere Magie? Die Männer am Strand hatten keine Zauber gewirkt. Das hätte ich gespürt – die Nachwirkungen, das Prickeln in der Luft. Und der Wolf … War es möglich, dass der Fluch von ihm gekommen war? Ich schüttelte den Kopf. Natürlich, es gab jede Menge Legenden über Wölfe, aber ich hatte nie irgendetwas erlebt, das diese Geschichten bewiesen hätte. Zumindest nicht bis jetzt.

Die Wahrheit war: Ich hatte einfach zu viel Angst, meine Befürchtungen laut auszusprechen. Wenn der Fluch von mir und meiner Schwester kam, dann war ich – violette Ränder hin oder her – entschlossen, einen Weg zu finden, ihn rückgängig zu machen.

„Du solltest den Zirkel anrufen", sagte Charlotte und drückte Minx an ihre Brust.

Ich nickte.

Die Tür ging auf, und eine Krankenschwester, die aussah, als hätte sie jeglichen Humor irgendwo in den Neunzigern verloren, marschierte herein. Sie trug marineblaue OP-Kleidung und hatte die Haare zu einem strengen Dutt gebunden. „Wer hat diesen Hund hier reingelassen? Das ist die Intensivstation", blaffte sie. „Raus! Sofort!"

Minx stieß ein leises Wimmern aus und streckte den Kopf Richtung Jax. Keine Frage, sie wollte selbst nach ihm sehen.

„Wir gehen ja schon. Sie müssen deswegen nicht gleich so zickig sein", schnaubte Charlotte.

„Das ist ein Krankenhaus und keine Hundetagesstätte", sagte die Schwester und schniefte herablassend.

„Haben Sie noch nie von Therapiehunden gehört?", fragte Charlotte und ging demonstrativ zu Jax' Bett, um Minx in seine Armbeuge zu setzen.

Minx kuschelte sich sofort an ihn und legte ihr kleines Köpfchen auf seine Brust.

Jax schloss die Augen und legte seine Hand auf ihren kleinen Körper.

„Ma'am, Sie können nicht –", begann die Schwester, genau in dem Moment, in dem Charlotte sagte: „Sehen Sie! Minx ist –"

„Stopp!", unterbrach ich beide. „Der Hund beruhigt ihn. Lassen Sie sie bitte ein paar Minuten hier, und dann bringe ich ihn und meine Schwester nach Hause."

„Das ist nicht akzeptabel!", bellte die Schwester, drehte sich auf dem Absatz um und stapfte aus dem Zimmer.

Charlotte lachte.

Ich funkelte sie an. „Du hilfst nicht."

„Ach komm schon, Marion. Du und ich wissen beide, dass Minx genau da ist, wo sie sein muss."

Wir sahen beide zu Jax und dann zum Monitor. Sein Puls hatte sich merklich beruhigt, und es sah wirklich so aus, als hätte Minx in fünf Minuten mehr geschafft als der ganze medizinische Zirkus der letzten Stunde.

„Minx bleibt", sagte Jax, ohne die Augen zu öffnen.

Charlotte hob eine Augenbraue zu mir.

„Okay. Minx bleibt", wiederholte ich. Ich war fest

entschlossen: Was auch immer Jax brauchte, er sollte es bekommen.

Fünf Minuten später, als die Ärztin zusammen mit der streitlustigen Schwester hereinkam, war ich bereit zu kämpfen. Doch die Ärztin warf nur einen Blick auf die Monitore und drehte sich dann zur Schwester um. „Haben Sie Mr. Williams Medikamente gegeben, als Sie eben hier waren?"

Die Schwester schüttelte den Kopf. „Nein. Ich wollte nur seinen Zugang und seine … Infektion kontrollieren, als ich auf dieses Hunde-Problem gestoßen und Sie holen gegangen bin."

„Gut. Dann bleibt der Hund, solange der Patient das möchte." Die Ärztin nickte mir einmal ganz entschieden zu. „Sorgen Sie bitte nur dafür, dass er im Zimmer bleibt und keine anderen Patienten stört."

„Das werde ich", sagte ich, dankbar, dass sie die Regeln für uns verbog. Jax und Minx wirkten beide deutlich ruhiger, seit Minx bei ihm im Bett lag.

„Gut. Dann lassen Sie uns mal sehen, wie es Ihnen geht." Die Ärztin trat an Jax heran, kontrollierte den Zugang und begutachtete dann den Fluch. Soweit ich es sehen konnte, hatte sich nichts verändert. Sie machte eine Notiz, prüfte seine Temperatur, runzelte die Stirn und schrieb eine Zahl auf. Nach einer gründlichen Untersuchung sah sie mich an. „Er ist stabil. Die Temperatur ist erhöht, aber der Puls ist wieder normal, das würde ich als gutes Zeichen interpretieren. Wenn sich die Infektion in den nächsten Stunden nicht ausbreitet, kommt er in ein normales Zimmer."

Es nervte mich gewaltig, dass sie den Fluch ständig „Infektion" nannten. Ich hatte ihnen gesagt, dass es ein Fluch war, aber sie hatten nur geantwortet, dass die dunklen Linien medizinisch gesehen eine Infektion bedeuteten – Fluch hin oder her. Sie hatten Antibiotika gegeben, offenbar vorsichtshalber, weil ihn ein Wolf gebissen hatte. Und sie hatten auch gleich eine Tollwut-Behandlung gestartet, nur für den Fall.

„Danke", sagte ich zu der Ärztin, als sie schon an der Tür war.

„Gern."

Als die Tür hinter der Ärztin ins Schloss fiel, richtete die Schwester ihren Blick wie einen Scheinwerfer auf mich.

„Lassen Sie den Hund nicht unbeaufsichtigt hier", sagte sie. „Sonst rufe ich das Tierheim."

Charlotte verdrehte die Augen, und ich war dankbar, dass sie sich diesmal nicht provozieren ließ.

„Wir kümmern uns um den Hund", versicherte ich der Schwester. Dann setzte ich ein zuckersüßes Lächeln auf. „Danke, dass Sie uns geholfen haben, das Problem zu lösen."

Sie stieß ein genervtes Schnauben aus und stapfte aus dem Zimmer.

„Du kannst wirklich tough sein, wenn du willst", sagte Charlotte. „Respekt, große Schwester."

Ich winkte ab und setzte mich wieder neben Jax. Seine Augen waren geschlossen, seine Atmung gleichmäßig – er war eingeschlafen. Gut. Er brauchte Ruhe. „Bleibst du bei ihm und Minx?", fragte ich Charlotte. „Ich muss telefonieren."

„Klar." Sie beeilte sich, sich auf die andere Seite von Jax' Bett zu setzen, damit sie Minx streicheln konnte.

Ich verließ das Zimmer leise und rief dann den Zirkel an.

„Es ist definitiv ein Fluch", sagte Gigi, als sie aus Jax' Zimmer kam. Er war vor etwa einer Stunde von der Intensivstation verlegt worden, und Gigi, Iris und Carly waren kurz danach ins Krankenhaus gekommen. Die anderen drei steckten in ihren Jobs fest und konnten nicht kommen, hatten aber zugesagt, später zum Zirkelkreis dazuzustoßen, falls wir sie brauchten.

„Lasst uns ein Stück gehen", sagte ich, weil mir unwohl dabei war, solch ein Gespräch im Flur zu führen, wo ständig Leute vorbeiliefen.

„Ja, bitte", sagte Gigi, und wir drei folgten ihr aus dem Krankenhaus zu einer kleinen Grünfläche, wo ein paar Bänke und Picknicktische standen. Wir setzten uns an einen der Tische, und Gigi fragte: „Kannst du uns ganz genau erzählen, was passiert ist?"

Ich holte tief Luft und fing ganz am Anfang an. Als ich bei dem Teil ankam, dass plötzlich Wölfe aufgetaucht waren, stieß Carly einen erschrockenen Laut aus und schlug sich die Hand vor den Mund, die Augen weit vor Entsetzen.

„Was?", fragte ich.

„Wölfe? Hier in Premonition Pointe?" Sie verzog das Gesicht, als hätte sie Schmerzen. „Das ist der Fluch. Nicht das, was du und Charlotte gemacht habt."

Ich blinzelte. „Sorry. Ich verstehe nicht, was du meinst."

„Wölfe." Sie beugte sich vor und senkte die Stimme. „Werwölfe. Wenn Jax von einem Wolf gebissen wurde und jetzt verflucht ist, liegt das doch auf der Hand."

„Es gibt keine Werwölfe", sagte Iris, klang dabei aber alles andere als überzeugt.

„Werwölfe?", fragte Gigi und tippte sich nachdenklich ans Kinn. „Was hat die Göttin gesagt, als sie Marion besessen hat?"

„Hütet euch vor denen, die unter dem Mond wandeln", sagte ich automatisch. Dieser Satz kreiste mir seit zwei Tagen ununterbrochen im Kopf herum. Mein Magen sackte mir in die Kniekehlen. „Werwölfe! Ich …" Ich kniff die Augen zusammen und schüttelte den Kopf. „Ist es möglich, dass Werwölfe real sind?"

„Magie ist real", sagte Gigi.

„Wir sind der lebende Beweis, dass Hexen eine Realität sind. Und wir haben vor ein paar Tagen mit einer Göttin gesprochen", sagte Carly. „Warum sollten Werwölfe nicht real sein?"

Darauf hatte ich keine Antwort.

„Wie könnten wir das sicher wissen?", fragte ich und sah von einer zur nächsten.

Keine von ihnen wusste es.

„Heißt das, Jax wird zu einem Wolf?"

„Ich weiß es wirklich nicht", sagte Carly. „Ich habe nur Gerüchte gehört, dass es sie gibt. Aber Details hat mir nie jemand genannt."

Die anderen beiden stimmten zu.

In meinem Kopf rasten hundert Fragen: *Würde es wehtun? Würde er die Verwandlung überleben? Würde ein Rudel ihn beanspruchen? Müsste ich ihn bei Vollmond irgendwo einsperren, wie in diesen Serien, damit er niemanden zerfetzt?* Aber ich sprach sie nicht laut aus. Niemand von uns wusste irgendwas. Und ehrlich gesagt war das Werwolf-Gerede für mich erst einmal nur Spekulation.

„Es ist doch immer noch möglich, dass das, was Charlotte und ich gemacht haben, das ausgelöst hat, oder?", fragte ich und klammerte mich an meine Hoffnung. „Ich habe niemanden gesehen, der sich verwandelt hat. Da waren drei Männer, die Charlotte bedrängt haben, aber als ich da war, habe ich nur Wölfe gesehen. Sie hat auch nichts anderes gesehen."

Meine drei Zirkel-Schwestern tauschten einen skeptischen Blick. Drei Männer, drei Wölfe. Das passte alles zusammen, oder? Und trotzdem: Wie konnte ich fast fünfzig sein und nicht gewusst haben, dass Werwölfe vielleicht existieren? Wenn das stimmte – was war dann mit Vampiren? Musste ich mir jetzt plötzlich Sorgen machen, dass irgendein tausend Jahre alter Untoter mich als Snack entdeckt?

„Marion, du steigerst dich da gerade in was rein", sagte Iris und legte den Arm um meine Schultern. „Wir alle wissen, dass alles möglich ist. Das Einzige, was wir tun können, ist herauszufinden, wer Charlotte am Strand bedroht hat und warum. Vielleicht bekommen wir dann Antworten."

„Alles fällt auseinander", sagte ich und wusste, dass ich hoffnungslos klang. Vor ein paar Stunden war ich noch bereit gewesen, es mit der ganzen Welt aufzunehmen. Jetzt wollte ich nur noch neben Jax liegen und ihn gesund beten. Ich hatte Magie. Es konnte passieren.

Es konnte, sagte ich mir. Egal, wie unwahrscheinlich.

„Du solltest Brix anrufen", drängte Iris. „Wenn jemand was über Werwölfe weiß, dann er."

„Ich kann nicht. Er ist gerade für einen Fall weg." Ich stützte die Ellbogen auf den Tisch und vergrub den Kopf in den Händen. „Ich traue sonst niemandem bei der Magical Task Force. Wenn diese Information in die falschen Hände gerät …"

Carly nickte ernst. „Dann solltest du Jax auch lieber früher als später aus dem Krankenhaus holen. Wenn jemand dieselbe Verbindung herstellt wie wir, wer weiß, was dann passiert."

„Du hast recht." Ich stand auf, strich mir die Haare aus dem Gesicht und band sie mit einem Haargummi zusammen. „Ich tue alles, damit er nach Hause kann. Seid ihr heute Abend verfügbar, um später ein paar Zauber zu versuchen?"

Alle nickten.

„Danke. Bleibt in Bereitschaft." Entschlossen, Jax zu

schützen, marschierte ich wieder ins Krankenhaus, ein klares Ziel vor Augen.

Am Ende des Flurs öffnete sich eine Tür, und ein großer, dunkelhaariger Mann trat heraus.

Einer, den ich nur zu gut kannte.

Carson Kirkwood. Tys Bruder.

Was zum Teufel machte er in Jax' Zimmer? War er mit Ty gekommen?

Carson blickte auf, sah mich am Ende des Flurs – und drehte sich abrupt um, um in die entgegengesetzte Richtung davonzueilen.

„Warte!", rief ich und rannte los. Er war zu schnell, und als er um die Ecke bog, war ich wohl einen Tick zu langsam. Denn als ich den Flur runterstarrte, war Carson nirgends zu sehen.

Ich blickte nach links und rechts, um sicherzugehen, dass ich ihn nicht irgendwie verpasst hatte. Aber die Gänge waren leer. Seine panische Flucht ließ mich tief in meinem Inneren wissen: Carson bedeutete Ärger. Er war nicht in Premonition Pointe, um Ty kennenzulernen. Er war wegen irgendwas anderem hier. Und ich würde verdammt nochmal herausfinden, warum.

Als ich zurück zu Jax' Zimmer hetzte, riss ich die Tür auf, halb darauf gefasst, etwas Schreckliches zu finden – doch stattdessen saß Jax im Bett und versuchte, seinen Zugang zu ziehen. Charlotte und Minx waren nicht da. Ich nahm an, dass Charlotte mit ihr nach Hause gefahren war.

Ich räusperte mich. „Willst du irgendwohin?"

„Überallhin, nur nicht hier", sagte er.

Ich ging zu ihm und half ihm, die Elektroden vom Herzmonitor zu lösen. „Und warum genau?"

„Du und ich wissen beide, dass sie mir hier nicht helfen können." Als er nicht mehr an Monitor und Infusion gefesselt war, stand er auf – erstaunlich stabil. Der Fluch war noch da, schwarze Adern mit violetten Rändern, aber seine Hautfarbe war normal, und er wirkte deutlich wacher als vor seinem Nickerchen.

„Jax?"

„Ja?" Er blickte von dem Stapel Klamotten auf, in dem er herumwühlte.

„Was wollte Carson?"

„Ach, nichts." Jax hob eine weiße Papiertüte hoch. Eine leere Papiertüte. „Er hat Kekse von Ty vorbeigebracht."

„Du hast sie schon gegessen?", fragte ich und runzelte die Stirn. Wenn er wirklich nur Kekse gebracht hatte, warum war Carson dann weggelaufen, als er mich gesehen hatte?

„Natürlich. Hast du gesehen, was die einem hier als Essen unterjubeln?" Er zog sein Hemd an und knöpfte seine Jeans zu.

„Nein, bei allen Göttern nicht."

„Glück gehabt." Er schlüpfte in die Schuhe, ging dann zur Tür und hielt sie mir auf. „Bereit?"

Ich musste tatsächlich leise lachen. Vor ein paar Stunden war er noch in einem Schockzustand gewesen, und jetzt stand er da, hellwach, und hielt mir Türen auf. Jax Williams war immer für Überraschungen gut.

Ich trat zu ihm, küsste ihn auf die Wange und sagte: „Ich war noch nie so bereit."

KAPITEL 18

„Ich brauche den Zirkel nicht, um mich zu heilen", beharrte Jax, als wir mein Haus betraten. „Mir geht's gut."

„Aber du bist verflucht, Jax. Das ist offensichtlich. Wir müssen herausfinden, was es ist und welche Wirkung es auf dich hat", sagte ich und folgte ihm in die Küche.

„Im Moment brauche ich nur eins: Essen." Er riss den Kühlschrank auf und wühlte darin herum, bis er eine Packung Roastbeef in Scheiben und eine Flasche Bier fand.

„Bist du sicher, dass Bier jetzt —"

„Marion", knurrte Jax und schnitt mir das Wort ab. „Mir geht's gut. Hör auf, dir Sorgen zu machen."

Ich lehnte am Türrahmen und sah zu, wie er mehr als ein halbes Pfund Roastbeef verschlang und es nicht mit einem, sondern gleich zwei Bieren runterspülte. Als er das zweite öffnete, hielt er meinen Blick fest – ganz eindeutig eine Herausforderung, ihn zu kritisieren. Ich hob die Hände. „Schon gut, schon gut. Mach, was du willst … vorerst. Aber glaube ja nicht, dass ich nicht herausfinden werde, was es mit diesem Fluch auf sich hat."

„Wenn's mich nicht stört, warum ist es dir dann so wichtig?", fragte er abweisend.

Und ehrlich: Er klang überhaupt nicht nach Jax. Der Mann, den ich kannte und liebte, unterbrach mich nicht und tat nicht so, als wären meine Sorgen lächerlich. Ich wusste, dass er einen beschissenen Tag hinter sich hatte, aber selbst an Jax' schlimmsten Tagen war er geduldig und freundlich. Dieser Jax? Der war herablassend und dominant.

Alpha-Verhalten, flüsterte eine Stimme ganz hinten in meinem Kopf.

Ich schob sie sofort weg. Solange ich nicht sicher wusste, dass Werwölfe existierten, ließ ich mich nicht auf diesen Gedanken ein.

„Es ist wichtig, weil wir nicht wissen, was dieser Fluch mit dir macht", sagte ich. „Ich wäre jedenfalls gern vorbereitet, anstatt abzuwarten, bis er vielleicht einen von uns umbringt."

„Findest du nicht, dass du ein bisschen dramatisch bist?", fragte er.

„Möglich", gab ich zu. „Aber wenn du mich fragst, machst du dir nicht genug Sorgen." Was ich nicht laut sagte: *Ich würde das für uns beide übernehmen.*

„Wenn irgendwas komisch ist, bist du die Erste, die es erfährt." Er öffnete den Kühlschrank wieder und fing an, nach noch mehr Essen zu suchen.

„Wir fahren in zehn Minuten!", rief ich, während ich ins Wohnzimmer ging.

„Ich komme nicht mit!", rief er zurück.

„Doch, du kommst mit", beharrte ich und ging auf die Veranda, während ich schon durch meine Kontakte scrollte. Als ich den Namen gefunden hatte, den ich suchte, tippte ich drauf, setzte mich in die Holzschaukel und wartete auf das Klingeln.

„Marion! Schön, dass du dich meldest", sagte Hollister, als er ranging.

Ich lehnte mich zurück, erleichtert, seine Stimme zu hören. Wenn jemand einen Vorschlag hatte, wie wir Jax' Fluch wieder loswerden konnten, dann er. Hollister gehörte *Crooner's Cauldron,* ein Magieladen in Südkalifornien. „Den Göttern sei Dank, du bist da! Ich brauche Hilfe."

„Also ist das kein freundschaftlicher Plausch?", fragte er amüsiert.

„Ich wünschte, es wäre einer." Ich starrte in das schwindende Tageslicht und wollte plötzlich schreien. Alles war komplett den Bach runtergegangen. Mein Geschäft war im Moment so gut wie tot, Charlotte war angegriffen worden, Ty war seit dem Auftauchen seines Bruders auf Distanz, und jetzt war Jax auch noch verflucht! Wenn ich nicht so entschlossen gewesen wäre, eine Lösung für Jax zu finden, hätte ich mich wahrscheinlich ins Bett verkrochen und geschlafen, bis sich irgendwas änderte.

„Was ist los, Marion?" Sein Ton wurde ernst. „Wie kann ich helfen?"

„Gibt es Werwölfe?", platzte ich heraus.

Am anderen Ende der Leitung war es still.

Nach einem Moment sagte ich: „Es gibt sie, oder?"

„Ja. Aber normalerweise haben sie nichts mit Hexen zu tun. Bist du einem begegnet?"

„Dreien." Mein Kopf begann zu pochen, und ich fragte mich, wann ich zuletzt gegessen hatte. Aber allein der Gedanke an Essen drehte mir den Magen um. Ich presste die Hand auf den Bauch und versuchte, ihn zu beruhigen.

„Drei? Ernsthaft?“, fragte Hollister – und klang ehrlich beeindruckt.

„Vielleicht vier.“ Meine Stimme brach, und Tränen brannten in meinen Augen, was mich selbst schockierte. Ich atmete ruhig und tief ein und zwang mich, die Emotionen unter Kontrolle zu bekommen. Ich würde nicht zusammenbrechen und heulen, während ich mit Hollister telefonierte. Das stand nicht zur Debatte.

„Was soll das heißen?“

„Jax wurde gebissen.“

Hollister sog scharf die Luft ein. „Und er hat überlebt?“

So, wie er fragte, klang es, als wäre das ungewöhnlich. „Gerade so“, gab ich zu. „Er war übel zugerichtet, als Charlotte und ich die Wunde mit unserer Magie – über den Dolch – geschlossen haben.“

„Whoa.“

Als Hollister nichts weiter sagte, fragte ich: „Was heißt das?“

„Na ja … ich weiß es nicht genau. Soweit ich weiß, überleben Menschen Werwolfbisse nur selten. Und die, die es tun …“

„Du kannst nicht einfach da aufhören, Hollister. Du musst mir den Rest auch sagen“, verlangte ich, obwohl ich schon wusste, dass mir nicht gefallen würde, was käme.

„Marion, wenn er zu einem Werwolf verflucht wurde, braucht er ein Rudel. Ohne Rudel wird es verdammt hart für ihn werden.“

„Was? Und wo zum Teufel soll er ein Rudel finden? Du kannst doch nicht ernsthaft erwarten, dass er zu den Leuten geht, die meine Schwester angegriffen und ihn dann fast umgebracht haben!“ Meine Stimme wurde lauter, und ich merkte sehr genau, dass ich anfing, hysterisch zu klingen.

„Er braucht Unterstützung, wenn er sich das erste Mal

verwandelt. Und wo er ein Rudel findet, kann ich dir nicht sagen. Ich bin in meinem Leben nur ein paar Werwölfen begegnet – und das war draußen in der Wüste."

„Dieses Gespräch hilft mir nicht", knurrte ich.

„Tut mir leid, Marion. Ich bin wirklich kein Experte für Wandler. Hast du Brix angerufen?"

„Er ist gerade nicht erreichbar", sagte ich, und meine Frustration kochte hoch, weil er ausgerechnet jetzt – wo ich den Chef der Magical Task Force brauchte – komplett untergetaucht war.

„Es tut mir leid, dass ich nicht hilfreicher bin", sagte Hollister.

„Du musst dich nicht entschuldigen." Ich umklammerte das Handy und starrte in den orangefarbenen Himmel, als die Sonne langsam unterging. „Du hast mir mehr gegeben als ich vor fünf Minuten hatte. Ich weiß nur nicht, was ich mit der Information anfangen soll."

„Verstehe. Lass mich sehen, ob ich noch irgendwas auftreiben kann. Ich kann ein paar Leute anrufen, die ich kenne."

„Würdest du das tun?", fragte ich, und ich spürte, wie ein winziges Gewicht von meinen Schultern glitt. Es tat gut, jemanden auf meiner Seite zu wissen, der sich wirklich Mühe gab – für mich und für Jax. Nicht, dass der Zirkel nicht alles tun würde. Aber Hollister war irgendwie anders. Sein ganzes Leben drehte sich um Magie und das Unerklärliche. Er wusste Dinge, die wir nicht wussten. Das Wissen, das er mit sich herumtrug, war beeindruckend.

„Natürlich, Marion", sagte er, jetzt sanft. „Wie geht's Jax?"

„Gut, glaube ich. Heute Vormittag war er noch vollkommen neben sich, aber heute Nachmittag ist er wieder auf den Beinen, läuft herum und weigert sich, auch nur zu versuchen, den Fluch loszuwerden. Er behauptet, er kommt mit allem klar, was ihn erwartet. Ehrlich gesagt kann ich diese Sturheit gerade überhaupt nicht gebrauchen, aber körperlich geht's ihm tausendmal besser als am Morgen, als er da in der Höhle lag und fast nicht bei Bewusstsein war."

„Klingt, als wäre er gerade … anstrengend."

„Das trifft es ziemlich gut", bestätigte ich. „Aber er kommt mit zum Zirkelkreis, ob er will oder nicht."

Hollister lachte. „Ändere dich nie, Marion. Du bist perfekt so, wie du bist. Ich ruf dich an, sobald ich was habe."

„Danke, Hollister. Wirklich." Ich legte auf und ließ den Kopf gegen das Holz der Schaukel sinken.

„Du bist perfekt, so wie du bist?", knurrte Jax – und ich zuckte so heftig zusammen, dass ich fast aus der Schaukel gesprungen wäre.

„Du meine Güte!" Ich presste mir eine Hand auf die Brust, als müsste ich verhindern, dass mir das Herz aus dem Körper hüpfte. „Wie lange stehst du schon da? Und warte … du hast Hollister durchs Handy gehört, von da drüben?"

„Du hast gesagt, ihr seid nur Freunde." Jax' Augen blitzten, und in seinem Blick lag etwas, das verdammt nah an purer Wut war.

„Whoa." Ich stand auf und hob beschwichtigend die Hände. „Was ist hier los, Jax? Warum bist du so wütend?"

„Der Typ will dich", sagte er tonlos.

„Er will mich nicht", widersprach ich und versuchte verzweifelt, ruhig zu bleiben. Jax war noch nie so besitzergreifend gewesen. Das musste mit dem Biss zusammenhängen. Verwandelte er sich gerade vor meinen Augen in irgendeinen Alpha-Arsch? „Er hilft mir, Antworten über deinen Fluch zu bekommen. Für dich und für mich. Das täte niemand, der nur darauf wartet, dass wir uns trennen, um dann zuzuschlagen."

„Er versucht nur, dir näherzukommen, damit er bereit ist, wenn sich eine Gelegenheit ergibt und er eine Chance bei dir hat."

Ich konnte nicht anders – ich verdrehte die Augen. „Du übertreibst, Alpha-Junge." Ich trat näher, legte die Hand an seine Brust, direkt über sein viel zu schnell schlagendes Herz. „Seit wann hast du entschieden, dass du mir nicht mehr vertraust?"

Jax legte seine Hand über meine und umklammerte sie fest. „Ich weiß nicht, Marion. Ich weiß nicht, woher diese Gefühle kommen." Er atmete ein paarmal tief durch und vergrub den Kopf in meiner Halsbeuge. „Ich fühle mich einfach … ich weiß nicht … irgendwie verrückt."

Ich vergrub meine freie Hand in seinem dichten Haar und hielt ihn einfach fest, bis draußen das Brummen eines Motors verstummte, der vor meinem Haus zum Stehen kam. Gemeinsam sahen wir hinüber und entdeckten Ty und Kennedy, die aus Tys SUV stiegen.

„Hey, Ty!", rief Jax. „Danke für die Kekse heute."

„Kekse?", fragte Ty. „Welche Kekse?"

„Die, die du ins Krankenhaus geschickt hast. Ich sag's dir: Nach denen war ich sofort wieder richtig wach. Anscheinend habe ich nur ein bisschen Zucker gebraucht, um wieder ganz ich selbst zu sein", erklärte Jax.

Ganz ich selbst, das soll wohl ein Witz sein, dachte ich – sagte aber nichts.

Ty runzelte die Stirn, als er zu uns kam. Kennedy folgte, und Paris Francine trottete neben ihm her – zuckersüß in ihrem pinkfarbenen Strassgeschirr mit passender Leine. Ty blieb neben mir stehen, sah zwischen mir und Jax hin und her, und schließlich sagte er zu Jax: „Ich habe keine Kekse geschickt. Kennedy und ich wollten gleich hochgehen und dir welche machen, weil wir es vorhin nicht geschafft haben. Ich hatte eine Deadline. Sonst wäre ich im Krankenhaus geblieben, als sie dich von der Intensivstation verlegt haben." Ty streckte den Hals, um Jax' Wunde zu sehen. Als er sie sah, wurde sein Gesicht kreidebleich.

„Es geht ihm gut", beruhigte ich Ty. „Wirklich. Wir arbeiten an einem Weg, ihn von dem Fluch zu befreien." Eine kleine Lüge. Genau genommen arbeitete gerade niemand aktiv daran – aber ich hatte die Fühler ausgestreckt. Wenn es einen Weg gab, würden wir ihn finden.

„Ja, mir geht's gut, Kleiner", sagte Jax – und klang dabei überhaupt nicht wie der Mann, in den ich mich verliebt hatte. Er nannte Ty nicht Kleiner. Und schon gar nicht in diesem herablassenden Ton. „Wie gesagt: Diese Kekse haben was bewirkt."

Ty runzelte die Stirn. „Ich habe dir doch gerade gesagt: Ich habe keine Kekse gemacht und keine geschickt. Wer hat dir Kekse gebracht?"

„Carson. Er meinte, du wolltest kommen, konntest aber nicht weg, also hat er sie gebracht."

„Carson?", fragte Ty, sichtlich verwirrt. „Woher wusste er überhaupt, dass du im Krankenhaus warst?"

„Das ist wohl die Eine-Millionen-Dollar-Frage, oder?", sagte ich, und mein Verstand arbeitete auf Hochtouren. Carson hatte Jax Kekse gebracht, die scheinbar alles verändert hatten. Und dann hatte er Jax auch noch angelogen. Warum?

„Du hast sie wirklich nicht geschickt?", fragte Jax Ty.

Ty schüttelte den Kopf und sah zu Kennedy hinter sich.

„Ich auch nicht", bestätigte Kennedy sofort.

„Schade“, sagte Jax. „Denn ich glaube, die waren vielleicht das, was mir das Leben gerettet hat.“

Ich ruckte herum und starrte ihn an. „Du meinst, die waren … pflanzlich?“

Jax nickte.

„Mit Magie?“, hakte ich nach.

„Hundertprozentig. Das war heute eine echt wilde Fahrt.“

„Dann hoffe ich, du bist bereit für die nächste, Großer.“ Ich hakte mich bei ihm unter und zog ihn von der Treppe weg. „Weil wir jetzt ein Date mit dem Zirkel haben.“

Jax stöhnte. „Ich hab’ dir doch gesagt, mir geht’s gut.“

„Von Keksen, in denen irgendwas drin war“, sagte ich trocken. „Dass wir nicht wissen, was in diesem Gebäck war, ist ein Problem. Du kannst entweder freiwillig mitkommen, oder wir drei nehmen dich auseinander und zwingen dich. Deine Wahl.“

„Wir … wir?“, piepste Kennedy.

„Ich würde gern sehen, wie ihr das versucht“, knurrte Jax durch zusammengebissene Zähne.

Da platzte mir endgültig der Kragen. „Hör zu, Jax Williams. Ich hab’ die Nase voll von diesem Macho-Gehabe. Steig ein – oder verschwinde aus meinem Leben!“

Es war ein Bluff. Natürlich. Ich würde ihn unmöglich gehen lassen. Nicht, solange ich noch nicht wusste, was mit ihm passiert war.

Schließlich – nach einem langen Augenblick – ging Jax zu meinem SUV und stieg ein.

Auf den Fahrersitz, natürlich.

Ich presste mir eine Hand an die Stirn. „Mir steht eine richtig beschissene Nacht bevor, oder?“

Ty klopfte mir nur auf den Rücken. „Viel Glück!“

„Danke.“ Wir würden es definitiv brauchen.

KAPITEL 19

„Das ist nicht der Weg zum Zirkelkreis“, sagte ich und sah aus dem Fenster. Die Sonne war untergegangen, und der fast volle Mond stand hell leuchtend am Himmel.

„Ich weiß.“ Jax warf mir ein freches Grinsen zu.

„Jax!“ Ich drehte mich zu ihm um, die Fäuste fest im Schoß geballt. „Das ist ernst.“

„Marion“, seufzte er – ohne Erklärung, ohne Rechtfertigung für seinen Umweg.

Ich lehnte mich zurück und starrte geradeaus auf die Straße. „Wohin fahren wir?“

„Ein bisschen Spaß haben.“ Er bog mit dem SUV auf eine unmarkierte Straße ab und nahm die Kurven, als wäre er hier schon seit Jahren unterwegs.

„Du machst mich langsam nervös, Jax“, sagte ich und versuchte, die horrorlastigen Gedanken in meinem Kopf in Schach zu halten. Wenn er wirklich ein Wolf war – würde er sich bei Vollmond verwandeln? War das wirklich so?

„Charlotte muss doch morgen früh hoffentlich keine Suchaktion nach mir starten, oder?"

Jax warf mir einen Seitenblick zu und verdrehte die Augen. „Übertreib nicht. Gib mir eine Stunde, dann treffen wir deinen Zirkel. Abgemacht?"

Eine Stunde. Das würde gehen. Auch wenn es alle anderen aufhielt, die vermutlich schon auf dem Weg zu den Klippen waren. Und selbst wenn er nichts Unlauteres plante – ich würde angespannt bleiben, bis ich genau wusste, was mit ihm los war und ob ich es beheben konnte. „Du weißt, warum ich nervös bin", sagte ich leise. „Und ich lasse den Zirkel ungern hängen."

„Marion, ich muss nur kurz aus meinem Kopf raus. Und das wollte ich mit dir tun. Wenn der Zirkel nicht warten kann, sehen wir sie morgen. Okay?" Seine Stimme klang plötzlich wieder nach dem Mann, in den ich mich verliebt hatte – nicht nach dem, der sich den ganzen Abend wie ein Alpha-Arsch benommen hatte.

Meine innere Anspannung ließ nach, als ich die Aufrichtigkeit darin hörte. Ich war mit Vollgas unterwegs gewesen, um ein Problem zu lösen, das wir noch nicht einmal verstanden, während er … was? Einfach nur mit der Situation klarkommen wollte? Eine Nacht konnte ich ihm geben. „Ich schreibe Iris."

Er atmete hörbar erleichtert aus. „Danke."

„Gern." Ich tippte schnell eine Nachricht an Iris. Ein paar Minuten später kam die Bestätigung, dass der Zirkel warten konnte. „Sie sind in einer Stunde noch da. Ein zweites Mal können wir sie aber nicht versetzen."

„Verstanden." Jax hielt am Rand der Straße auf einer kleinen Lichtung an, stellte den Motor ab und sprang aus dem Wagen. „Komm, Marion. Das willst du nicht verpassen."

Als er die Tür zuschlug, stieg ich aus und sah mich um. Wir waren von Mammutbäumen umgeben, und am Ende der Straße begann offenbar ein Wanderweg mit einem Schild, das im Dunkeln nicht zu lesen war.

„Hier entlang." Jax griff nach meiner Hand und zog mich in Richtung Pfad.

„Ich gehe nachts ganz sicher nicht wandern!" Ich stemmte mich gegen ihn.

„Wir wandern nicht." Anstatt mich weiter mitzuziehen, hob er mich einfach hoch und lief los.

„Jax? Was zum …? Lass mich sofort runter!", verlangte ich – und musste trotzdem lachen.

„Nein. Erst, wenn wir da sind."

„Höhlenmensch", sagte ich, ohne jede Schärfe.

Er stieß ein tiefes, verdammt sexy Knurren aus und hielt das Tempo.

So sehr mein Verstand mir zurief, diesem Neandertaler-Gehabe ein Ende zu setzen – ich musste mir eingestehen, dass es mir irgendwie gefiel. Welche heißblütige Frau wollte nicht von ihrem sexy Höhlenmenschen herumgetragen werden?

Kurz darauf lichteten sich die Bäume, und wir standen an einem kleinen Strand mit Blick auf eine abgeschiedene Bucht. Das sanfte Rauschen der Wellen wirkte beruhigend.

Jax setzte mich langsam ab und zog mich dann an sich. Eine Hand vergrub er in meinen Haaren, die andere glitt meine Taille hinunter zu meiner Hüfte. Ich sah in seine dunklen, wunderschönen Augen – so wie schon so oft – und verlor mich wieder in ihm.

„Jax", flüsterte ich, mein Blick wanderte zu seinen Lippen. „Was machst du da?"

„Was glaubst du denn?" Er wartete keine Antwort ab, sondern senkte den Kopf und nahm meinen Mund hart in

Besitz. Sein Arm schlang sich um meine Taille und zog mich an ihn, bis ich fest gegen seinen Körper gepresst war.

Sein Kuss riss mich sofort mit. Er schmeckte nach Vanille und einem Hauch Schokolade, und ich konnte nicht genug davon bekommen. Am Strand, eng umschlungen, verschwand die Welt um uns herum. Es gab nur ihn – den Mann, den ich liebte – und seine raue wie zärtliche Art.

„Marion", flüsterte er gegen meine Lippen, kurz bevor er mich wieder küsste. Seine Hände glitten unter mein Shirt, streichelten meine Haut, wanderten an meinen Seiten hoch. Ein Schauer lief durch meinen ganzen Körper, ließ mich glühen und weckte mein Verlangen nach ihm.

Als seine Lippen über meinen Kiefer und dann meinen Hals hinabglitten, legte ich den Kopf zurück und gab ihm freien Zugang.

Und als er an meinem Shirt zog, ließ ich es zu. Die kühle Nachtluft war Balsam auf meiner heißen Haut, und als Jax mich mit geschickten Fingern von den restlichen Kleidungsstücken befreite, protestierte ich nicht.

Ganz hinten in meinem Kopf schrie eine Stimme, dass das hier unvernünftig war. Dass wir Risiken eingingen, die weit über die Möglichkeit hinausgingen, beim Sex am Strand erwischt zu werden. Jax war verflucht. Vielleicht war er auf dem Weg, ein Werwolf zu werden.

Aber in diesem Moment war mir das egal.

Ich wollte ihn. Wollte alles vergessen und einfach nur mit ihm zusammen sein. Genau jetzt war es das, was ich brauchte. Was wir brauchten.

„Du bist dran", sagte ich und öffnete den Knopf seiner Jeans.

Jax senkte den Blick und sah mir zu, wie ich seinen

Reißverschluss öffnete und Jeans und Boxershorts hinunterschob. Seine Erektion stand hart und stolz vor mir. Als ich ihn nicht sofort berührte, griff er nach meiner Hand, legte sie um sich und schloss genüsslich die Augen. „Ich glaube, ich werde nie genug davon bekommen, dass du mich anfasst."

Während ich ihn langsam streichelte, legte ich meine freie Hand an seine Wange und küsste ihn lang und innig. „Darüber musst du dir keine Sorgen machen."

„Gut." Er zog sich schnell das Shirt über den Kopf, stieß einmal in meine Hand und drehte mich dann so, dass mein Rücken an seiner Brust lag. Seine Hand tauchte zwischen meine Beine und fand mich feucht und bereit. „Verdammt, Marion. Niemand macht mich so an wie du."

Sein Finger krümmte sich, traf genau die richtige Stelle und riss mir einen scharfen Atemzug aus der Kehle.

Ich griff nach seinem Kopf, zog ihn zu mir und küsste ihn leidenschaftlich.

Er spielte meinen Körper mit geübten Händen – die eine liebkoste meine Brust, die andere brachte mich immer näher an den Rand. Kälte existierte nicht mehr. Es gab nur Hitze und Leidenschaft. Dieses unkontrollierbare Verlangen nach ihm nahm mich vollkommen ein.

Ich riss meinen Mund von seinem los und keuchte: „Jetzt, Jax. Ich brauche dich jetzt in mir."

Er zögerte nicht. Ein tiefes Knurren vibrierte in seiner Brust, als er mich an der Taille packte und mit mir in den Sand sank. Von hinten drang er in mich ein, sein größerer Körper über meinem. Als er ganz in mir war, stöhnten wir beide. Ich liebte dieses volle Gefühl, ihn in mir zu spüren.

„Du gehörst mir", murmelte er mir ins Ohr, zog sich ganz zurück und stieß wieder hart zu.

„Jax!“, stöhnte ich, genoss seine Dominanz und drückte mich ihm entgegen, nahm alles.

Er hielt inne, strich sanft meine Wirbelsäule hinab. „So verdammt schön im Mondlicht“, flüsterte er und küsste meinen Nacken bis zur Mitte meines Rückens – ohne seine Hüften zu bewegen.

„Jax, bitte“, flehte ich.

„Was willst du, Marion?“, fragte er, als wüsste er es nicht längst.

„Ich will, dass du mich fickst“, sagte ich und drückte mich erneut zurück.

„Ja?“ Er lachte leise.

Ich nickte. „Wenn du es nicht tust, dann —“

Er stieß hart zu. Lust explodierte in mir. „Dann was?“

Ich stöhnte.

„Genau, Baby. Ich weiß, wie ich dich zum Beben bringe.“ Seine Hände packten meine Hüften und hielten mich fest, während er mich nahm.

Mein ganzer Körper kribbelte, jede Bewegung trieb mich weiter, bis die Spannung kaum noch auszuhalten war. „Fass mich an. Jetzt, Jax. Bitte.“

„Ich weiß, was du brauchst“, knurrte er, legte den Arm um mich, drückte meine Brust, und zwickte mich leicht. Ein Blitz der Lust schoss durch mich.

„Götter“, keuchte ich. „Wenn du mich nicht anfasst, mach ich's selbst.“

„Nein.“ Er legte seine Hände über meine, verschränkte unsere Finger im Sand. „Noch. Nicht.“

Er war wild, fast außer Kontrolle, nahm mich länger und härter als je zuvor. Eine einzige Berührung hätte gereicht und—

Jax biss mir in die Schulter, genau dort, wo sie in den Hals überging, und meine Welt explodierte in Farben. Mein Körper spannte sich an, eine Welle überwältigender Lust brach über mich herein, bis in die Fingerspitzen, bis in die Zehen.

„Fuck, ja!“, stöhnte er und stieß ein letztes Mal zu, während ihn sein eigener Orgasmus mitriss.

KAPITEL 20

Danach sanken wir beide keuchend in den Sand.

Jax drehte sich auf den Rücken und zog mich an sich, bis mein Kopf auf seiner Brust lag. Er sagte nichts. Er strich mir einfach durch das zerzauste Haar und starrte in den Himmel.

„Das war …“, begann ich und wusste selbst nicht genau, was ich sagen wollte.

„Unglaublich“, beendete er den Satz für mich.

„Ja. Ohne Frage“, stimmte ich zu, aber da war noch mehr, oder? Ich war mir ziemlich sicher, dass den Zirkel zu versetzen und Sex in der Öffentlichkeit zu haben nicht wirklich ganz oben auf der Liste akzeptabler Aktivitäten stand, wenn der eigene Partner gerade erst verflucht worden war.

Jax stützte sich auf einen Ellbogen, sah auf mich hinunter und schmunzelte. Dann küsste er mich wortlos, stand auf und rannte los, direkt ins Wasser. Er stieß ein Heulen aus, bevor er sich in die Wellen stürzte.

„Heilige Scheiße“, murmelte ich, als eine Brise mir Gänsehaut über die nackte Haut jagte. Ich schlang die Arme um mich und sah zu, wie sich Jax' kraftvoller Körper durch die Wellen bewegte. Was passierte hier gerade?

Ich ließ den Blick über die Umgebung schweifen, vergewisserte mich, dass wir wirklich allein waren, und ging dann bis an den Rand des Wassers, um meine Zehen hineinzutauchen.

„Whoa“, keuchte ich und zog den Fuß sofort wieder zurück.

„Marion, beweg deinen verdammt schönen Hintern hier rein!“, rief Jax vom Wasser aus.

„Ganz sicher nicht. Du bist doch verrückt“, lachte ich.

„Ach ja?“ Er schwamm zurück zum Ufer und kam tropfnass auf mich zu. „Willst du wirklich sehen, was verrückt ist?“

„Nein, ich— aah!“, schrie ich auf, als er mich hochhob und ins Wasser trug. Wir blieben stehen, als er hüfttief im Meer war und meine Füße in der Brandung baumelten. „Du lässt mich besser nicht fallen, Jax Williams.“

„Und wenn doch?“ Seine Augen funkelten im Mondlicht.

„Dann hast du eine ziemlich wütende Hexe am Hals“, sagte ich zuckersüß.

Er hob eine Augenbraue.

„Denk nicht einmal— heilige Scheiße!“, kreischte ich, als er mich ins eiskalte Wasser warf. Prustend tauchte ich wieder auf, kampfbereit.

Doch Jax schlang die Arme um mich und zog mich dicht an sich. Und obwohl wir im Wasser standen, von dem ich sicher war, dass es mir gleich die Zehen abfrieren würde, nahm seine Körperwärme dem Schock die Schärfe. „So schlimm ist es doch gar nicht, oder?“

„Nein“, gab ich widerwillig zu. Nackt mit ihm im Mondlicht im Meer zu stehen, hatte etwas Magisches. „Wie hast du diese Stelle gefunden?“

Seine Lippen verzogen sich zu einem schelmischen Lächeln. „Privatgrund. Deshalb ist niemand hier."

„Strände sind in Kalifornien nicht privat", sagte ich und zog die Augenbrauen zusammen.

Er nickte. „Stimmt. Aber die Wälder drum herum sind es, und es gibt keinen anderen Zugang. Wir können also jederzeit herkommen, und niemand stört uns."

„Und der Besitzer?"

„Du bist gerade mit ihm hier." Er senkte den Kopf, knabberte an meinem Hals, griff mir an den Po und zog mich näher an sich.

„Was?" Ich wich zurück, die Augen weit aufgerissen. „Wie? Wann? Warum? Dieses Land muss ein Vermögen wert sein."

Er lachte leise. „Vermutlich. Aber wie sich herausgestellt hat, hat mein Großonkel es mir vererbt. Ich habe es erst vor einem Monat erfahren. Eigentlich wollte ich dich auf unserem Roadtrip hierherbringen, aber dann sind uns die Pläne um die Ohren geflogen. Ich konnte keinen Tag länger warten. Wie würde es dir gefallen, in Midnight Cove zu leben?"

„Was genau fragst du mich da, Jax?", fragte ich vorsichtig. „Denn es klingt ein bisschen so, als—"

„Ich frage dich, ob du mit mir zusammenziehen willst", unterbrach er mich. „Also, sobald ich ein Haus gebaut habe. Um alle Genehmigungen und die Zustimmung der *California Coastal Commission* zu bekommen, wird das wohl ein paar Jahre dauern, aber wenn es fertig ist, gibt es niemanden auf der Welt, mit dem ich es lieber teilen würde. Was denkst du, Marion? Glaubst du, du könntest es ertragen, mit einem knurrigen Bauarbeiter zusammenzuleben?"

Ich war so überrascht, dass ich einen langen Moment nichts sagte.

„Marion?“ Er runzelte die Stirn. „War das zu viel, zu schnell?“

Seine Stimme holte mich aus meiner Starre. „Nein! Also, ja. Ich meine, nein, es ist nicht zu schnell, und ja, ich würde liebend gern mit dir in dieser kleinen Bucht leben. Ich kann mir nichts vorstellen, das ich mehr wollen würde.“

Die Anspannung wich aus seinen Schultern, und seine Augen leuchteten. „Wirklich?“

„Wirklich.“ Ich strich ihm die Haare aus dem Gesicht. Gerade war so vieles ungewiss. Jax’ Fluch, mein Geschäft, das Rätsel um die Anschläge auf Saras Dates. Eigentlich war das kein Zeitpunkt, um Zukunftspläne zu schmieden. Und doch wusste ich tief in mir, was ich wollte.

Jax.

Alles andere in meinem Leben konnte ich neu aufbauen oder hinter mir lassen. Aber das, was ich mit Jax hatte, war genau das, wonach ich mein ganzes Leben gesucht hatte. Mit ihm ein Zuhause zu bauen, unser Leben zu teilen, gemeinsam alt zu werden – egal, wie dieses Leben aussehen würde –, ich war bereit, mich ganz und gar darauf einzulassen.

Es gab nur ein Problem:

Den Fluch.

Ich ließ meine Finger über die verheilte Wunde gleiten und folgte den schwarzen Adern. „Ich will dich niemals verlieren, Jax.“

„Wirst du nicht, Baby“, sagte er und schloss mich fest in beide Arme.

„Du hast recht. Werde ich nicht. Nicht, solange ich da ein Wörtchen mitzureden habe.“ Ich löste mich von ihm, sah ihm in die dunklen Augen und sagte dann: „Es ist Zeit, den Zirkel zu treffen.“

Diesmal protestierte er nicht. Er verschränkte einfach seine

Finger mit meinen, und gemeinsam gingen wir aus dem Wasser, versuchten, uns notdürftig mit Jax' T-Shirt abzutrocknen und zogen uns an. Zwanzig Minuten später kamen wir an der Klippe an, wo der Zirkel wartete.

„Hey", sagte Hope und ließ den Blick über Jax' nackten Oberkörper wandern. Als sie wieder sprach, war ihre Stimme voller Humor. „Wo genau wart ihr zwei?"

„Ich musste Marion was zeigen", sagte Jax und legte den Arm um meine Taille.

„Das kann ich mir denken", murmelte Hope gerade laut genug, dass ich es hörte.

Ich rammte ihr sanft den Ellbogen in die Seite. „Hör auf."

„Niemals", versprach sie mit einem Zwinkern. „Ich hoffe, ihr hattet Spaß."

„Hatten wir, danke", sagte ich, als wäre an der Bucht nichts Unanständiges passiert.

Gigi erhob sich von ihrem Platz auf einem Stück Treibholz und kam herüber, um Jax' Fluch zu begutachten. Sie hielt eine weiße Stumpenkerze hoch, sodass die violetten Ränder aufleuchteten. „Ich sehe, es hat sich nicht viel verändert."

„Nicht am Fluch, nein", bestätigte ich, auch wenn ich nicht leugnen konnte, dass Jax sich verändert hatte. Der Mann, in den ich mich verliebt hatte, war noch da, unter all den Verschiebungen, aber der Fluch hatte ihn beeinflusst.

„Ich halte es für das Beste, die Göttin nochmal zu rufen", sagte Gigi. „Wir brauchen Antworten, und ich fühle mich nicht wohl dabei, einen Fluch brechen zu wollen, von dem wir nicht einmal wissen, was er bewirkt."

Der restliche Zirkel stimmte zu.

Mir wurde übel. Ein Gefäß für eine Göttin zu sein, war kein Vergnügen. Etwas, das ich nicht unbedingt wiederholen wollte. Aber für Jax würde ich es tun. „Ja. Okay", sagte ich und zog Jax mit mir in den Kreis.

„Das tut nicht weh, oder?", scherzte er.

Ich stieß ein humorloses Lachen aus. „Wenn wir Glück haben, nicht."

Er riss überrascht die Augen auf und musterte mich. „Meinst du das ernst?"

„Ja", sagte ich, während der Rest des Zirkels gleichzeitig „Nein" sagte.

Jax sah sie an und lachte leise. „Verstehe." Er wandte sich mir zu. „Also gut. Dann werde ich wohl das Risiko eingehen."

„Sag nicht, ich hätte dich nicht gewarnt." Ich nahm zwei Kerzen von Gigi entgegen und reichte Jax eine davon.

„Was soll ich tun?", fragte er.

Ich drehte mich zu ihm und lächelte. „Einfach dastehen und hübsch aussehen."

Er verdrehte die Augen, verstand aber. Es gab für ihn nicht mehr zu tun, als abzuwarten.

Die anderen sechs stellten sich um den Kreis, jede mit einer weißen Kerze in der Hand. Alle schlossen die Augen, bis Gigi rief: „Göttin des Wissens, wir suchen deine Weisheit!"

Gleichzeitig ließen sie ihre Kerzen los, die in der Luft um uns herum schwebten.

„Whoa", sagte Jax.

Ich nickte zu seiner Kerze. „Lass sie los."

Als ich meine freigab, tat er es mir gleich, und die beiden Kerzen kreisten um uns, als würden sie uns aneinanderbinden.

„Göttin des Wissens, höre unseren Ruf!", sangen Gigi und der Zirkel in die Nacht.

Normalerweise hätte ich gespürt, wie mächtige Magie aufflammte, stärker wurde. Doch heute war da nur ein

Flüstern von Kraft. Genug, um Kerzen schweben zu lassen, aber nicht genug, um eine Göttin zu rufen.

Gigis Gesicht verzog sich vor Konzentration, Schweiß glänzte auf ihrer Stirn im Kerzenlicht.

Ich konnte die Frustration des Zirkels hören und spüren.

Jax sah mich an. *Was passiert hier?*, formte er lautlos mit den Lippen.

Ich schüttelte kaum merklich den Kopf, schloss die Augen und versuchte alles, um mich der Göttin zu öffnen.

Nichts.

Schließlich rief Gigi frustriert: „Schick uns wenigstens ein Zeichen!"

Ein Blitz schlug direkt zu Jax' Füßen ein. Er sprang erschrocken zurück und wäre fast aus dem Kreis gestolpert. Ich packte seinen Arm mit beiden Händen und hielt ihn.

„Heilige Scheiße! Niemand hat was von einem Gewitter gesagt", sagte er. „Wir müssen hier weg."

Ich schüttelte den Kopf. „Nein. Das ist kein Gewitter. Das ist das Zeichen, um das Gigi gebeten hat."

Die Kerzen sanken langsam zu Boden, und alle sechs starrten auf Jax' Füße.

Ich folgte ihren Blicken und holte scharf Luft. Anstatt einer Brandspur lag dort ein Umschlag, auf dem etwas geschrieben stand. Niemand bewegte sich.

Jax starrte den Umschlag an. „Wo kommt der her?"

„Von der Göttin. Eine Nachricht für dich", sagte Gigi.

Er sah sie skeptisch an. „Im Ernst?"

„Ja. Er liegt vor deinen Füßen. Also ist er für dich bestimmt."

Jax ging auf die Knie und griff danach, doch kaum berührten seine Finger das Pergament, ging es in Flammen auf und zerfiel vor unseren Augen zu Asche. „Was zum …?" Er zog die Hand zurück und presste die angesengten Finger an seine nackte Brust.

Ich griff nach seiner anderen Hand und hielt sie fest, während der Rauch aufstieg, sich kräuselte und zu Buchstaben formte:

Du wirst für immer unter dem Mondlicht wandeln.

Die Worte schwebten in der Luft, als wäre die Zeit stehen geblieben. Dann zerfiel der Rauch in tausend feine Schlieren und verschwand.

„Bedeutet es das, was ich denke?“, fragte Iris in die Stille hinein.

Niemand sprach es aus. Aber in meinem Kopf schrien die Worte die Wahrheit.

Jax war ein Werwolf!

KAPITEL 21

„Das ist es! Trace Fosters Adresse“, sagte Charlotte an diesem Tag bestimmt schon zum dritten Mal.

„Hab’ ich schonmal gehört“, sagte ich von meinem Platz auf der Couch. Ich war gerade dabei, einen Relaunch für die Datingagentur zu entwerfen – für den Zeitpunkt, an dem wir endlich herausgefunden hätten, wer die fünf Männer tatsächlich vergiftet hatte, die mit Sara ausgegangen waren.

Charlotte und ich hatten uns am Vortag schon mit den anderen drei Dates getroffen und sie wieder nach Hause geschickt. Sie waren wenig hilfreich gewesen, und bislang stammte die einzige wirklich brauchbare Information von Norman. Ihm hatten wir es zu verdanken, dass wir von dem Ziegenkäse in den Geschenkkörben wussten, und ich hatte mir von Sara bestätigen lassen, dass sie den ganz sicher nicht hineingelegt hatte. Sie hatte entsetzt und fast schon angewidert reagiert – schließlich war sie vor Kurzem vegan geworden.

„Zieh dir die Schuhe an. Wir fahren los“, sagte Charlotte.

„Was? Ich fahre nirgendwohin", erwiderte ich. „Ich arbeite an diesem neuen Plan. Und sobald Jax von seinem täglichen Schwimmen zurück ist, fahren wir zu Sebastian. Er will uns ein Update zu den Backgroundchecks geben."

Charlotte stand auf, die Hände in die Hüften gestemmt. „Im Ernst? Du willst mich ganz allein in die Höhle des Löwen schicken? Was, wenn er mich angreift? Ich kann auf so eine Mission nicht ohne meine magische Partnerin gehen."

Ich starrte sie an und musterte ihren strengen Blick und ihre angespannte Haltung. „Du glaubst wirklich, du brauchst mich? Bisher hast du das Reden übernommen. Ich war nur ein besserer Chauffeur."

„Äh, natürlich brauche ich dich. Wer soll mir sonst den Arsch retten, wenn ich in Schwierigkeiten gerate?"

„Ich!", rief Celia, der zierliche Geist, der plötzlich in meinem Wohnzimmer auftauchte. Ihre großen Puppenaugen leuchteten vor Begeisterung. „Ich bin eine großartige Wingwoman. Frag Marion."

„Du? Eine großartige Wingwoman?", schnaubte Charlotte. „Das letzte Mal, als du mit mir irgendwo warst, hast du den ganzen Abend mit einem Typen geflirtet, der gerade so volljährig war. Das ist nicht die Art von Hilfe, die ich brauche."

„Marion!", protestierte der Geist empört. „Sag ihr, wie nützlich ich bin."

Ich zuckte mit einer Schulter. „Sie weiß, was du draufhast."

Celia war ein Geist. Sie suchte mich heim, seit sie bei einem Autounfall ums Leben gekommen war – auf einem Date mit jemandem, den ich für sie ausgesucht hatte. Jetzt arbeitete sie für mich … gewissermaßen. Sie tauchte im Büro auf, wann immer ihr danach war, und ich schickte sie oft los, um Leute im Auge zu behalten, wenn wir jemanden brauchten, der das diskret tat. So wie damals, als ich sie gebeten hatte, Kennedy zu beobachten, nachdem er mit Ty wieder nach Hause gezogen war und sich mit jemandem eingelassen hatte, der ihn beinahe ins Gefängnis gebracht hätte. Celia hatte mich sofort gewarnt, als alles schiefzulaufen begann.

„Nichts für ungut, Celia, aber ich brauche Marion wirklich für diesen Job", beharrte Charlotte.

Ich seufzte. „Kann es wenigstens warten, bis Jax zurück ist? Wenn ich mitgehe, will er sowieso auch mitkommen."

„Dir ist klar, wie nervig das ist, oder?", fragte Charlotte.

„Es ist nicht nervig, wenn er mitkommt. Er sorgt dafür, dass wir sicherer sind", sagte ich bestimmt. Es war nicht so, dass ich dachte, wir bräuchten Jax. Das taten wir nicht. Nicht mit unserer vereinten magischen Kraft. Das Problem war, dass ich ihn seit dem Biss nicht mehr allein lassen konnte. Ich wartete immer noch darauf, dass *es* passierte und die Konsequenzen des Bisses ihr hässliches Gesicht zeigten.

„Wenn du meinst." Charlotte klappte ihren Laptop zu, schnappte sich Minx, die auf dem Hocker vor ihr geschlafen hatte, und stapfte in ihr Schlafzimmer.

Celia zuckte mit den Schultern. „Sag Bescheid, wenn du mich brauchst." Dann verschwand sie wieder.

Keine Minute später flog die Haustür auf, und Ty stürmte herein und knallte die Tür hinter sich zu. „Wir müssen reden."

„Okay." Ich stand auf und legte den Kopf schief, während ich ihn musterte. Seit Carsons Auftauchen war Ty kurz angebunden. Zum ersten Mal – vielleicht überhaupt – ließ er mich nicht mehr an seinem Alltag teilhaben. Er war verschlossen, beinahe misstrauisch, als hätte er Angst, durch ein Gespräch mit mir noch etwas zu erfahren, das er nicht wissen wollte. „Worüber müssen wir reden?"

„Darüber!“ Er wedelte mit einem braunen Umschlag und marschierte in die Küche.

Ich sah ihm hinterher und fragte mich, was zum Henker dieses „darüber“ sein sollte. Als ich hörte, wie ein Stuhl über den Boden scharrte, folgte ich ihm, doch anstatt mich zu setzen, ging ich zur Ablage und nahm mir eine Tasse. „Willst du auch einen Kaffee?“

„Nein. Und das hier ist kein freundschaftlicher Besuch. Ich habe keine Zeit für Nettigkeiten.“

„Aha“, sagte ich und machte keinen Hehl aus meiner Verärgerung. „Aber gib mir eine Sekunde, denn mit diesem Tonfall werde ich dieses Gespräch definitiv nicht ohne eine ordentliche Dosis Koffein überstehen.“ Ich war frustriert und besorgt zugleich. Ty hatte noch nie so defensiv mit mir gesprochen. Wir hatten immer offen miteinander geredet – bis Carson aufgetaucht war.

Mit einer vollen Tasse Kaffee vor mir überlegte ich kurz, einen großzügigen Schuss Irish Cream hineinzukippen, entschied mich dann aber dagegen. So sehr ich das gerade wollte – jetzt war nicht der richtige Zeitpunkt. Schon gar nicht, wenn ich später noch mit Charlotte losziehen würde. „Okay. Ich bin bereit. Was ist los? Was ist in diesem Umschlag?“, fragte ich und setzte mich.

Er riss ihn auf und knallte einen kleinen Stapel Papiere vor mich auf den Tisch. „Lies.“

Ich überflog sie und erkannte sofort die Dokumente zu seinem Trust – dem, den Trish ihm hinterlassen hatte. Stirnrunzelnd sah ich zu ihm auf. „Wo hast du das her?“

„Ist das wichtig?“ Er verschränkte die Arme vor der Brust und funkelte mich an.

„Warum bist du wütend auf mich? Du bist derjenige, der in meinen Unterlagen herumgewühlt hat. Ich bin diejenige, die hier eigentlich sauer sein sollte", platzte ich heraus. „Seit wann schnüffelst du in meinen Akten herum? Du weißt, wenn du das sehen wolltest, hättest du mich einfach darum bitten können."

„Ich habe deine Akten nicht angerührt", zischte er. „Das hier war in meinem Briefkasten. Mit einem Post-it, auf dem stand, ich solle Seite zwei lesen."

„Was steht auf Seite zwei?", fragte ich und sah nicht einmal hin. Ich kannte den Trust in- und auswendig. Ich war dabei gewesen, als Trish mit den Anwälten gesprochen hatte. Alles, was sie Ty hinterlassen hatte, steckte in diesem Trust. Er konnte das Geld für Studiengebühren nutzen, würde den Rest aber erst mit dreißig bekommen. Es war eine beträchtliche Summe. Genug für ein Haus und vielleicht ein eigenes Geschäft oder Investitionen – ein sehr komfortables Leben.

„Hier steht, dass der Trust zu gleichen Teilen unter den Kindern meiner Mutter aufgeteilt wird", sagte Ty und stach mit dem Finger auf das Papier. „Carsons Name steht auch drin."

„Das ist unmöglich, Ty. Ich war dabei, als sie die Unterlagen erklärt haben. Das ist nicht die Version, die beim Gericht eingereicht wurde."

„Ach ja?" Sein Blick wanderte zum Notarstempel. „Sieht ziemlich offiziell aus."

„Okay. Und warum bist du jetzt wütend auf mich?", fragte ich ruhig. „Ich wusste nichts davon. Ich wusste nicht einmal von Carson."

Er starrte mich an, die Augen schmal.

„Ty?" Ich setzte an. „Warum sollte—"

„Stopp!" Er hob die Hand. „Du wusstest es wirklich nicht? In deiner Ausfertigung steht davon nichts?"

Ich stand auf, ging zum Sideboard im Wohnzimmer und schloss die unterste Schublade auf. Es dauerte einen Moment, bis ich das richtige Dokument in dem dicken Ordner fand. Ich überflog es kurz, vergewisserte mich, dass ich nicht den Verstand verloren hatte, und reichte es ihm.

Sein Gesicht wurde bleich, als er langsam auf den Stuhl sank. Nachdem er es gelesen hatte, sah er zu mir auf. „Hier stehe nur ich als ihr Sohn."

Ich nickte.

„Wie soll ich mich damit fühlen?", spie er. „Sie hat Carson einfach fallen lassen und dann einen Trust eingerichtet, der ihn komplett ausschließt. Was war das für eine Mutter?"

„Eine, die dich sehr geliebt hat", sagte ich. „Vertrau mir, Honey." Ich griff nach seiner Hand. „Du warst ihre ganze Welt."

„Aber nicht Carson? Warum war er kein Teil davon?", fragte Ty.

„Ich weiß es nicht", sagte ich ehrlich. „Aber ich bin mir sicher, dass sie ihre Gründe hatte. Und wenn ich raten müsste, wollte sie euch beide schützen."

„Wie soll das Carson schützen?", verlangte er zu erfahren. „Ihm nichts zu hinterlassen? Das ergibt keinen Sinn."

Für mich schon. Ich hatte meine Vermutungen, was Carson anging, aber ich sprach sie nicht aus. Nicht ohne Beweise. Stattdessen sah ich wieder auf die Unterlagen. „Wer glaubst du, hat dir das in den Briefkasten gelegt?"

Er schüttelte den Kopf. „Keine Ahnung."

Keine? Im Ernst? „Glaubst du nicht, es war Carson?"

„Woher sollte er das haben?", fragte Ty.

Ich hatte keine Antworten. Nur ein ungutes Gefühl. „Darf ich mir das genauer ansehen? Vielleicht finde ich einen Hinweis."

Er winkte ab. „Bitte. Sehr aufschlussreich."

„Aufschlussreich?", wiederholte ich.

Er zuckte nur mit den Schultern.

Mit der Kaffeetasse in der Hand verglich ich die Dokumente. Neben Carsons Namen fiel mir noch etwas auf: das Datum. Die Version aus Tys Briefkasten war einen Monat später datiert und beglaubigt als meine.

„Verdammt", murmelte ich und presste mir die Hand auf den Mund.

„Was?"

„Das hier ist der gültige Trust", sagte ich und tippte auf seine Ausfertigung. „Wenn sie echt ist, setzt sie meine Ausfertigung außer Kraft. Dann musst du dein Erbe mit Carson teilen."

„Okay … und?"

„Das stört dich nicht?"

Er schüttelte den Kopf. „Er ist mein Bruder. Ich hätte es sowieso geteilt."

„Ty, das ist großzügig. Aber meinst du nicht, wir sollten —"

„Nein. Er ist mein Bruder. Er bekommt die Hälfte", sagte Ty entschieden und stand auf. An der Tür blieb er kurz stehen. „Tut mir leid, dass ich dich angeschrien habe. Das alles ist verdammt viel, und ich habe meinen Frust an dir ausgelassen."

„Schon gut", sagte ich. „Aber ich lasse das von Sebastian prüfen. Ich will sicher sein, dass diese neue Ausfertigung echt ist – und wissen, wer sie dir geschickt hat. Denn jemand versucht hier, Ärger zu machen. Oder uns zu betrügen. Nicht heute, Satan. Nicht heute."

Das brachte ihn zum Lächeln.

„Ich übernehme das. Vertraust du mir?"

„Immer", sagte Ty. „Trotz des kleinen Ausrutschers."

„Gut", sagte ich. „Wir finden es heraus."

„Ich hab' dich lieb, Mama Marion."

Ich lächelte. „Ich dich auch."

Ich sah ihm kurz nach, als er ins Apartment über der

Garage ging, betrachtete die zwei Ausfertigungen und spürte dieses kalte, ungute Gefühl im Magen. Jemand steckte knietief in Tys Angelegenheiten. Und ich würde herausfinden, wer.

Am Ende ging es immer um Geld und Gier.

Dieses Mal war keine Ausnahme.

KAPITEL 22

Ich saß auf dem Beifahrersitz und war frustriert, weil wir auf dem Weg zu Trace Foster waren, obwohl ich viel lieber Carson gefunden und ihn zur Rede gestellt hätte. Ich war mir ziemlich sicher, dass er bei *Sky's the Limit* arbeitete, was bedeutete, dass ich nur in die Innenstadt hätte fahren müssen, um Antworten zu bekommen. Sicherlich hätte ich meine Überzeugungskraft einsetzen können, um ihm zumindest ein paar Informationen zu entlocken.

Seit seinem Auftauchen in Premonition Pointe war alles den Bach runtergegangen, und spätestens mit dem neuen Trust war ich mir sicher, dass er im Zentrum des ganzen Chaos stand.

„Ich will nicht lange bleiben", sagte ich zu Charlotte, die auf dem Rücksitz saß. Jax fuhr – wie er es seit dem Wolfsbiss immer tat. Es war, als könne er nirgends mehr hin, ohne selbst am Steuer zu sitzen. Und so sehr er schon früher gern gefahren war, so militant war er deswegen noch nie gewesen.

Einerseits war diese Alpha-Energie verdammt heiß, vor allem im Schlafzimmer. Andererseits ahnte ich, dass sie im

Alltag ziemlich schnell nervig werden konnte. Ich war schon immer ein bisschen zu unabhängig für mein eigenes Wohl gewesen. Ich hoffte nur, dass wir irgendwo einen gesunden Mittelweg finden würden.

Mein Handy vibrierte. Eine Sprachnachricht. Stirnrunzelnd sah ich auf das Display und fragte mich, warum ich das Klingeln nicht gehört hatte. Ich tippte auf Abspielen und unterdrückte eine Grimasse, als Hollisters Stimme über die Lautsprecher des SUVs erklang.

„Tut mir leid, dass ich mich erst jetzt melde, Marion …"

Nach Jax' ungewöhnlichem Anfall von Eifersucht, was Hollister anging, würde das jetzt sicher unangenehm werden.

Jax warf mir einen Seitenblick zu, die Augen zusammengekniffen. „Du hast auf einen Rückruf von Hollister gewartet?"

Ich bedeutete ihm zu schweigen, um den Rest hören zu können.

„Ich habe alles gelesen, was ich über den Werwolffluch in die Finger bekommen konnte", fuhr Hollister fort. „Der allgemeine Konsens ist: Es gibt keine Heilung."

„Pff", schnaubte Jax mit derselben Attitüde, die er seit seiner Entlassung aus dem Krankenhaus an den Tag legte. Ihm ging es gut, sogar besser als vorher, behauptete er. Er hatte sich nicht verwandelt, niemanden zerfleischt – also sah er kein Problem. Wenn ich es nur genauso gelassen sehen könnte.

„Aber", fuhr Hollister fort, „es gibt ein Elixier, das die meisten Wandler einnehmen, um ihre Verwandlung zu kontrollieren."

Die Verbindung knisterte, und der nächste Satz war kaum zu verstehen. Als es wieder klar wurde, sprach er von Keksen.

„Ohne sie können Wölfe ihre Verwandlung bei Vollmond

nicht kontrollieren. Ruf mich an, dann erkläre ich dir das genauer. Grüß Charlotte von mir."

„Hallo, Hollister", sang Charlotte vom Rücksitz.

„Viel Glück für Jax!"

„Ich brauche kein Glück", murmelte Jax, und ich verdrehte die Augen.

Die Nachricht endete, und ich lehnte mich zurück. „Das ist eine Erleichterung."

„Was meinst du?", fragte Jax.

„Dass es ein Elixier gibt, um die Verwandlung zu kontrollieren. Das sind doch gute Nachrichten, oder?"

„Klar. Ich weiß nur nicht, wo man das herbekommt oder ob ich es überhaupt brauche. Ich habe mich schließlich nicht verwandelt oder so."

Das stimmte. Er hatte es nicht getan. Letzte Nacht war Vollmond gewesen, und auch wenn er unruhig gewesen war, hatte er sich nicht verwandelt. War das mit dem Vollmond überhaupt real oder nur ein Mythos? Bisher hatte sich bei Jax vor allem eines verändert: Er war dominanter geworden. Darüber würde ich mit Hollister sprechen, sobald der Empfang nicht mehr so schlecht war.

„Nach der roten Scheune links", sagte Charlotte vom Rücksitz aus.

„Ich weiß", fuhr Jax sie an. Wir waren auf einer Landstraße unterwegs, im östlichen, ländlichen Teil von Premonition Pointe, weit weg vom Meer. Bäume, vereinzelte Höfe alle paar Kilometer – sonst nichts.

„Nur zur Sicherheit, Wolfsjunge", sagte sie, nur um ihn zu provozieren. Den Spitznamen hatte sie ihm am Vortag verpasst, nachdem sie erklärt hatte, dass seine Alpha-Attitüde ihr langsam gehörig auf die Nerven ging.

„Da rechts. Das kleine blaue Haus mit den ganzen Nebengebäuden“, sagte Charlotte.

Jax fuhr weiter.

„Hey! Ich hab’ gesagt, das ist es.“ Sie beugte sich zwischen die Sitze. „Ich dachte, du weißt, wo wir hinmüssen.“

„Weiß ich auch“, sagte er knapp und fuhr den SUV hinter einer Gruppe großer Bäume an den Straßenrand.

„Sauber“, sagte ich, als mir klar wurde, dass das Auto von der Straße aus nicht zu sehen war. Keine unnötige Aufmerksamkeit – wir wussten nicht, worauf wir hier stoßen würden.

Ich sprang aus dem Wagen und griff nach meinem Dolch. Als ich meine Finger um den Griff schloss, fühlte ich mich sofort sicherer. Seit Tagen war ich angespannt gewesen, zermürbt von all der Unsicherheit. Aber dieses Stück Metall, die Magie, die darunter pulsierte, gab mir immer das Gefühl, ich könnte es mit der ganzen Welt aufnehmen und gewinnen.

Jax ging voran, quer über die Straße in den Wald hinein. Charlotte und ich tauschten einen Blick und folgten ihm.

„Wenn ich gewusst hätte, dass wir hier durchs Unterholz kriechen würden, hätte ich andere Schuhe angezogen“, protestierte Charlotte.

Ich sah auf ihre knallpinkfarbenen Glitzerkeilabsätze. Nicht die schlimmsten Schuhe für den Wald – aber ziemlich nah dran. „Char“, flüsterte ich. „Im Ernst?“

„Woher sollte ich wissen, dass das eine Aufklärungs-Mission wird? Ich wollte einfach anklopfen. So wie normale Menschen das machen.“

Jax drehte sich um und legte den Finger an die Lippen. *Ruhe.*

Charlotte und ich hielten uns dicht hinter ihm. Er hatte offensichtlich einen Plan – einen, den wir nicht besprochen hatten. Aber er wirkte so sicher, dass wir ihm schlecht nicht folgen konnten.

Alpha-Energie.

Der Gedanke ließ mich nicht los.

Jax blieb stehen, schob sich hinter einen Baum und bedeutete uns, dicht bei ihm zu bleiben. Es fühlte sich absurd nach Agentenfilm an. Ich war da ganz Charlottes Meinung: Ich hätte einfach geklopft. Aber wenn Jax' Instinkt sagte, dass wir es so machen sollten, konnte es nicht schaden. Oder?

Berühmte letzte Worte.

Wir huschten von Baum zu Baum. Auf dem Land galt oft: erst schießen, dann fragen. Ich umklammerte den Dolch fester und hoffte, dass Jax wusste, was er tat.

„Da", flüsterte er und deutete auf zwei kleine Hütten auf einer Lichtung.

Ich spähte durch die Bäume und sah Trace Foster auf der Veranda der näheren Hütte sitzen. Er trug nur eine zerrissene Jeans. Sonst nichts. „Und jetzt?", flüsterte ich. „Wenn wir einfach aus dem Wald marschieren, sieht das verdammt verdächtig aus."

Trace ruckte den Kopf hoch und erstarrte, als hörte er etwas.

Uns?

„Marion?", flüsterte Charlotte und klammerte sich an meine Hand. Sofort zog sich mein Magen zusammen, mein Kopf begann zu pochen.

„Charlotte?" Ich drehte mich zu ihr um. Ihr Gesicht war grünlich. Sie sah aus, als würde sie gleich ohnmächtig werden.

„Das ist diese … Energie. Aus dem Büro. Nur viel stärker—" Sie sank auf die Knie und würgte.

Trace sprang von der Veranda und kam direkt auf uns zugerannt.

„Scheiße", murmelte ich und half Charlotte hoch. Als sie kaum stehen konnte, drückte ich ihr den Dolch in die Hand und schloss ihre Finger um den Griff. Schließlich kam sie auf die Beine, auch wenn sie noch immer kreidebleich war.

„Zurück zum Auto!", befahl Jax.

„Nein." Charlottes Stimme war hart. „Das ist der, der in unser Büro eingebrochen ist. Ich will wissen, warum."

Ich blinzelte. Sie klang wütender als je zuvor. „Woher weißt du, dass er es war?"

„Diese Energie würde ich überall erkennen", presste sie hervor.

Hatte sie ihn schon einmal gesehen? Beim Mixer? Oder war sie an dem Abend früher gegangen? Ich wusste, dass mindestens einer von Saras Dates später aufgetaucht war.

„Char", fragte ich schnell, „hast du den Typen schonmal gesehen?"

Sie schüttelte den Kopf und würgte erneut, fing sich aber.

Okay. Das erklärte einiges.

Als Trace noch etwa zehn Meter entfernt war, trat Jax aus dem Wald.

Trace blieb abrupt stehen. „Privatgrundstück", knurrte er. „Verschwindet, solange ihr noch könnt."

„Nicht, bevor ich Antworten habe", sagte Jax und verschränkte die Arme.

„Die bekommst du hier nicht." Trace deutete in Richtung Wald. „Schert euch dahin zurück, wo ihr herkommt."

„Dafür ist es wohl zu spät", sagte Jax ruhig. Er griff nach hinten, zog sich das Shirt über den Kopf und drehte sich leicht zur Seite. Er senkte den Kopf und zeigte die markante Bissspur und das violette Adernetz. „Wem habe ich das hier zu verdanken?"

Trace zuckte die Schultern. „Woher soll ich das wissen?"

„Weil du dasselbe *Geschenk* hast."

Er hatte es? Ich versuchte, etwas zu erkennen, sah aber nur alte Kratzspuren auf seiner Brust. Vier tiefe Narben. Ein Bär? Eine Großkatze?

Trace spannte sich an. „Woher weißt du das?"

„Ich kann es riechen."

„Was wollt ihr?", knurrte er. „Warum seid ihr hier?"

„Wir wollen Antworten." Jax winkte Charlotte und mir. „Kommt raus."

„Ich weiß von nichts." Trace drehte sich um und ging zurück zur Hütte.

„Warum bist du in mein Büro eingebrochen?", rief ich. „Was hast du gesucht?"

Er blieb stehen. „*Marion Matched*. Glaubst du ernsthaft, ich war das? Nachdem diese irre Schlampe, mit der du mich verkuppelt hast, versucht hat, mich umzubringen? Warum sollte ich dir je wieder nahekommen?"

„Das frage ich dich", sagte ich und ballte die Fäuste. „Du hast meinen Computer gehackt. Warum?"

Er schnaubte. „Märchen. Verschwindet, bevor ich die Polizei rufe."

„Marion Matched", sagte eine tiefere Stimme hinter mir, begleitet von einem leisen Lachen.

Ich wirbelte herum. Der Mann kam mir bekannt vor. Groß, graumeliertes Haar, breite Schultern, leicht schiefe Nase. Aber es war dieses selbstzufriedene Grinsen.

Phineas.

Phineas Davies. Er hatte früher im Autokino unserer Heimatstadt gearbeitet. Trish hatte wahnsinnig für ihn geschwärmt.

„Phineas. Was verschlägt dich nach Premonition Pointe?"

„Familienangelegenheiten." Er rieb sich übers Kinn und

musterte mich. „Du scheinst gerade ein paar Probleme zu haben."

„Nichts, womit ich nicht klarkomme", sagte ich kühl.

Er wandte sich Jax zu. „Und du? Sieht aus, als hättest du dich mit einem Wolf angelegt und verloren."

Jax ließ sich nicht aus der Ruhe bringen. „Wenn ich wirklich verloren hätte, wäre ich tot."

Mir stellten sich die Nackenhaare auf. Die Spannung zwischen den beiden war greifbar.

„Jax?", fragte ich. „Was passiert hier?"

„Phineas da drüben hat versucht, mich umzubringen." Jax tippte auf die Bissstelle. „Das war sein Werk. Und das seines Rudels."

Ich sog scharf die Luft ein. „Woher weißt du das?"

„Rudelbindung", sagte Phineas grinsend. „Ich bin sein Schöpfer. Er ist gezwungen, mir zu gehorchen."

„Glaubst du?", fragte Jax gelangweilt.

„Ich weiß es." Phineas' Stimme wurde eisig. „Wenn ich dir sage, du sollst dich hinsetzen und dir die Eier lecken, tust du es. Verstanden?"

Jax lachte.

Trace blickte angespannt zwischen den beiden hin und her.

Phineas' Gesicht lief dunkelrot an. „Du wagst es, dich mir zu widersetzen?"

„Du bist nichts weiter als ein Stück Scheiße, das versucht hat, eine Freundin von mir einzuschüchtern." Jax deutete auf Trace. „Du magst ihn kontrollieren. Aber mich nicht."

Ich verstand kein Wort. Wie wusste Jax das alles?

„Auf die Knie, Wolf!", befahl Phineas.

Jax zog eine Braue hoch. „Sieht so aus, als würde dein Plan nicht aufgehen."

Phineas heulte auf. Dann riss er sich die Kleider vom Leib

und fiel zu Boden, sein Körper wand sich, Knochen knackten, Magie knisterte in der Luft. Sekunden später stand der große grau-weiße Wolf vor uns.

Im selben Moment krümmte sich Trace, fiel ebenfalls zu Boden und verwandelte sich in einen kleineren, schlankeren grauen Wolf.

Charlotte keuchte. „Ich spüre die Energie nicht mehr, wenn er in Wolfsgestalt ist."

„War Trace an dem Tag am Strand dabei?", fragte ich. „War er einer der Männer?"

Sie schüttelte den Kopf.

Dann schrie sie: „Jax! Pass auf!"

KAPITEL 23

Ich drehte mich gerade noch rechtzeitig um, um zu sehen, wie Phineas mit gefletschten Zähnen auf Jax zusprang. Ohne einen Moment nachzudenken, riss ich Charlotte den Dolch aus der Hand und sprang vor, um nach dem Wolf zu schlagen, aber er schoss an mir vorbei, landete auf Jax und riss ihn zu Boden.

„Nein!“, schrie ich und setzte erneut an.

Doch gerade, als ich den Arm wieder hob, krachte der andere Wolf von hinten in mich hinein und warf mich mit dem Gesicht voran in den Dreck. „Uff!“, schnaubte ich gegen den Waldboden.

„Beweg dich, Marion!“, rief Charlotte.

Ich rollte mich herum und rappelte mich auf, um mich schlagend. Diesmal traf ich den Wolf tatsächlich – aber nur knapp – und hinterließ lediglich einen seichten Schnitt an seinem Hinterlauf. Der Wolf jaulte auf und sprang zurück, nur um im nächsten Moment wieder nach vorn zu schnellen, knurrend, während ihm der Speichel aus den Lefzen tropfte.

„Bleib von meiner Schwester weg!“, schrie Charlotte und

wedelte mit den Händen nach dem Wolf, als würde ihn das beeindrucken.

Er wandte sich ihr zu und sprang – direkt auf ihre Kehle zu.

„Nein!“ Ich warf mich dazwischen und rammte den Dolch in seine linke Schulter. Der Wolf sackte zu Boden, der Dolch immer noch in seinem Fleisch. Charlotte und ich griffen gleichzeitig danach, und als sich unsere Hände berührten, schoss Magie aus dem Dolch und hüllte den Wolf vollständig ein. Einen Herzschlag später lag er nackt am Boden – wieder in menschlicher Gestalt.

Charlotte und ich starrten einander an, beide noch immer die Hände am Dolch.

Doch dann ertönte ein Heulen hinter uns, und wir fuhren herum.

Jax und Phineas waren in einen brutalen Kampf verstrickt. Phineas lag auf Jax, seine Zähne hatten sich in Jax’ hochgerissenen Unterarm gebohrt. Jeder Muskel in Jax’ Körper spannte sich an, während er versuchte, den Wolf von sich fernzuhalten.

Mein Herz raste, meine Brust zog sich zusammen, und plötzlich bekam ich keine Luft mehr. Es fühlte sich an, als würde ich dabei zusehen, wie mir mein Leben in Zeitlupe entglitt – und ich konnte nichts dagegen tun.

„Marion! Schnell!“, schrie Charlotte und zerrte an meinem Arm.

Als ich sah, wie Jax’ Arm zitterte und ihm der Schweiß in Strömen über das Gesicht lief, wusste ich, dass er die Grenzen seiner Kraft erreicht hatte. Dass er diesen Kampf verlieren würde. Und dann?

Der Gedanke trieb mich endlich an.

Charlotte und ich wollten gerade auf Phineas losgehen, als

aus dem Nichts ein weiterer Wolf auftauchte und direkt auf uns zurannte. Doch anstatt uns anzugreifen, rollte er direkt vor unsere Füße und riss uns beide um.

„Beeil dich", befahl ich Charlotte, während ich sah, wie Phineas Jax ein Stück Fleisch aus dem Arm riss.

Meine Schwester kam auf die Beine, stolperte jedoch kurz, bevor sie mich erreichte.

Jax starrte mit weit aufgerissenen Augen zu dem Wolf hoch, der über ihm knurrte. Der Wolf hob den Kopf, heulte – und stürzte sich auf Jax' Halsschlagader.

„Nein!", schrie ich.

Im selben Moment tauchte ein kleinerer, dunkelgrauer Wolf aus dem Nichts auf und stieß Phineas von Jax herunter. Die beiden Wölfe rollten übereinander, bissen und rissen aneinander, während Fell und Blut durch die Luft flogen.

Ich rannte zu Jax, der inzwischen sein Shirt gefunden hatte und es als Verband um seinen verletzten Arm presste. „Wir müssen hier weg", sagte ich und zog ihn auf die Beine. „Lass uns Charlotte holen und—"

„Nein, Marion. Noch nicht." Er schüttelte den Kopf. „Ich brauche Antworten."

„Was?", fragte ich entsetzt. „Dieser Wolf hätte dich beinahe getötet."

„Dieser Wolf hat mich erschaffen", sagte er ruhig. „Ich muss wissen, was jetzt passiert."

Mir sank das Herz. „Ich verstehe, dass du Antworten willst, aber ist das hier nicht zu gefährlich? Wir wissen nicht, wie viele Wölfe noch hier sind. Verdammt, Jax, wir sind buchstäblich in eine Wolfsgrube gelaufen."

„Für dich und Charlotte ist es gefährlich", korrigierte er mich. „Ihr solltet gehen. Zurück zum SUV. Ich finde später einen Weg zurück."

„Zum Teufel, nein!“, schrie ich und hätte ihn am liebsten gewürgt. „Wie in Gottes Namen kommst du darauf, dass ich dich ausgerechnet hier zurücklasse und einfach nach Hause fahre, Jax Williams? Für was für eine Person hältst du mich?“

„Für jemanden, der kein Werwolf ist“, sagte er. „Und mir wäre lieb, wenn das so bleibt. Bitte, Marion. Tu das für mich.“

„Nein“, sagte ich, ohne zu zögern. „Ich lasse dich hier nicht allein.“

„Gut, dass du das nicht musst“, sagte eine unheimlich vertraute Stimme direkt hinter mir.

Ich wirbelte herum – und erstarrte.

„Marion?“, fragte Trish Kirkwood vorsichtig. „Du hast jetzt aber nicht vor Schreck einen Schlaganfall bekommen, oder?“

„Trish?“, keuchte ich und konnte meinen Augen nicht trauen. Trish war vor fünf Jahren gestorben. Sie konnte nicht hier sein. Das musste eine Halluzination sein. Ein Nervenzusammenbruch.

„Hi, Marion.“ Sie schenkte mir ein hauchzartes Lächeln.

Ich musterte ihren in einen Bademantel gehüllten Körper und sah mich dann um. Phineas lag am Boden, wieder in menschlicher Gestalt. Eine Frau, die ich noch nie gesehen hatte, kniete neben ihm und fesselte ihm die Füße mit Kabelbindern. Charlotte war gerade dabei, Trace die Hände auf dem Rücken zu fesseln. Er lag bewusstlos auf der Seite, noch immer außer Gefecht durch die Stichwunde und unsere Magie.

„Charlotte?“, rief ich. „Alles okay?“

Meine Schwester drehte sich zu mir um und nickte knapp. „Ich spüre diese Energie nicht mehr. Ich glaube, wir haben sie zerstört, als wir Magie in ihn gepumpt haben.“

„Gut“, sagte ich und sah mich nach Jax um. Er saß nahe bei

Phineas und beobachtete die Frau, die dafür sorgte, dass er sich nicht rühren konnte.

„Ich nehme an, du hast eine Menge Fragen", sagte Trish nervös.

„Die habe ich", erwiderte ich – und stolperte dann auf sie zu, zog sie in meine Arme und hielt sie fest. „Heilige Scheiße, Trish. Ich hab' dich so vermisst!"

Trish klammerte sich an mich. Erst als ich spürte, wie sie in meinen Armen zitterte, bemerkte ich, dass sie weinte. „Ich habe dich auch so vermisst", flüsterte sie.

Trauer, Frust und pure Wut brandeten in mir auf. Ich trat einen Schritt zurück. „Wo zum Teufel warst du?"

Oh! Nicht ideal.

„Ich war … da, aber —"

„Da?", schrie ich. „Wo, bitte? Sicher nicht bei deinem Sohn. Oder nein – bei *deinen Söhnen*. Danke auch, dass du mir das verschwiegen hast."

Trish verzog das Gesicht. „Okay. Das habe ich verdient. Aber ich habe eine Erklärung."

„Erklär mir das zuerst." Ich deutete auf den seidenen Bademantel. „Warum bist du angezogen, als würdest du in einem Bordell arbeiten?"

„Wär's dir lieber, wenn ich nackt herumliefe?", fragte sie und hob die Brauen.

„Was? Nein— oh, Scheiße!" Ich schüttelte den Kopf. „Trish … bist du ein Werwolf?"

Ihr Lächeln verschwand. „Wer sonst hätte Phineas stoppen können?" Sie verschränkte die Arme.

„Bist du einer?", fragte ich erneut.

Sie nickte langsam.

„Wie lange?"

„Fünf Jahre", sagte sie. „Seit dem Tag, an dem ich euch verlassen habe."

„Zu unserem Schutz oder zu deinem?", fragte ich scharf.

„Beides", sagte sie leise. „Nach dem Biss dachte ich, ich würde sterben. Und als die Verwandlung passiert ist, wusste ich, dass ich gehen musste."

„Warum bist du jetzt zurück?"

„Deinetwegen. Und wegen Ty und Carson. Und wegen Jax." Sie sah zu ihm. „Er braucht ein Rudel. Und wenn Phineas ihn bekommen hätte …" Sie schauderte. „Ich bin das kleinere Übel."

„Du bist nicht böse", sagte ich automatisch.

„Das weißt du nicht", erwiderte sie.

Ich blinzelte. „Wie bitte?"

Sie schüttelte den Kopf. „Komm. Wir haben einen Werwolf zu verhören."

Ich starrte sie an – und da traf es mich.

Der Kiefer. Die Nase. Die dunklen Haare. Die Statur.

Phineas war Carsons Vater.

KAPITEL 24

Ich hörte ein Rascheln in den Bäumen, umklammerte den Dolch und griff nach Charlottes Hand. „Da kommt jemand", flüsterte ich.

Ich war immer noch völlig durch den Wind von Trishs plötzlichem Auftauchen, und erst als der Mann aus dem Wald stapfte, erkannte ich ihn. Er hielt eine Handfeuerwaffe auf Trish gerichtet.

„Weg von ihm!", befahl er, und seine Stimme kam mir vage bekannt vor.

Mein Blick schoss nach oben, und pure Wut vibrierte durch mich, als ich ihn endlich einordnen konnte.

Andrew! Saras Anwalt.

Und direkt hinter ihm stand dieser Wissenschaftstyp – mit einer Armbrust im Anschlag.

„Heilige Scheiße! Was passiert hier gerade?", flüsterte Charlotte.

„Ich weiß es nicht." Ich sah zu Jax, der den beiden Männern mit dem Blick folgte, die Lippen zu einem Knurren verzogen.

Trish und ihre Freundin standen langsam auf, beide mit erhobenen Händen.

„Andrew", sagte Trish kühl. „Ich habe mich schon gefragt, wann du auftauchst."

„Du hättest hören sollen, als Phineas dir gesagt hat, du sollst verschwinden und nie wiederkommen", zischte Andrew. „Jetzt kannst du da draußen im Wald kein nettes Off-Grid-Leben mehr führen, denn ich werde dich dort vergraben."

Trish kniff die Augen zusammen, und blanker Hass schien aus ihr zu strahlen. „Ich würde zu gern sehen, wie du das versuchst."

Ohne Vorwarnung feuerte Andrew.

Der Schuss traf sie in den linken Oberschenkel.

„Trish!", schrie ich, als sie auf ein Knie sackte und den angeblichen Anwalt anknurrte. Ich hatte geahnt, dass er Ärger bedeutete – aber, dass er so ein Monster war, hätte ich nie gedacht.

„Dafür wirst du bezahlen", knurrte Trish, die Hand auf ihr blutendes Bein gepresst.

„Das sagst du jedes Mal, und trotzdem stehe ich immer noch hier." Andrew würdigte uns kaum eines Blickes, während er auf Trish zustapfte. „Aber ich mache mir keine Sorgen. Sobald Phineas frei ist, kümmert er sich um dich. Ich habe ihm gesagt, er soll diskret sein." Er verzog den Mund. „Ich habe ihm immer gesagt, sein schlimmster Fehler war, mit dir zu schlafen."

„Sehr lustig", sagte sie, den Kopf spöttisch schief gelegt. „Ich habe ihm dasselbe über dich gesagt."

„Du verdammte Schlampe." Er hob die Waffe wieder.

Doch bevor er abdrücken konnte, sprang ich vor und zielte auf seine Brust. Er ließ die Pistole fallen, packte mein

Handgelenk und drückte so fest zu, dass ich den Dolch nicht mehr halten konnte. Er fiel ins Unterholz, während wir beide ineinander verkrallt nach Halt suchten.

Ich erinnerte mich an mein Selbstverteidigungstraining und ging zuerst auf seine Augen los, bohrte meinen Daumen in sein linkes. Als er vor Schmerz aufheulte, riss ich mein Knie hoch, so hart ich konnte.

Doch ich traf nur Luft.

Ich blickte auf – und Jax hielt Andrew am Hals, als würde er ihm gleich den Kopf abreißen.

Andrews Gesicht lief knallrot an, und einen Moment lang fragte ich mich ernsthaft, ob ihm gleich der Schädel platzen würde. Er trat um sich und traf Jax' Brust, und beide krachten zu Boden. Ich suchte panisch nach der Waffe oder meinem Dolch, um Jax zu helfen.

„Marion! Pass auf!", schrie Charlotte – und im selben Moment schoss ein Bolzen an meinem Kopf vorbei.

Ich rollte mich ab und kam in die Hocke, gerade rechtzeitig, um zu sehen, wie Andrews Handlanger die Armbrust wieder auf mich richtete.

Doch bevor er schießen konnte, zerriss ein lauter Knall die Luft, und der Mann kippte nach vorn – direkt vor meine Füße. Auf seinem Rücken breitete sich ein dunkler Blutfleck aus, während seine Augen ins Nichts starrten.

„Marion?" Brix Erikson stand mit besorgter Miene über mir. „Alles in Ordnung?"

„Brix?" Ich starrte zu ihm auf und fragte mich, ob ich halluzinierte. „Bist du das wirklich?"

Er streckte mir die Hand entgegen und zog mich hoch.

„Ich dachte, du bist undercover", sagte ich und sah mich nach Jax um. Er hatte Andrew inzwischen überwältigt und hielt ihn trotz seines verletzten Arms am Boden, damit er niemanden mehr angreifen konnte, während Trish versuchte, ihn zu fesseln. Ihre Freundin kam dazu und half ihr und Jax, ihn unter Kontrolle zu bekommen.

„War ich." Brix deutete vage auf das Gelände. „Ich war gerade dabei, einem kriminellen Wolfsrudel zu folgen, das wirklich jedes denkbare Verbrechen begeht, als Trish mir irgendwie durchgegeben hat, dass du ein Ziel bist. Wenn ich nicht so tief Undercover gewesen wäre, wäre ich früher hier gewesen."

„Du kennst Trish?" Ich drehte mich zu ihr um – mir schwirrte der Kopf vor Fragen. „Du warst mit ihr undercover, um Phineas hochzunehmen?"

Er schüttelte den Kopf. „Nein. Das war ein anderes Rudel. Trish wusste nur, wie sie mich erreicht, wenn's brennt." Er sah mich an. „Ich weiß, du hast tausend Fragen. Aber gerade brauchen Jax und Trish medizinische Hilfe, und ich muss das hier aufräumen, bevor meine Tarnung auffliegt." Er warf Trish einen Blick zu. „Du lässt dein Bein versorgen. Ich melde mich später."

Trish nickte. Dann humpelte sie mit Hilfe ihrer Freundin auf mich zu. Ich ging ihr entgegen, und sie legte mir die Hand an die Wange. „Ich melde mich."

Ich sah zu, wie sie langsam im Wald verschwand – und dann waren sie weg.

„Heilige Scheiße! Das ist verrückt", sagte Charlotte und starrte das blutige Schlamassel vor uns an, als könnte sie es nicht fassen.

„Das kannst du wohl laut sagen." Ich ging zu Jax. „Komm. Lass uns gehen."

„Nicht, solange ich noch keine Antworten habe", sagte er,

das Gesicht vor Schmerz verzerrt. Dann drehte er sich zu Brix um. „Warum habe ich mich nicht verwandelt?“

Brix sah ihn einen Moment lang prüfend an. „Du hast dich gestern Nacht bei Vollmond nicht verwandelt?“

„Nein.“

„Hattest du den Drang?“, fragte Brix.

„Nein. Aber heute, als ich gegen den Wolf gekämpft habe … da hat es sich angefühlt, als würde ich zu jemandem werden – oder zu etwas. Aber ich war immer noch ich.“

„Interessant.“ Brix musterte ihn lange. „Dann gibt es zwei Möglichkeiten. Entweder hat dir jemand eine Dosis des Elixiers gegeben, das die Verwandlung unterdrückt. Oder du wurdest magisch gebunden – und dann hast du zwar alle Eigenschaften eines Wolfes, aber du kannst dich nicht verwandeln.“

Mein Herz hämmerte gegen die Rippen. Magisch gebunden? War es möglich, dass die Magie, mit der Charlotte und ich seine Wunde geschlossen hatten, ihn davor bewahrt hatte, ein „voller“ Werwolf zu werden?

Jax’ Blick traf meinen. Ich wusste, dass er dasselbe dachte.

„Okay“, sagte Charlotte. „Das wird gerade richtig interessant.“

Brix’ Handy vibrierte. Er warf einen Blick darauf, dann auf uns. „Ihr solltet gehen. Ich melde mich später.“

Ich wusste es besser, als zu fragen, warum er wollte, dass wir verschwanden. Brix war der Leiter der Magical Task Force, und er hielt seine Geheimnisse fest unter Verschluss. Wenn er seine Undercover-Operation schützen musste, brauchte er uns nicht als Stolperdraht.

Ich nickte Charlotte zu. „Komm.“

„Und was ist mit Trace?“, protestierte sie. „Wir haben

unsere Antworten immer noch nicht." Sie ging zu dem Mann, der nackt am Boden lag. „Wer hat alle vergiftet?"

Trace starrte zu ihr hoch, und gerade, als ich dachte, er würde nichts mehr sagen, flüsterte er: „Ich. Für Phineas. Es war von Anfang an sein Plan. Es war der Fluch. Ich hatte keine Wahl."

Dann verdrehte er seine Augen, und sein Körper begann zu krampfen.

Übelkeit überrollte mich, als ich sah, wie Schaum aus seinem Mund trat – und im nächsten Moment lag er vollkommen still da, die Augen offen, leer, auf nichts gerichtet.

„Scheiße", sagte Brix und trat über Trace. „Phineas, dieses Stück Dreck hat einen seiner eigenen Leute verflucht." Er sah mich an. „Habt ihr ihn gebrochen?"

„Den Fluch?", fragte ich.

Er nickte. „Wölfe sind gezwungen, dem Willen ihres Schöpfers zu folgen – aber nicht immer so simpel. Manche sind stark genug, diese Bindung zu sprengen. Dann werden sie entweder aus dem Rudel verstoßen oder mit dunkler Magie belegt. Wenn dieser Fluch gebrochen wird, tötet es den Wolf oft."

„Der Fluch ist gebrochen worden", bestätigte Charlotte. „Ich habe es gespürt. In seiner Nähe war diese Energie da – aber als Marion und ich zugestochen haben, war sie weg. Einfach weg."

„Wir haben ihn getötet?", fragte ich mit einem Keuchen.

„Nein. Das war der Fluch." Brix stieß einen langen, müden Seufzer aus. „Okay. Jetzt geht. Sofort. Und kein Wort davon zu irgendwem. Es gibt gute Gründe, warum niemand jemals über Werwölfe spricht. Und sagt dem Heiler, zu dem ihr Jax bringt, dass es ein Hundeangriff war."

Es kostete mich eine Menge Anstrengung, überhaupt einen

Fuß vor den anderen zu setzen und nicht noch tausend Fragen zu stellen. Aber ich wusste: Wenn Brix sagte, er meldet sich, dann würde er das auch tun.

Alles, was jetzt noch blieb, war, Jax zu einer Heilerin zu bringen.

KAPITEL 25

Die Heilerin konnte für Jax nicht viel tun. Sie reinigte die Wunde mit Kräutern, gab ihm einen Schmerztrank und wies ihn an, die Verletzung für ein paar Wochen trocken zu halten. Dann schickte sie uns weg.

Auf dem Rückweg in die Stadt sagte niemand ein Wort. Es war einfach zu viel passiert. Zu viele Fragen, zu wenige Antworten. Mein Kopf schwirrte. Phineas und Andrew waren Liebhaber gewesen? Phineas war Carsons Vater? War Carson Teil ihres kriminellen Werwolfrudels?

Ich schrieb Ty schnell eine Nachricht und bat ihn, Carson aus dem Weg zu gehen, bis wir reden konnten. Dass es wichtig war.

Als ich die Antwort las, rutschte mir das Herz in die Hose: *Er ist mein Bruder. Ich werde ihn nicht ignorieren. Und wenn es um den Trust geht – der ist mir egal. Er hat seinen Anteil verdient.*

Anstatt weiter hin- und herzuschreiben, wählte ich Tys Nummer und flehte innerlich, dass er rangehen würde, doch der Anruf wurde auf seine Mailbox weitergeleitet.

„Verdammt!" Ich schickte noch eine Nachricht hinterher, dass es nicht ums Geld ging und ich alles erklären würde, sobald wir zu Hause waren – aber sie blieb unbeantwortet.

Trotz des bandagierten Arms saß Jax am Steuer. Es war wie ein Zwang für ihn. Charlotte und ich hatten beide darauf bestanden, dass er eine Pause machen und eine von uns fahren lassen sollte, aber er ließ nicht mit sich reden.

Kurz darauf hielt er vor Sebastians und Gigis großem weißen Haus direkt an der Küste. Sebastian hatte uns gebeten, uns dort zu treffen anstatt in seinem Büro, was mir nur recht war. Je weniger Leute uns sahen, desto besser. Nach diesem Tag brauchten wir alle dringend eine Dusche und frische Klamotten.

Gigi öffnete die Tür, noch bevor wir klingeln konnten. „Wo in aller Welt wart ihr? Wir haben euch vor Stunden erwartet und uns Sorgen gemacht." Sie musterte uns von oben bis unten und zog beide Augenbrauen hoch. „Habt ihr an einem Schweineringen teilgenommen?"

„Fast. Nur dass es keine Schweine waren, sondern Wölfe", sagte ich trocken und ging ins Haus. Ich blieb nicht im Wohnzimmer stehen – ich hatte Angst, ihre makellos weißen Möbel schmutzig zu machen – und lotste alle direkt auf die Terrasse. Die Wellen schlugen gegen die Felsen, während die Nachmittagssonne auf dem tiefblauen Meer glitzerte. „Wenn ich hier wohnen würde, käme ich von dieser Terrasse nie weg", sagte ich und ließ mich auf einen Kunststoffstuhl sinken.

„Das ist manchmal wirklich schwer", gab Gigi zu. „Ich hole was zu trinken und sage Sebastian Bescheid, dass ihr da seid. Irgendwelche Wünsche?"

Wir baten alle um Wasser und saßen schweigend da, bis Sebastian mit einer Akte in der Hand aus dem Haus kam.

Ich blickte zu ihm auf – er trug ein ordentliches Polo und eine schiefergraue Stoffhose. Er sah nach Geld aus. Wir sahen aus wie Obdachlose, die gerade von einem Güterzug gefallen waren.

Sebastian musterte uns eingehend. „Sieht aus, als hättet ihr heute Ärger gehabt."

„Und wie!" Ich setzte gerade an, alles zu erzählen, erinnerte mich dann aber an Brix, der nicht wollte, dass wir über die Wölfe sprachen. Also wählte ich meine Worte so, dass Sebastian sie verstehen würde. „Sagen wir einfach, es war eine Sache der Magical Task Force. Ich darf nicht viel sagen. Aber ich denke, Saras Fall wird sich sehr bald erledigt haben."

Er hob eine Augenbraue. „Wirklich? Interessant. Das überrascht mich nicht, denn Trace Fosters Online-Spuren wurden größtenteils gelöscht. Es gibt Einträge zu ihm, aber fast alles wurde bereinigt, sodass er wie ein ganz normaler Typ aussieht. Doch tatsächlich hat er ein ellenlanges Vorstrafenregister mit Diebstahl, Einbruch und Ähnlichem. Das riecht nach einem professionellen digitalen Sweep. Deshalb habt ihr nichts gefunden."

„Was? Ich muss diesen Dienst für Backgroundchecks kündigen. Ab jetzt gehe ich nur noch über dich", schwor ich.

Sebastian nickte. „Mach das bitte. Außerdem: Andrew Miller hatte bis vor sechs Monaten keinerlei digitale Spur."

„Gar keine?", fragte ich. „Nirgends?"

„Überhaupt keine. Das deutet meist darauf hin, dass jemand eine neue Identität angenommen hat."

„Was ist mit Zeugenschutz?", warf Charlotte ein. „Ich habe gehört, die haben auch keine verfolgbaren Spuren."

„Eher unwahrscheinlich. Selbst dann wird normalerweise zumindest eine Vergangenheit konstruiert –

Geburtsurkunden, alte Jobs, Adressen, selbst wenn alles gefälscht ist. Wer auch immer Andrews Vergangenheit erfunden hat, hat sich keine Mühe gegeben. Es gibt keinen echten Nachweis für eine Anwaltszulassung, keine Adresshistorie, keinen Führerschein – in keinem Bundesstaat. Die einzige Erklärung wäre, dass er aus dem Ausland ist, sonst wäre das praktisch unmöglich."

„Was, wenn er off grid gelebt hat?", fragte Jax und beugte sich vor.

„Durchaus möglich. Zum Beispiel, wenn jemand in einer Sekte war. Aber selbst dann gibt es meist irgendwo Spuren im System. Kaum jemand lebt sein ganzes Leben komplett außerhalb der Zivilisation."

„Außer, man wird in eine Sekte hineingeboren", überlegte Charlotte laut. „Ich kannte mal so einen Typen. Totaler Freak. Also wenn jemand jemanden sucht, um die Laken aufzuwärmen —"

Ich räusperte mich. „Danke für dieses Bild, Charlotte."

Sie grinste mich an – ein Zeichen, dass sie sich nach der Konfrontation im Wald langsam wieder wie sie selbst fühlte.

Sebastian lachte leise. „Ganz unrecht hat sie da nicht. Sektenmitglieder sind notorisch schwer aufzuspüren. Aber das hier fühlt sich anders an. Ich denke, es sind angenommene Identitäten. Und das bedeutet: Betrug." Er schlug den Ordner auf. „Das sind die Dateien, die in eurem System gehackt wurden."

Ich überflog die Unterlagen. Darunter waren meine persönlichen Dateien mit Trishs Testament und Tys Trust. Außerdem waren die Akten meiner derzeitigen Klienten gescannt worden – genug Informationen, um so gut wie alles über jemanden herauszufinden, inklusive Bankdaten. Mir wurde übel.

„Du siehst, Saras Akte ist markiert“, sagte Sebastian.

Ich sah noch einmal hin. Tatsächlich. „Warum?“

„Weil sie – wenn man tiefer gräbt – über ein beträchtliches Vermögen verfügt. Allein ihr Land ist Millionen wert. Dazu kommen diverse Investitionen. Wenn jemand gezielt eine alleinstehende Frau als Ziel sucht, ist sie die perfekte Cash-Cow.“

„Ergibt Sinn“, sagte ich. „Das ist das Einzige, was alles erklärt, oder? Trace vergiftet die Männer, damit Andrew als Anwalt auftreten und sie ausnehmen kann. Oder Schlimmeres. Eine perfekte Falle. Erst über Facebook anfreunden, Vertrauen aufbauen – und zuschlagen, sobald alles vorbereitet ist.“

„Ich verstehe nur eines nicht“, sagte Charlotte. „Sara meinte doch, sie wäre seit Monaten mit Andrew befreundet. Wenn er schon wusste, dass sie Geld hat, warum dann unsere Dateien hacken?“

„Wahrscheinlich, um an Informationen zu kommen, die er noch nicht hatte – Kontonummern oder Sozialversicherungsnummern, da Marion diese für ihre Checks sammelt“, erklärte Sebastian. „Er wusste vielleicht, dass es Vermögen gibt, aber nicht, wo genau.“

„Ganz schön viel Aufwand für Ackerland“, meinte Charlotte.

Ich lachte kurz. „Ackerland an der Küste ist Millionen wert, wenn es mehr als ein paar Morgen Land sind.“

„Sara Groveland besitzt über hundert Morgen“, sagte Sebastian.

„Scheiße.“ Charlottes Augen wurden riesig. „Okay, das erklärt einiges.“

„Einiges, aber nicht alles“, sagte ich und dachte an Carson. „Was ist mit Carson? Hast du ihn überprüft?“

Sebastian presste die Lippen zu einer schmalen Linie und

nickte. „Seine Vergangenheit ist etwas anders. In den letzten fünf Jahren gibt es kaum etwas über ihn, außer einer Kreditsperre auf seinen Namen. Das wirkt, als hätte er sich vor Identitätsdiebstahl schützen wollen. Davor allerdings habe ich Adoptionsunterlagen, Schulakten und ein Abschlussfoto gefunden. Nicht viel – aber er ist echt. Und er ist definitiv Trishs Sohn."

Das war eine Erleichterung. Oder? Wenigstens hatte er nicht gelogen. „Ich glaube allerdings, Tys Bruder versucht, ihn zu betrügen." Ich erklärte kurz den zweiten Trust, der im Briefkasten aufgetaucht war.

Sebastians Miene wurde finster. „Bring mir diese Ausfertigung. Ich prüfe sie, und dann sehen wir weiter. Was auch immer du tust – lass Ty nichts unterschreiben."

„Hab' ich ihm schon gesagt." Ich stand auf. „Danke, Sebastian. Du hast einiges klarer gemacht. Ich bringe dir die Papiere so schnell wie möglich."

Wir verabschiedeten uns, fuhren nach Hause, duschten – und warteten.

Und warteten.

Und warteten noch länger.

Kurz vor zehn kam Ty endlich nach Hause.

Ich sprang vom Sofa auf und lief zu ihm, musterte ihn, als wäre er monatelang weg gewesen. „Wo warst du?"

Er runzelte die Stirn. „Ich war bei der Arbeit und danach auf der Suche nach Carson. Kennedy meinte, er habe heute früher den Laden verlassen, weil er krank war, also hab' ich mir Sorgen gemacht. Aber er war weder in seiner Wohnung noch irgendwo sonst in der Stadt. Ich hab' sogar im Krankenhaus nachgefragt – nichts."

„Er ist einfach verschwunden?"

„So würde ich das nicht nennen."

Trishs leise Stimme kam von der Terrassentür, und ich zuckte zusammen.

Ich wirbelte herum. „Trish, was zum Teufel? Wo warst du den ganzen Tag? Nein, vergiss das – wo zur Hölle warst du die letzten fünf Jahre?“

„Mom?“, keuchte Ty.

Ich drehte mich um. Der Mann, den ich wie einen Sohn betrachtete, stand da, die Hand vor den Mund gepresst, das Gesicht kreidebleich. Sein Blick flackerte zu mir. „Steht meine Mutter da hinten – oder halluziniere ich?“

„Ty“, sagte Trish, ihre Stimme voller Schmerz.

Er sah sie an, dann wieder mich. „Marion?“

„Sie ist es. Das wollte ich dir sagen, Ty. Sie hat gerade —“

„Du lebst!“ Ty stürzte auf sie zu, riss sie in seine Arme und hob sie hoch. Als er sie absetzte, verzog sie das Gesicht, und da erst sah ich den Verband an ihrem Bein. Offenbar heilten Schusswunden auch durch Verwandlung nicht. Ty starrte darauf. „Was ist passiert?“

„Das ist eine lange Geschichte“, sagte sie und legte ihm die Hand an die Wange. „Ich hab’ dich so vermisst, mein Junge!“

Die Freude wich aus seinem Gesicht, ersetzt durch blanke Verwirrung. „Wo warst du die ganze Zeit? Wie kann es sein, dass du nicht tot bist?“ Dann flammte Wut auf. „Du warst die ganze Zeit am Leben – und hast mich glauben lassen, du wärst tot?“

„Sie hatte einen guten Grund“, sagte Carson, trat durch die Terrassentür und griff nach Trishs Hand.

Trish hielt ihren ältesten Sohn fest und sah Ty mit einem wehmütigen Blick an. „Es tut mir leid, Ty. Ich habe getan, was ich für richtig hielt, um dich zu schützen.“

Ty schüttelte den Kopf. „Das ist nicht real. Meine eigene Mutter hat nicht ihren Tod vorgetäuscht, mich allein gelassen

– und steht jetzt plötzlich wieder vor mir, mit einem Bruder, von dem ich nie wusste.“ Er stellte sich neben mich. „Wusstest du das?“

Der Schmerz und der Vorwurf in seiner Stimme trafen mich hart. „Nein“, sagte ich fest und sah ihm in die Augen. „So etwas würde ich dir niemals verheimlichen.“

Trish stieß einen leisen, gequälten Laut aus. „Ich hatte keine Wahl.“

„Es gibt immer eine Wahl“, knurrte Ty gereizt. „Was auch immer der Grund war – es war grausam.“

„Bitte, Ty. Hör mich wenigstens an. Ich erkläre dir alles“, flehte sie.

Ty holte scharf Luft. Dann ging er in mein Schlafzimmer. Einen Moment lang wussten wir alle nicht, was er tat. Als er zurückkam, hielt er einen Stapel Papiere in der Hand – die Unterlagen, die ich auf meinem Schreibtisch liegen gelassen hatte. „Sag mir zuerst eins: Ist das echt?“

Trish und Carson runzelten die Stirn.

„Was ist das?“, fragte Carson.

„Ein Trust, der besagt, dass du Anspruch auf die Hälfte dessen hast, was Mom mir hinterlassen hat. Hast du mir das in den Briefkasten gesteckt?“

Sie sahen sich an, beide sichtlich verwirrt. Schließlich sagte Carson: „Nein. Warum sollte ich das tun? Ich habe meinen eigenen Trust.“

Trish humpelte auf ihn zu, nahm die Unterlagen, überflog sie – und verzog das Gesicht. „Phineas“, zischte sie. Sie deutete auf die Adresse eines Anwalts unten auf der Seite. „Das ist eine der Kanzleien, die er für seine Betrügereien benutzt.“

„Dieses Stück Scheiße“, knurrte Carson mit einer Abscheu, die man fast greifen konnte. „Ich wünschte, ihr hättet ihn heute getötet.“ Er meinte es ernst. Das spürte ich.

Ty starrte sie an. „Phineas? Ich glaube, jemand schuldet mir eine Erklärung. Wer ist das?“

Carson richtete seinen angewiderten Blick auf seinen Halbbruder. „Mein Vater. Er ist der Grund, warum Mom vor fünf Jahren ihren Tod vorgetäuscht hat.“

KAPITEL 26

Wir gingen nach draußen in meinen Garten und versammelten uns um die kleine Feuerstelle, während wir darauf warteten, dass Trish uns alles erklärte. Ty saß zwischen Jax und mir, Charlotte auf meiner anderen Seite. Trish und Carson saßen Ty direkt gegenüber.

„Es gibt vieles, wovor ich dich abgeschirmt habe, Ty", sagte Trish. „Ich dachte, ich würde dich beschützen. Das ist meine einzige Entschuldigung."

Ty starrte sie an, scheinbar unberührt von ihrem offensichtlichen Schmerz. „Ich will keine Entschuldigungen. Ich will eine Erklärung."

„Das ist fair", sagte Trish und warf mir einen kurzen Blick zu.

„Ich bin ganz bei Ty", sagte ich und begriff zum ersten Mal, dass ich meine beste Freundin vielleicht nie wirklich gekannt hatte. „Du hast mir nicht einmal von Carson erzählt. Ich muss sagen, das war ein ziemlicher Schock."

„Ich habe niemandem von ihm erzählt", sagte sie leise.

„Nicht lange, nachdem ich erfahren hatte, dass ich schwanger war, habe ich gemerkt, dass mit Phineas etwas nicht stimmte. Ich weiß nicht genau, woher, aber ich wusste, dass er gefährlich war. Und als ich herausfand, dass er ein erfolgreicher Betrüger war, habe ich alles getan, um sicherzustellen, dass er nichts von Carson wusste. Deshalb habe ich nie etwas gesagt, als ich zum Studium weggegangen bin und Carson schließlich zur Adoption freigegeben habe. Ich wollte nicht, dass Phineas je Kontakt zu ihm hat."

„Offensichtlich hat das nicht funktioniert", sagte ich und wandte mich Carson zu. „Wie lange kennst du deinen Vater?"

„Seit ich siebzehn bin", sagte er, und seine Stimme triefte vor unverhohlener Abscheu. „Meine Adoptiveltern wurden ermordet, und er hat sich als mein Onkel ausgegeben und mich zu sich geholt. Damals wusste ich nicht, dass er derjenige war, der sie umgebracht hat."

Ty und ich stießen beide einen schockierten Laut aus. Jax schwieg und hörte sich alles ruhig an.

„Also war diese ganze Geschichte, die du mir erzählt hast – dass deine Adoptivmutter gestorben ist und du bei deinem Vater auf der Farm aufgewachsen bist – komplett erfunden?", fragte Ty und konnte seine Frustration kaum verbergen.

Carson senkte den Blick. „Ja. Es ist die Geschichte, die ich erzähle, damit ich nicht darüber sprechen muss, dass meine Eltern ermordet wurden."

Ty nickte. Er verstand. Wenn das alles stimmte, war Carsons Vergangenheit tragisch. Ich konnte nachvollziehen, warum er sich eine neue Geschichte zusammengebastelt hatte.

„Da bin ich ihm nachgegangen", sagte Trish. „Ich stand mit Carsons Adoptiveltern in Kontakt. Es war sowas wie eine offene Adoption. Ich kannte sie seit Jahren, und als sie verschwanden, erfuhr ich von ihrem Nachbarn, dass ein Onkel aufgetaucht war und Carson mitgenommen hatte. Er hatte keine Onkel. Da wurde mir klar, dass Phineas die ganze Zeit von Carson gewusst hatte. Er hatte nur gewartet, bis Carson alt genug war, um Teil seiner kriminellen Bande zu werden. Ich habe lange gebraucht, um sie aufzuspüren, und als ich sie endlich gefunden habe, bin ich auf die Wahrheit gestoßen, dass sie Werwölfe sind. Da wusste ich, dass ich Carson da rausholen musste, bevor sie ihn auch noch verwandeln."

„Also werden Werwölfe gemacht und nicht geboren?", fragte Jax und sah kurz zu mir herüber. Die Bedeutung der Frage war unmissverständlich.

„Definitiv gemacht", bestätigte Trish. „Nur der Biss eines Wolfs kann jemanden mit dem Werwolf-Fluch infizieren."

Jax nickte.

„Es hat über fünf Jahre gedauert, einen Plan auszuarbeiten, um Carson zu befreien", fuhr Trish fort. „Aber schließlich habe ich es geschafft und ihm einen Trust eingerichtet, damit er niemals von jemandem abhängig sein musste. Doch in der Nacht, in der ich ihn befreit habe und wir fliehen wollten, hat Phineas mir aufgelauert. Er wollte wissen, wo Carson ist, aber ich habe ihn nicht verraten. Am Ende haben wir einen Deal geschlossen: Er würde Carson und Ty in Ruhe lassen, wenn ich seinem Rudel beitrete. Ich wusste, wenn ich Nein sagte, würde er mich töten und Carson trotzdem jagen. Also habe ich mich geopfert. Carson bekam ein neues Leben, und ich hatte das Wort eines Kriminellen, dass er meine Söhne in Ruhe lassen würde."

„Sieht nicht so aus, als hätte das funktioniert", sagte Charlotte und sprach aus, was niemand sonst sagen wollte.

„Eine Weile schon. Ich habe meinen Tod vorgetäuscht,

mich seinem Rudel angeschlossen und getan, was ich konnte, um seine Betrügereien zu sabotieren. Ich war vorsichtig, habe Ty und Marion immer im Auge behalten und dafür gesorgt, dass sie sicher waren. Phineas hat sie nie belästigt. Ich dachte, er würde sich an den Deal halten. Aber irgendwann hat er mich aus dem Rudel verstoßen, was mir recht war. Ich wurde Informantin für die Magical Task Force – und dann ist er hier aufgetaucht und hatte es auf die Leute abgesehen, die ich am meisten liebe." Sie sah Ty und mich an. „Euch beide. Und jeden anderen, den er um Geld betrügen konnte."

„Aber nicht Carson?", fragte ich skeptisch.

„Nein. Er wusste nicht, wo Carson war. Als ich Carson erklärt habe, was los war, bestand er darauf, herzukommen und auf euch alle aufzupassen. Er weiß, wie schlimm Phineas ist, und wollte nicht, dass jemand zu Schaden kommt."

„Die Kekse, die er Jax ins Krankenhaus gebracht hat", sagte ich. „War da dieses Werwolf-Elixier drin?"

Trish nickte und wandte sich Jax zu. „Ich wollte nicht, dass du dich verwandelst, bevor jemand da ist, der dir helfen kann. Die Kekse – oder besser gesagt das Elixier darin – unterdrücken den Wolf."

„Brix meinte, der Fluch könnte durch die Magie blockiert worden sein, die Charlotte und Marion benutzt haben, um mich zu heilen", sagte Jax. „Vielleicht hätte ich sie gar nicht gebraucht."

„Das stimmt", sagte Trish. „Aber ich wollte kein Risiko eingehen."

„Das weiß ich zu schätzen", sagte er und nickte ihr zu. „Danke."

„Gern. Ich wollte wirklich nur alle schützen. Es ist meine Schuld, dass er es auf euch abgesehen hatte. Wenn ich mich damals nicht auf ihn eingelassen hätte …" Sie sah Carson an und verzog das Gesicht. „Es tut mir leid, Honey. Du bist das einzig Gute, das aus dieser Sache hervorgegangen ist. Das weißt du, oder?"

Er nickte, wandte sich aber ab, sichtlich unbehaglich.

„Es ist nicht deine Schuld, dass Phineas ein Stück Dreck ist", sagte ich zu Trish. „Du hast einen Fehler gemacht. Das bedeutet nicht, dass du jahrelang dafür bezahlen musstest. Verdammt, Trish, als du gemerkt hast, dass er gefährlich ist, bist du gegangen. Du hast alles getan, um ihn aus deinem Leben zu verbannen. Dass es nicht geklappt hat, ist nicht deine Schuld. Das ist seine."

Sie zuckte nur mit den Schultern und sah Ty an. „Es tut mir leid, mein Junge. Kannst du mir verzeihen?"

Ty runzelte die Stirn und starrte auf seine Füße. „Ich weiß nicht." Schließlich sah er auf. „Du hättest mir sagen sollen, was los ist. Ich hätte damit umgehen können. Jetzt vertraue ich dir nicht mehr. Und ich bekomme all die Jahre nicht zurück, die ich mit Carson verpasst habe."

Bevor sie antworten konnte, stand er auf und ging zurück ins Haus.

Trish wischte sich eine Träne weg. „Er hat wahrscheinlich recht", sagte sie stockend.

„Vielleicht", sagte ich. „Aber er war erst achtzehn. Du hast getan, was du für richtig gehalten hast. Trotzdem werde ich dich nicht anlügen, Trish. Es tut weh. Sehr sogar. Du hast ein riesiges Loch in unserem Leben hinterlassen. Und auch wenn ich verstehe, dass du geglaubt hast, keine Wahl zu haben – ich denke, wir wären mit der Wahrheit zurechtgekommen. Es wäre besser gewesen, sie zu kennen und sich ihr gemeinsam zu stellen, als den Schmerz zu ertragen, dich zu verlieren."

Sie wandte den Blick ab und wischte sich erneut über die Wangen. Dann stand sie auf. „Ich verstehe." Sie ging ein paar

Schritte und hielt inne. „Jax, du wirst ein Rudel brauchen, um mit dieser Veränderung klarzukommen. Du bist willkommen, dich mir und meiner Rudelkameradin Dannika anzuschließen, wenn du möchtest. Wir helfen dir zu lernen, was es heißt, ein Wolf zu sein."

Er sah zu ihr auf. „Und wenn ich mich nicht verwandeln kann? Brauche ich dann trotzdem ein Rudel?"

Sie nickte. „Ja. Es geht nicht nur um die Verwandlung. Es geht um Persönlichkeitsveränderungen, Triebe und Instinkte." Trish wandte sich mir zu. „Das wird eine Herausforderung, und ich möchte, dass du für Marion dein Bestes geben kannst. Das hat sie verdient."

„Ich denke darüber nach", sagte Jax und nahm meine Hand.

Carson stand auf. „Sag Ty bitte, dass ich ihn anrufe. Ich möchte ihm Zeit geben, das alles zu verarbeiten, bevor wir reden. Er wird sicher Fragen haben."

„Mach' ich." Ich zog ihn in eine Umarmung. „Es tut mir leid, dass ich an dir gezweifelt habe."

Er lachte leise. „Ich wäre misstrauisch geworden, wenn du es nicht getan hättest."

Das brachte mich zum Lächeln und nahm mir eine große Last von den Schultern. Carson schien ein guter Mann zu sein. Gut für Ty, sobald sich der Staub gelegt hatte.

„Trish?", rief ich.

Sie drehte sich um.

„Wirst du dich melden? Bei mir, meine ich." Sie hatte gesagt, Jax könne sich ihrem Rudel anschließen, aber nichts darüber, ob sie wieder an andere Beziehungen anknüpfen wollte.

„Wenn du das möchtest", sagte sie. „Ich weiß, dass ich dich verletzt habe."

„Das hast du. Weil ich dich liebe. Wenn du mich nochmal ghostest, verzeihe ich dir das nicht noch einmal."

Tränen liefen ihr über die Wangen, und ohne ein weiteres Wort schloss sie mich in die Arme. Während wir so dastanden, schien sich jahrelange Trauer in Luft aufzulösen. Wir würden nicht alles an einem Abend klären. Aber Trish war zurück. Und das war das Einzige, was im Moment wirklich zählte.

KAPITEL 27

Eine Woche später saß ich an meinem Schreibtisch in meinem Büro und genoss die frische Energie. Der Zirkel war vorbeigekommen, und wir hatten die Räume ausgeräuchert, um die negativen Schwingungen zu reinigen, die Trace' Fluch hinterlassen hatte. Es war ruhig gewesen, während ich daran arbeitete, einen Plan zu entwickeln, Miss Matched wieder als führenden Datingservice für Menschen zu etablieren, die über vierzig nochmal die große Liebe suchten. Es war eine Herausforderung – aber das war okay. Ich hatte schon Schlimmeres überstanden.

Die Tür ging auf, und Sara Groveland trat ein. Sie sah müde aus, als wäre sie in den letzten Wochen um zehn Jahre gealtert. Mir schmerzte das Herz, wenn ich daran dachte, was sie durchgemacht hatte. Ich stand auf. „Sara, hi. Ich habe heute gar nicht mit dir gerechnet."

„Ich weiß. Ich wollte nur kurz vorbeikommen und mich entschuldigen. Das alles wäre nicht passiert, wenn ich nicht irgendeinem Fremden aus dem Internet vertraut hätte." Ihre Augen waren geschwollen, und sie trug die Haare in einem schlampigen Pferdeschwanz – nicht absichtlich lässig, sondern in einem, der aussah, als hätte sie sich seit Tagen nicht gebürstet, und es war ihr egal.

„Hey", sagte ich und bot ihr einen Stuhl an. „Das ist nicht deine Schuld." Sie hatte keine Ahnung, wie sehr sie sich irrte – und ich konnte ihr auch nicht sagen, dass Trishs Ex in die Stadt gekommen war, um jeden zu betrügen, der mehr als ein paar Dollar in der Tasche hatte „Du hast dir das nicht ausgesucht. Menschen zu vertrauen ist kein Fehler."

Sie schnaubte. „Klug ist es aber auch nicht gerade, oder?"

Mir gefiel gar nicht, dass sie sich selbst die Schuld gab. „Sara —"

„Nein. Schon gut. Das bin nicht ich." Sie richtete sich auf, die Schultern zurück. „Ich lasse mich nicht von einem dahergelaufenen Stück Dreck kleinkriegen. Du hast recht. Ich habe nicht darum gebeten. Ich wollte einfach nur einen netten Mann, mit dem ich auf Dates gegen kann, der Farm-to-Table-Restaurants mag und gern wandert. Ist das denn zu viel verlangt?"

„Überhaupt nicht", sagte ich. „Und falls du es irgendwann nochmal versuchen willst, finde ich dir mit Sicherheit genau so jemanden."

Sie atmete scharf ein. „Ich bin noch nicht so weit. Ich wünschte, ich könnte behaupten, ich wäre es, aber Andrew hat mich wirklich fertiggemacht. Ich bin froh, dass er hinter Gittern sitzt. Er verdient einen kräftigen Tritt zwischen die Beine, aber Gefängnis ist auch okay."

Ich lachte leise. „Wie schön wäre das, wenn der Richter alle Arschlöcher, die versuchen, uns auszunutzen, in eine Reihe stellen würde und wir ihnen dahin treten dürften, wo es wehtut!"

„Ich würde dafür stimmen." Sie lächelte schwach und stand

auf. „Tut mir leid. Ich wollte nicht kommen und dir die Ohren vollheulen. Ich wollte mich wirklich nur entschuldigen und dir danken. Ich wünschte, ich hätte auf deine Empfehlung gehört und wäre bei Sebastian geblieben. Er ist so ein angenehmer Mann. Ich verstehe nicht, was ich an diesem Idioten Andrew je gefunden habe."

„Betrüger verdienen ihr Geld damit, ihre Opfer zu bezaubern", sagte ich.

Sie schauderte sichtbar. „Ich hasse dieses Wort – Opfer. Ich fühle mich dabei so dumm."

„Tut mir leid. Ich weiß, was du meinst. Aber im Grunde ist es so: Er ist gut in dem, was er tut. Das ist der einzige Grund, warum er vorher nie erwischt wurde."

„Wahrscheinlich." Sie fuhr sich mit der Hand übers Gesicht. „Ugh. Ich hasse gerade alles."

„Ich habe gehört, du hast einen Vertrag bekommen, um das neue Restaurant nebenan zu beliefern. Das sind doch gute Nachrichten", sagte ich.

Ihre Augen leuchteten auf, und ich war froh, dass ich ihre Stimmung ein bisschen heben konnte. „Ja. Es wird ein Thai-Laden. Ich kann es kaum erwarten, das Kürbis-Curry zu probieren. Ich hab' mir sagen lassen, dass das unglaublich wird."

Wir plauderten noch ein paar Minuten über das neue Restaurant, bevor Sara sagte: „Ich sollte losmachen. Ich habe einen Termin, um mir die Haare machen zu lassen – unten im Liminal Space Day Spa. Angeblich können die Wunder wirken. Wir werden sehen. Wenn sie den Mopp hier hinbekommen, dann verdienen sie ihren guten Ruf vielleicht."

Ich versicherte ihr, dass ich Vertrauen in sie hatte, und fügte hinzu: „Wenn du irgendwann wieder bereit zum Daten bist, ruf mich an. Wir sorgen dafür, dass du deinen perfekten Partner findest."

„Ich weiß nicht, ob ich je wieder bereit bin, aber wenn du mir helfen willst, den perfekten Hund zu finden, dann bist du engagiert", sagte sie mit einem kleinen Lächeln.

„Deal. Hunde gewinnen immer." Ich begleitete sie zur Tür, und als sie gerade ging, stürmte Iris herein.

„Du wirst es nicht glauben. Ich denke, ich habe die Lösung für diese ganze furchtbare Publicity gefunden!" Sie ließ sich in den Ledersessel meinem Schreibtisch gegenüber fallen.

Ich hob die Augenbrauen. „Und? Lässt du mich betteln, oder verrätst du mir diese großartigen Neuigkeiten?"

„Du wirst mich für immer lieben." Iris richtete sich auf du warf sich in Pose – und lachte dann über sich selbst. „Okay, wahrscheinlich wirst du Carly für immer lieben, aber ich war diejenige, die sie nach Ideen gefragt hat, also steht mir zumindest ein Teil des Ruhms zu."

„Meine Göttin! Spuck's endlich aus", sagte ich lachend.

„Hast du Autumn schon kennengelernt? Die Frau, die das Töpferstudio um die Ecke eröffnet?", fragte Iris, und ihre Augen funkelten vor Schalk.

„Ja, ich bin ihr diese Woche im Café über den Weg gelaufen. Nette Frau. Sie meinte, sie will Kurse anbieten. Ich wollte schon immer töpfern lernen."

„Ja, ich auch. Aber weißt du, wer sie ist?"

„Autumn Winters?", fragte ich verwirrt. „Und?"

„Nein, Marion. Ja, das ist echter Name, aber ihr Künstlername ist Autumn Faye. DIE Autumn Faye, die vor zwanzig Jahren in dieser erfolgreichen TV-Serie war. Die, die immer noch auf allen Streamingdiensten läuft. Sie hat zugestimmt, deine nächste Klientin zu werden. Wenn alles gut läuft, hat sie Carly zugesagt, dass sie ein Interview über ihre

Erfahrung geben würde, um dir zu helfen. Sie ist total auf Small Business gepolt und will, dass unsere Innenstadt lebendig bleibt."

Ich lehnte mich zurück, wie vor den Kopf geschlagen. „Sie hat dem zugestimmt? Warum?"

„Weil wir uns angefreundet haben. Und weil sie auch mit Carly befreundet ist. Sie hat gesagt: Jede Freundin von Carly ist eine Freundin von ihr. Genau das brauchen wir, um dieser Agentur ein neues Gesicht zu geben." Iris strahlte, sichtlich stolz auf sich.

Ich lachte. „Dir ist klar, dass Carly dafür die Lorbeeren verdient, oder?"

Iris winkte ab. „Egal. Ich habe Carly gefragt, ob sie Freundinnen hat, die ein Date suchen, also verdiene ich wenigstens ein bisschen was."

Ich stand auf, ging zu ihr hinüber und zog sie aus dem Sessel, um sie zu umarmen. „Du bist die Beste. Weißt du das?"

„Ich habe so meine Momente."

Ich schnappte mir meine Schlüssel. „Komm. Lass uns den neuen Töpferladen ansehen. Ich glaube, ich brauche ein, zwei Vasen."

„Wow. Da hat aber jemand ordentlich Shopping-Therapie gemacht", sagte Charlotte von ihrem Platz auf dem Sofa. Denver saß ihr gegenüber, und zwischen ihnen lag ein Stapel Karten.

„Spielt ihr schon wieder Go Fish?", stichelte ich.

„Bitte. Das ist ein ausgewachsener Krieg – Blackjack. Und ich gewinne. Denver schuldet mir fünf Rückenmassagen, zwei schicke Dinner und einen Trip die Küste hoch."

„Irgendwas sagt mir, Denver strengt sich nicht besonders an“, sagte ich und sah ihn an. „Hey.“

Er grinste. „Hi, Marion.“

„Er strengt sich an!“, rief Charlotte mir hinterher, als ich in die Küche ging, um meine neue Vase abzustellen. Der Besuch bei Autumn war mehr als produktiv gewesen. Ich hatte mich nicht nur für Kurse angemeldet, um töpfern zu lernen – wir hatten auch einen Termin vereinbart, damit sie vorbeikommt und mir erzählt, was sie sich von einem Partner wünscht. Ein Gewinn für uns beide. Und dann hatte ich meine Kreditkarte ordentlich belastet, weil ich mich in eine feuerrote Vase verliebt hatte, die mich an Jax' Aura erinnerte, wenn wir zusammen waren. Das Muster wirkte wie Bewegung – voller Leidenschaft. Ich konnte sie einfach nicht dort lassen.

Die Haustür ging auf, und vertraute Schritte klangen über das Holz.

„Sie ist in der Küche!“, hörte ich Charlotte rufen.

Einen Moment später trat Jax hinter mich und legte die Arme um meine Taille. Er küsste mich sanft an den Hals. „Hey, schöne Frau.“

„Hey“, sagte ich, lehnte mich zurück an ihn und genoss das Gefühl seines felsenfesten Körpers. „Was bringt dich so früh hierher?“ Normalerweise wäre er noch ein paar Stunden bei der Arbeit gewesen.

„Ich wollte wissen, ob du eine Runde mit mir fahren willst.“

Ich drehte mich zu ihm um. „Wohin?“

Er strich mir eine Haarsträhne aus dem Gesicht und schob sie hinter mein Ohr. „Raus zur Bucht.“

Ich grinste. „Ich bin dabei. Jetzt gleich?“

Er nickte, und zusammen gingen wir zu seinem Truck.

Jax war still auf der Fahrt zu seinem kleinen Stück Paradies. Aber er war ohnehin stiller gewesen, seit unserem

Gespräch mit Trish. Brix war am selben Abend vorbeigekommen, hatte Trishs Geschichte bestätigt und uns informiert, dass Phineas' Bande von Betrügern festgenommen worden war und alle Anklagepunkte gegen Sara fallen gelassen würden. Alles war – größtenteils – sauber abgeschlossen.

Mehr oder weniger.

Ty war immer noch wütend auf seine Mom, weil sie uns angelogen hatte. Im Moment wollte er nicht mit ihr sprechen. Aber er sprach mit Carson, und die beiden versuchten, eine Beziehung aufzubauen. Sie redeten nicht viel über Trish, weil Ty immer noch alles verarbeitete. Ich wusste, dass er irgendwann an den Punkt kommen würde, an dem er bereit war, wieder mit ihr zu reden, aber gerade war der Schmerz zu groß. Wenn Ty eines nicht ertrug, dann, verlassen zu werden. Sein Vater hatte es getan, bevor er überhaupt zur Welt gekommen war. Und ob er es zugab oder nicht – das hatte ihn geprägt. Dazu kam, dass er Trishs Geschichte über seinen Vater plötzlich infrage stellte. Sie hatte so vieles verheimlicht, dass er nicht mehr wusste, was er überhaupt glauben sollte.

Er hatte nie viel Familie gehabt. Trish zu verlieren war ein Schlag gewesen, von dem er sich nie ganz erholt hatte. Zu erfahren, dass die eine Person, der er immer vertraut hatte, ihn ganz bewusst verlassen hatte, hatte ihn tief verletzt. Ehrlich gesagt war ich ziemlich sicher, dass er diese Narben für immer tragen würde.

Jax parkte am Anfang des kleinen Wanderwegs und führte mich an der Hand zum Strand. Die Sonne begann gerade, über dem Wasser unterzugehen, und ich hatte schon im Kopf, dass das ein romantisches Date werden würde. Doch als unsere Füße den Sand berührten, steckte er die Hände in die Taschen und senkte den Kopf, während wir Richtung Wasser liefen, als würde ihn etwas quälen.

„Was ist los, Jax?", fragte ich und blieb am Wasserrand stehen.

Er sah auf, und sein Gesichtsausdruck war schmerzhaft ernst.

„Okay ... du machst nicht Schluss mit mir, oder?"

Als er nichts sagte, machte ich einen Schritt zurück. Meine Lungen zogen sich zusammen, und ich konnte kaum atmen. „Jax?", presste ich hervor. „Sag was. Machst du Schluss?"

„Nein", sagte er langsam und schüttelte den Kopf. „Aber nachdem du gehört hast, was ich dir sagen muss, könnte es sein, dass du mich verlässt."

Ich legte eine Hand auf mein Herz, als wollte ich verhindern, dass es mir aus der Brust sprang. Wenigstens konnte ich wieder atmen. „Dann lass mich das entscheiden."

„Ja." Er zog die Schuhe aus und krempelte die Jeans hoch.

Ich tat es ihm nach, und dann wateten wir gemeinsam durch die sanfte Brandung. Als er nach meiner Hand griff, hielt ich mich fest und sagte: „Du solltest wirklich anfangen zu reden. Ich male mir gerade alles Mögliche Schreckliche aus."

„Sorry", sagte er und drückte meine Finger. „Ich wollte nicht so dramatisch sein. Es ist nur ... schwierig."

Ich tat nicht so, als würde ich wirklich verstehen, was in ihm vorging. Er war von einem Wolf gebissen worden und nun verflucht. Seit einer Woche rang er damit, ob er die Kekse für den Rest seines Lebens essen sollte, um niemals zu wandeln, oder ob er seine Wandlerseite erkunden wollte – falls das überhaupt möglich war.

Er war rastlos und launisch gewesen, aber nie gemein. Nur ... anders. Ich wusste, wie sehr es ihn beschäftigte. Er war nicht mehr derselbe Jax, und es fiel ihm schwer, sich an diesen neuen Jax zu gewöhnen.

„Ich habe eine Entscheidung getroffen", sagte er.

„Okay." Ich atmete endlich aus und drehte mich zu ihm, nahm auch seine andere Hand. „Das klingt nach einer Entscheidung, die mir nicht gefallen wird."

„Vermutlich nicht." Er verzog das Gesicht. „Ehrlich gesagt gefällt sie mir auch nicht. Aber ich habe das Gefühl, ich muss es tun. Wenn ich dir alles von mir geben will, muss ich herausfinden, wer ich jetzt bin. Ich glaube nicht, dass ich das hier kann – während ich so tue, als hätte sich nichts verändert."

„Du gehst", sagte ich tonlos.

„Nicht für immer."

Wir starrten einander an, beide ohne Worte.

„Wie lange?", fragte ich schließlich.

„Solange es dauert." Er hob meine linke Hand und küsste sie. „Ich liebe dich, Marion. Das Einzige, was ich in diesem Leben je wirklich wollte, bist du. Das weißt du, oder?"

„Nein", sagte ich und lachte kurz, überrascht. „Also … du wolltest schon auch andere Dinge. Einen guten Job. Freundschaft. Und einen schönen Truck", fügte ich scherzend hinzu.

Seine Lippen zuckten amüsiert. „Klar, das ist alles nett, aber wenn ich wählen müsste, würdest du jedes Mal gewinnen."

„Nur nicht dieses Mal", sagte ich und runzelte die Stirn. „Bist du sicher, dass du gehen musst, um dich zu finden … oder was auch immer?"

Er schluckte, und ich sah, dass es ihm genauso wehtat wie mir. „Ich muss das machen. Ich … ich kann nicht …" Er schloss die Augen. „Ich muss in den Griff bekommen, was mich im Würgegriff hat. Oder zumindest lernen, damit klarzukommen. Dann komme ich zurück. Genau hierher. Zu dir. Und zu dem Zuhause, das ich dir versprochen habe. Wenn du bereit bist zu warten. Ich würde verstehen, wenn du –"

Ich presste meine Lippen auf seine und schnitt ihm das Wort ab. Als ich mich von ihm löste, sagte ich: „Ich werde hier sein. Egal, wie lange es dauert."

Er atmete hörbar erleichtert aus. „Trish sagte, sie bleibt mit dir in Kontakt. Sie kann mir Nachrichten zukommen lassen, wenn du mich brauchst."

Ich wollte sagen, dass ich ihn immer brauchte – aber ich verstand, was er meinte, und respektierte seine Entscheidung. Das war seine Veränderung. Seine Sache. Wie auch immer er damit umgehen musste, ich würde ihn unterstützen.

„Wann gehst du?", fragte ich.

„Jetzt." Er warf einen Blick zur Baumgrenze. In der Ferne sah ich einen kleinen grauen Wolf warten.

Tränen liefen mir über das Gesicht, als Jax den Kopf senkte und mich küsste. Dann war er weg.

Ich erinnere mich nicht an die Fahrt nach Hause. Ich weiß nur, dass ich irgendwie Jax' Truck zurück zu mir gebracht hatte – und als ich ins Haus ging, wartete Charlotte bereits.

„Brix hat angerufen", sagte sie und hielt mir meinen Dolch entgegen. „Er braucht uns."

Ich starrte den Dolch an und nickte. „Na dann los."

ÜBER DIE AUTORIN

Die New York Times- und USA Today-Bestsellerautorin Deanna Chase stammt ursprünglich aus Kalifornien, lebt aber mittlerweile mit ihrem Mann und zwei Shih-Tzus im gemütlichen Südosten Louisianas. Wenn sie nicht gerade schreibt, besucht sie mit ihrem Mann New Orleans oder verwöhnt ihre Hunde. Für mehr Informationen und Updates über Neuerscheinungen besuchen Sie deannachase.com.

www.ingramcontent.com/pod-product-compliance
Lightning Source LLC
LaVergne TN
LVHW091125080826
845145LV00008B/2045

* 9 7 8 1 9 6 5 8 0 4 1 5 5 *